I0642975

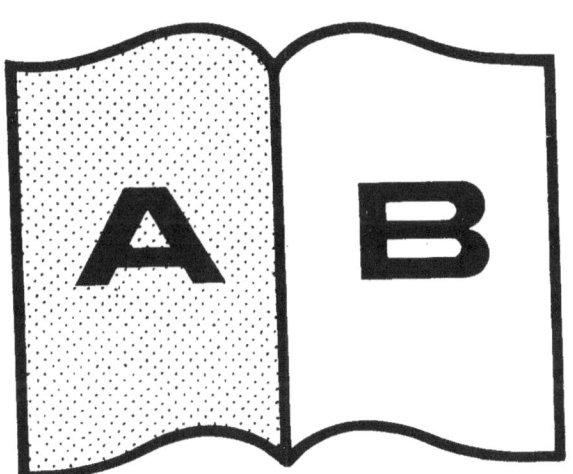

Contraste insuffisant

NF Z 43-120-14

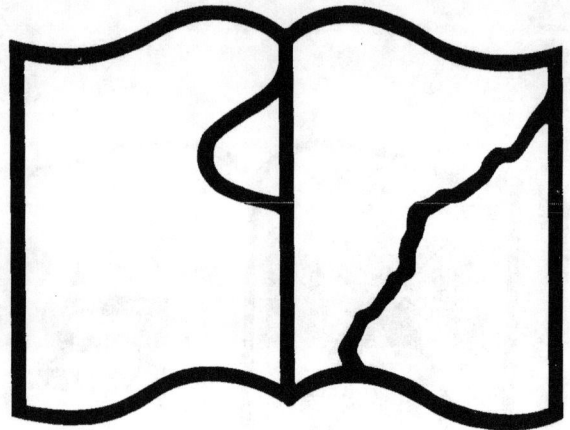

Texte détérioré — reliure défectueuse
NF Z 43-120-11

PAUL DE SÉMANT

GAËTAN FARADEL

Explorateur malgré lui

PARIS

ERNEST FLAMMARION, ÉDITEUR

26, RUE RACINE, 26

GAËTAN FARADEL

EXPLORATEUR MALGRÉ LUI

MERVEILLEUSES AVENTURES

DE

DACHE, PERRUQUIER DES ZOUAVES

Nombreuses illustrations dans le texte

OUVRAGE COURONNÉ PAR LA SOCIÉTÉ D'ENCOURAGEMENT AU BIEN

Un volume in-4e raisin

Prix : broché, 8 fr. — Relié toile, plaque en couleurs, tranches dorées, 12 fr.
Relié demi-chagrin, tranches dorées, 15 fr.

LE LAC D'OR DU DOCTEUR SARBACANE

OUVRAGE COURONNÉ PAR LA SOCIÉTÉ D'ENCOURAGEMENT AU BIEN

UN VOLUME IN-4e RAISIN

Avec de nombreuses illustrations dans le texte

Prix : broché, 8 fr. — Relié toile, tranches dorées, plaque, 12 fr.; demi-chagrin, tr. dor., 15 fr.

LA FERME DE TANTE ROSE

OUVRAGE ADOPTÉ POUR LES BIBLIOTHÈQUES SCOLAIRES DE LA VILLE DE PARIS

ILLUSTRATIONS DE L'AUTEUR

Prix : broché, 4 fr. 50. — Relié toile, tranches dorées, plaque, 6 fr. 50.

PAUL DE SÉMANT

GAËTAN FARADEL

Explorateur malgré lui

PARIS

ERNEST FLAMMARION, ÉDITEUR

26, RUE RACINE, 26

Droits de traduction et de reproduction réservés pour tous les pays,
y compris la Suède et la Norvège.

GAËTAN FARADEL

EXPLORATEUR MALGRÉ LUI

CHAPITRE I

En panne !!

— Les bureaux de la « New-York and Monrovia Bank-Exchange C° ?... »
C'est bien ici, n'est-ce pas ?

— Yes, sir.

Le grand nègre qui répondait ainsi par l'affirmative à la question de Gaëtan Faradel exhibait un accoutrement à rendre jaloux un suisse de cathédrale. Son habit était doré, son pantalon était doré, son chapeau à cornes était doré. Une plaque — dorée naturellement — étincelait sur la dorure de son habit; et de prime abord on eût pu prendre le personnage pour un grand dignitaire de la République Libérienne, ou tout au moins pour un général de division.

Il n'en était rien ! Ce bon noir occupait une situation beaucoup plus modeste : celle de gardien de bureau de la « New-York and Monrovia Bank-Exchange C° »; et son rôle se bornait à renseigner les visiteurs, ou encore à somnoler, doucement bercé par le tangage endormeur d'un *rocking chair*.

Qu'on ne s'étonne pas de ce luxe excessif !

1

Il n'est pas de pays au monde où la chamarrure sévisse avec autant d'intensité qu'en la République nègre de Libéria (Afrique).

La civilisation blanche y a encore exagéré, parmi ces braves nègres, le goût, inné chez eux, du clinquant; et à Monrovia, qui est le Paris de la République Libérienne, ce faux luxe prend des proportions carnavalesques tout à fait réjouissantes.

Les dames arborent crânement les satins les plus criards, les soies brochées les plus rutilantes, les plumes les plus phénoménales, les oripeaux les plus baroques : le tout bizarrement attifé sur des robes tapageuses de tons. Elles demeurent du reste très convaincues qu'elles possèdent à un haut degré le grand chic parisien. Quant à ces messieurs, comme les quatre-vingt-quinze centièmes des Libériens sont dotés d'une fonction publique, ils tiennent à honneur d'en relever le prestige par un costume approprié. Il en résulte qu'ils se livrent entre eux à une véritable lutte dans le « reluisant » lutte qui doit certainement être très profitable au commerce de la passementerie européenne.

La « New-York and Monrovia Bank », banque libérienne (dont le directeur était naturellement un nègre) n'avait pas dérogé à cette douce manie ; elle s'était donné le luxe d'un garçon de bureau des plus décoratifs.

Au reste, Gaëtan Faradel, renseigné de longue date sur les mœurs du pays, ne s'était point étonné outre mesure.

Il reprit donc en anglais :

— A quel guichet touche-t-on les chèques, s'il vous plaît?

Le nègre doré indiqua du doigt un châssis grillagé ; puis, fermant les yeux, il donna du talon une secousse à son fauteuil bascule... et parut se rendormir, tandis que Gaëtan Faradel se dirigeait vers la caisse.

— Sir! dit-il, je viens pour toucher un chèque de six cents dollars?

L'employé, un vieux nègre à barbe et cheveux blancs, dévisagea par dessus ses lunettes bleues le client qui l'interpellait, et demanda :

— A quel ordre?

— A l'ordre de la Société Coloniale Française pour la Commission et l'Exportation, siège social : Paris. Je suis son représentant pour l'Afrique.

— Quel nom ?

— Gaëtan Faradel.

— Vous avez le chèque ?

— Le voici... Il est acquitté.

Le caissier saisit le papier, l'examina, le palpa, le flaira ; puis, prenant une loupe dans son tiroir, il scruta la signature. Enfin, il rendit le chèque à Faradel en déclarant :

— Je ne peux vous payer que sur légalisation de la signature par le consul de France.

— Ça, c'est raide ! clama Faradel. En voilà des histoires ! Mais, bon sang ! ma maison m'avise que...

Il allait, en bon Parisien qu'il était, continuer et même accentuer ses récriminations, quand le nègre rabattit le grillage du guichet.

Brusquement privé d'interlocuteur, Gaëtan se calma.

— Allons ! ronchonna-t-il, puisque ce moricaud m'y force, allons faire légaliser ma signature.

Il réveilla le nègre doré, lui demanda l'adresse du consulat et sortit.

Peu après, il arrivait devant une petite villa, située face à la mer, et sur la façade de laquelle un écusson surmonté du drapeau français le renseigna.

Un nègre — sans dorure celui-là — le reçut dans le vestibule, et la conversation suivante s'engagea, en français de la part de Faradel, en « nègre » de la part du nègre.

— Le consul, s'il vous plaît ?

— Ci qu'il est pati !

— Parti ?... Où çà ?

— Ci qui j'sais pas !

— Bon... Mais il va rentrer ?

— Fi !... dans toi s'maines !

— Hein ! s'exclama Gaëtan. Comment dis-tu ça, toi ?

— Ci j'dis : dans toi s'maines !

— Ah ! non alors ! gémit le malheureux représentant de la Société Coloniale Française. Pour un consul à hauteur, on peut dire que nous avons là un consul vraiment à hauteur !

Et se reprenant :

— Mais... il y a quelqu'un qui le remplace... un chargé d'affaires ?

— Ci l'sargé d'affaires qu'est pati li aussi.

Faradel fut tellement foudroyé par cette déclaration, prononcée avec un calme parfait, qu'il demeura un bon moment, bras ballants, bouche bée, totalement ahuri.

Pourtant, à la fin, il reprit doucement, en hochant la tête, d'un air de bonhomie convaincue :

— Ah !... bien !... bien !... le chargé d'affaires est parti... Ah !... il est parti, le chargé d'affaires !... Parfait, oui, parfait !... C'est charmant... charmant ! oh !... tout à fait charmant... Et peut-on savoir, mon brave, quelle est la personne qui remplace le chargé d'affaires ?... Mais j'y pense ! c'est peut-être bien toi !... hein ? qui remplace le chargé d'affaires ?

Et, pris d'une subite inspiration :

— Écoute, s'écria-t-il, légalise-moi ma signature et je te donne cent sous !

Les yeux du nègre s'éclairèrent ; il eut un bon sourire et répliqua :

— Si je pouvais ! Ji voudrai bien ! Mai j'i peu pas. J'ai pas l'cachet !!!

— Flûte !... hurla Gaëtan, non sans lancer sur un guéridon, malencontreusement placé à sa portée, un magistral coup de poing.

— Missié ! déclara le nègre, ci faut pas toi casser lé maison. Ci moi sera grondé. Moi pov' domestique !

Mais l'objurgation était inutile, la colère venait de tomber chez Faradel pour faire place à un amer découragement.

Les bras croisés, la tête penchée, il monologuait tout seul, tristement.

— Quelle tuile ! murmurait-il. Ah ! oui ! Voilà une malechance pas ordinaire ! Tu es frais, mon pauvre Gaëtan, avec les cinq louis qui te restent en poche ! Oh ! tu peux le dire !... Et voilà une campagne si bien commencée, qui se termine de très pénible façon !... Car enfin si ce satané consul ne rentre que dans trois semaines !... Si je ne peux toucher mon chèque que dans trois semaines !... Me voilà jusqu'à son retour au pain et à l'eau, en panne à Monrovia, après avoir fait pour ma maison plus de cent cinquante mille francs d'affaires, après avoir établi six comptoirs, neuf correspondants, sur la côte de Guinée !... après m'être, en un mot, montré, tu parles ! un voyageur de commerce de génie !... Oh ! là là !... quelle guigne ! Consul de malheur, va !...

Il allait continuer son soliloque amer, quand le noir l'interrompit :

— Icoute Missié ! fit-il doucement. Si toi donner tout de même les cent sous, moi dire quelque chose à toi !

— Dis donc, mais, est-ce que tu voudrais te moquer du monde ?

— Non, pas moquer ! Si toi donner les cent sous, toi savoir qui ci qui remplace lé consul.

— Oh ! l'animal ! Tu ne pouvais donc pas dire ça tout de suite ?

Déjà la pièce d'argent avait jailli du gousset de Faradel pour disparaître dans la ceinture multicolore du noir, qui gentiment conclut :

— Ci l'consoul di Houllande qui remplace li consoul à moi.

Faradel n'en demanda pas davantage. Il partit d'un train d'automobile vers le consulat hollandais, où, hélas ! une nouvelle déception l'attendait.

Là, en effet, un nouveau domestique, nègre aussi, mais vêtu à l'européenne, lui déclara sans ambages et dans un anglais très pur que « le consul de Hollande était parti à la chasse ».

Gaëtan regarda l'homme de travers ; et, non sans une sérieuse envie de se détendre les muscles sur la peau noire, il dit :

— Je crois, Dieu me pardonne, qu'ils se sont donné le mot pour me faire marcher !

Il se trompait, car l'autre ajouta :

— Mais son secrétaire, M. Miossi, va venir après son déjeuner.

— Ah !... bon !... Et ça va être long ?

— Une petite heure.

— J'attendrai ! déclara Faradel avec accablement.

Il s'assit navré dans l'antichambre en attendant le retour de M. Miossi, qui fut un peu long à déjeuner, car il ne survint que vers les cinq heures du soir.

Entre temps, pour tromper l'ennui de son attente, il avait fait causer le domestique et appris des choses intéressantes, à savoir : 1° Que le consul de France était allé faire un petit tour jusqu'à Saint-Louis du Sénégal, tandis que le chargé d'affaires en avait profité pour se payer huit jours de promenade à l'intérieur; mais que leur absence ne portait aucun préjudice à la bonne administration des affaires, puisque M. Van Hoffen, consul des Pays-Bas, s'en occupait quand il était là... et que si ce dernier n'était pas là, M. Miossi y était *presque* toujours; 2° Que M. Miossi, secrétaire du consul hollandais, lequel suppléait momentanément le consul français de Monrovia, que M. Miossi, disons-nous, était italien.

— En voilà une salade! pensa Gaëtan Faradel. Il faudrait être vraiment difficile pour ne pas se montrer satisfait. Il y en a pour tous les goûts !

Disons de suite que M. Miossi, un élégant jeune homme très brun, vêtu de flanelle blanche, accueillit assez froidement la demande de Faradel. Chose logique, du reste ; car enfin c'est toujours fort ennuyeux pour un diplomate d'avoir à se déranger pour le public.

Néanmoins, il ne fit que cette petite objection :

— Moussu, dit-il, zé veux bien vous légaliser la signatoure; mais enfin, moi zé sais pas qui vous êtes !

Faradel lui avait pourtant exhibé sa carte électorale du quartier Mont-parnasse, son port d'armes, une carte d'abonnement de chemin de fer avec sa photographie, son casier judiciaire, un certificat de bonne vie et mœurs, sa dernière quittance de loyer, son extrait de naissance et son livret militaire, constatant qu'il était sorti de l'infanterie de marine avec le grade de sergent et son certificat de bonne conduite; qu'il possédait de plus le brevet de moniteur de gymnastique et qu'il était aussi prévôt d'armes.

Il expliqua ensuite prolixement que la Société Coloniale, dont il était représentant pour l'Afrique, l'avait envoyé sur la côte de Guinée pour y placer des produits et y créer, en même temps, des correspondants; qu'il arrivait de cette tournée presque sans argent, mais muni d'un chèque de six cents dollars; qu'il lui était indispensable de toucher cette somme pour pouvoir prendre le steam anglais en route pour Liverpool, lequel faisait escale à Monrovia le surlendemain.

Bref, après une heure quarante-sept minutes d'efforts éloquents, le jeune M. Miossi se laissa convaincre. Il apposa, près de la signature de Gaëtan, sa signature à lui-même et le cachet du consulat français.

— Enfin! soupira Faradel. Ce n'est pas trop tôt. Mais pour une belle légalisation, parlez-moi de celle-là! Quelle merveilleuse organisation que celle des Affaires étrangères! Dès mon retour, je lâche le voyage et j'entre dans la diplomatie! C'est bien plus chic!... et puis on est bien plus libre!... Ah! mais oui!

Tout en faisant ces réflexions, notre personnage était arrivé devant la « New-York and Monrovia Bank ».

Il y entra comme le nègre chamarré d'or donnait un coup de balai au hall du public avant la fermeture. Il était en effet sept heures moins quatre minutes et les bureaux fermaient à sept heures.

Vivement Faradel courut au guichet, où le vieux caissier à peau noire, à cheveux blancs, à lunettes bleues, s'interrompit d'additionner ses comptes pour relever le panneau vitré.

— Sir! voici mon chèque légalisé!

— Ah! oui! répondit l'homme avec calme en compulsant à nouveau le papier. Parfaitement! seulement je ne puis vous payer.

— Hein!... quoi!... Qu'est-ce qu'il y a encore? clama le malheureux à bout de patience. Est-ce que, par hasard, vous voudriez jouer avec ma tête, mon bonhomme ?

— Pas le moins du monde, sir, répondit l'autre froidement. Seulement,

— JE NE PUIS VOUS PAYER, DÉCLARA LE CAISSIER, LA SOCIÉTÉ COLONIALE EST EN FAILLITE. (Page 7.)

notre maison principale de New-York nous a câblé cet après-midi de suspendre tout paiement pour votre Société Coloniale, attendu que cette dernière vient d'être déclarée en faillite à la date d'hier par le Tribunal de Commerce de Paris.

— Oh !!!

— C'est la vérité! Or, comme nous avons déjà un découvert de cinq mille huit cent cinquante-sept dollars... nous ne payons pas!... Au revoir, sir!

Et le vitrage grillagé se rabattit devant Faradel qui demeura là, assommé, littéralement abruti par cette déclaration aussi inattendue que désolante.

Oui, certes! Il était assommé le pauvre Faradel! On lui eût asséné sur la nuque un fort coup de maillet qu'il ne l'eût pas été davantage. Il demeurait là, les poings appuyés à la tablette garnie de cuivre. Son regard vide se collait à la vitre dépolie derrière laquelle il entendait le bruit tintinnabulant des pièces d'or remuées par le caissier; et ce bruit lui secouait les épaules d'un frisson machinal.

Dans son cerveau tourbillonnaient des pensées confuses, qui s'emmêlaient, se chevauchaient sans qu'il pût réussir à les coordonner.

Seuls ces mots revenaient sur ses lèvres :

— En panne!... Je suis en panne!... Ah! je suis frais!

Comment en sortir? Pour l'instant, il ne se le demandait même pas. Il se contentait de subir l'obsession du désastre!... Car tout croulait pour lui! A vau-l'eau ses commissions sur les affaires! Flambée sa situation au retour, puisque sa maison n'existait plus!

Quant au présent, il était d'un noir d'encre, attendu que le pauvre garçon se trouvait pour ainsi dire sans le sou! Ce matin, il lui restait bien cent francs! Mais ce soir, son hôtel payé (vingt-cinq francs la journée) plus les cent sous donnés au nègre du Consulat français, l'étiage de sa bourse baissait à soixante-dix francs.

— Brrr!... Que faire? pensa-t-il.

Quand on possède une famille ou des amis riches et obligeants, il vous reste, en pareil cas, la ressource d'envoyer le télégramme de détresse :

« Envoyez fonds pour rentrer. Suis en panne et sans le sou. Amitiés. »

Mais Faradel était orphelin, et ses amis étaient pauvres. Cette planche de salut n'existait donc pas pour lui.

2

Le seul remède efficace à employer en l'occurrence était le rapatriement gratuit par l'entremise du Consulat.

Faradel finit par s'en rendre compte, et, bien que navré d'avoir à faire, sur le pont d'un steam quelconque, comme un malheureux émigrant, la traversée qu'il comptait faire en première classe dans un paquebot bien aménagé, notre camarade fit crânement bon cœur contre la mauvaise fortune.

— Allons ! murmura-t-il, demain je retournerai voir mon consul franco-hollando-italien. Pour le moment rentrons à l'hôtel, car l'heure avance. Je me suis attardé et voici la nuit qui tombe.

Effectivement, le hall de la « Monrovia Bank » se noyait d'ombre, et, à travers le haut vitrage, d'où tombait une lumière diffuse, Faradel aperçut le ciel semé d'étoiles.

Il regarda ensuite autour de lui et s'étonna du grand silence qui régnait dans la « Monrovia Bank ». C'est que le hall était vide : le nègre doré avait disparu ! Gaëtan était seul !

— Tiens ! fit-il. Il n'y a plus personne ! Qu'est-ce que ça signifie ?

Un peu inquiet, il se dirigea vers la sortie : la porte était fermée !

— En voilà bien d'une autre ! grogna notre camarade. Voilà que je suis enfermé ici ! Ah ! décidément, je joue de malheur aujourd'hui !

Il comprit du reste instantanément la cause de l'aventure qui lui survenait.

Le nègre chamarré n'avait pas fait attention à lui au moment de la fermeture définitive. Pressé d'aller s'offrir un whisky au bar le plus proche, il avait serré son balai, remisé son riche costume officiel et bouclé la Banque ; ce pendant que les autres employés s'en allaient par la sortie particulière aux bureaux, et que Faradel, morfondu dans ses pensées, demeurait, face au guichet des chèques, à méditer sur les vicissitudes de l'existence de commis-voyageur en Afrique.

Chose étrange, cette situation baroque ramena aux lèvres de Gaëtan leur sourire coutumier. C'était un lutteur en son genre que ce brave Faradel ; il adorait le combat.

Vaincre une difficulté morale, matérielle ou commerciale, constituait pour lui un des plaisirs de la vie. Ne nous étonnons donc pas si, malgré le côté plutôt morose de l'aventure, Gaëtan reprit tout de suite son aplomb.

— Allons ! se dit-il. Quand on est enfermé et qu'on tient à s'en aller... on sort ! C'est la logique même !... Or, pour sortir, il faut ouvrir la porte. Ouvrons-la donc !

Mais, malgré les plus patients efforts, la porte en tôle d'acier et l'excellente serrure résistèrent à toutes les pressions, à tous les essais de cambriolage que Faradel tenta à l'aide de la forte lame de son couteau.

Dépité de cet insuccès, il se mit alors à appeler à son aide. Peine perdue : sa voix résonnait en sonores volutes dans le grand hall, sans que personne lui répondît ; et, au bout d'un quart d'heure, notre camarade impatienté se mit en colère.

— Mâtin de mâtin ! gronda-t-il, ça commence à devenir agaçant ! Je n'ai pourtant pas l'intention de passer la nuit ici... tout de même !

Alors, se rappelant qu'il avait été moniteur de gymnastique, Faradel, avisant un des piliers de fonte qui soutenaient l'armature du hall, se fit ce raisonnement fort juste que pour accéder au vasistas qui s'ouvrait là-haut il n'avait qu'à grimper.

Il grimpa donc, fort lestement ma foi, et arriva sans encombre jusqu'au vasistas qu'il ouvrit. Puis, après en avoir fixé la barre d'appui, Faradel se coula dehors.

Le voilà libre, dira-t-on ? Erreur !...

Le représentant de la Société Coloniale se trouvait en effet debout sur un vitrage long environ de huit mètres et large de cinq. Au delà régnait une terrasse, du haut de laquelle on pouvait apercevoir le panorama de la ville et de la mer ; mais pour y arriver, il fallait marcher, sans les casser, sur les panneaux de verre qui, heureusement, étaient assez épais.

Ensuite ? Ah ! dame ! ensuite… il faudrait trouver une façon quelconque de descendre dans la rue, soit du côté de la balustrade, soit du côté des

GAËTAN FARADEL SAISIT SON REVOLVER ET TIRA… (Page 14.)

bâtiments de la Banque, qui communiquaient par une porte et des fenêtres avec la terrasse.

Or, Gaëtan avait réussi à traverser sans encombre le dangereux passage vitré ; puis, penché sur la balustrade, il examinait le mur, en étudiant les aspérités, très décidé qu'il était à tenter de ce côté la descente, lorsqu'une fenêtre s'ouvrit doucement derrière lui, et, entre les lames des persiennes, une tête noire apparut.

Au reste, Gaëtan, tout à sa recherche, ne s'en aperçut même pas. Il ne vit pas non plus le bras qui appartenait à cette tête noire sortir de la fente des persiennes pour s'allonger

dans sa direction avec, dans le poing, un revolver de fort calibre.

Mais, par exemple, ce que ressentit très nettement Faradel, ce fut une sensation aussi désagréable qu'imprévue, et à peu près analogue à celle d'un fort coup de bâton qu'on lui eût appliqué au-dessus de l'oreille gauche. En même temps il percevait le bruit d'une détonation... et, fléchissant, il tomba plié en deux sur le bandeau de pierre de la terrasse. Le nègre avait tiré ! Et, somme toute, il était dans son droit, car c'était le directeur de la « Monrovia Bank » en personne.

Or, si on veut bien remarquer que Faradel, malgré toutes les précautions prises, avait quand même fait quelque bruit, soit en ouvrant le vasistas, soit en marchant sur la toiture de verre, et qu'en outre le directeur de la « Monrovia Bank » était justement sur le point de se mettre au lit, personne ne saurait s'étonner de ce qui advint et chacun trouvera légitime l'acte de ce brave noir, qui, prenant Faradel pour un simple voleur, lui allongeait tranquillement un coup de feu préventif.

Quoi qu'il en soit, notre héros était touché, mais heureusement ce n'était qu'une forte éraflure. La balle avait rasé le cuir chevelu sans affecter l'os. Néanmoins le choc ressenti avait jeté bas notre homme, qui, sans être complètement évanoui, resta quelques instants immobile en proie à un état bizarre d'engourdissement insurmontable.

Mais cette stupeur momentanée fut de courte durée, et ce fut le directeur de la « Monrovia Bank » qui la fit cesser par sa brusque et intempestive intervention.

Croyant avoir tué « son voleur », il arriva bravement, en chemise et revolver au poing ; puis, pour se rendre compte, il empoigna Gaëtan par la nuque et le retourna rudement.

Il n'en fallut pas davantage. Le gaillard reprit subitement possession de lui-même et, sanglant, furieux, il asséna sur le nez de l'honorable financier libérien un de ces magnifiques coups de figure que jadis on lui avait enseignés, à l'école des sous-officiers à Joinville.

L'autre hurla et fit feu à nouveau par trois fois. La troisième balle érafla encore, mais de façon très légère, le front de Faradel, qui, du coup, ne se posséda plus ! En colonial qu'il était, Gaëtan portait toujours dans la poche d'arrière de sa culotte un « bull-dog » respectable. Il l'empoigna, tira, et le

directeur de la « Monrovia Bank » hurla, battit l'air de ses deux bras, puis
dégringola en arrière, juste sur le vitrage du hall, où il disparut dans un
épouvantable fracas de vitres brisées.

. . . .

Que se passa-t-il ensuite? Gaëtan Faradel ne put jamais s'en souvenir
que très confusément.

Cette pétarade malencontreuse avait certainement éveillé l'attention, car
il se rappela nettement avoir entendu des clameurs monter jusqu'à lui.

Puis, au moment où il cherchait à gagner le large en enjambant la balustrade pour glisser à l'aide d'un tuyau de descente jusqu'à une terrasse inférieure formant balcon, un flot d'hommes noirs armés, soldats de la police
libérienne, firent irruption sur la terrasse.

Empoigné, entraîné, bousculé, battu, assourdi de hurlements, le pauvre
garçon descendit deux étages d'escaliers, meurtri de coups de pied, assommé
de coups de poing.

Dans la rue les aménités continuèrent jusqu'au poste de police, où, après
lui avoir enlevé tous ses vêtements, on le lança, à coups de crosse de fusil,
dans un cachot infect. Il s'y affala dans un état pitoyable, mais content tout de
même d'être sorti des griffes de ces forcenés.

. . . .

Pourtant, notre gaillard n'avait pas, comme on dit, perdu le nord.

Au bout de dix minutes de tranquillité, passées à se palper, à examiner
— au toucher, car il faisait noir comme dans un four — les bosses et plaies
reçues au cours de la bataille, notre ami ne perdit pas courage.

— Certes, pensa-t-il, on va me déclarer que je suis un voleur doublé
d'un assassin : et le fait est que les apparences sont carrément contre moi.
Mais n'importe! Il faut tout de même tâcher de détromper ces moricauds.
Après tout, j'ai triomphé dans des opérations autrement difficiles. N'ai-je pas
réussi, dernièrement, moi, Faradel, à vendre à un prince dahoméen un lot de
trois mille bicyclettes « sans pédales » ?

Tel était son état d'esprit quand, une heure plus tard, on vint le réempoigner pour l'amener devant un quelconque magistrat chargé de l'interroger.

Il essaya de parlementer, de donner l'emploi de son temps, d'expliquer l'histoire de son chèque, de se réclamer de son consul. Tous ses efforts furent vains. A chaque essai de justification, son interrogateur lui coupait la parole, et cette partialité révolta Gaëtan.

— Convaincre de pareils idiots, hurla-t-il en bon français, jamais de la vie! C'est perdre sa salive et son temps. J'aime mieux m'en aller!

Ce n'était point là, de la part du prisonnier, une simple métaphore.

Chez lui le geste suivit de près la proposition. Un coup de pied, une bourrade, envoyèrent promener les deux gardes qui l'encadraient. Puis, filant d'un saut en hauteur par-dessus le bureau du fonctionnaire, Gaëtan pénétra dans le poste de police par la porte de communication laissée entr'ouverte.

Ahuris de l'apparition de cet homme blanc sans vêtements, les noirs n'eurent pas même le temps d'intervenir, car, d'un bond, Faradel avait jailli dans la rue. Et, quand les bons policiers nègres reprirent leurs esprits et se lancèrent à sa poursuite, Gaëtan Faradel avait disparu dans la nuit.

CHAPITRE II

Où Gaëtan, mis en demeure d'opter entre une culotte et un bain froid, opta pour la culotte.

Quatre heures plus tard, Faradel quittait l'inhospitalier territoire libérien, à bord du steamer anglais *The Griffin*.

Hâtons-nous de dire que ce départ, libérateur mais furtif, se produisit sans que la volonté du commandant du bord y fût pour quoi que ce soit.

Voici, en effet, comment les choses se passèrent. Ce fut à la fois très simple, très extraordinaire et d'un imprévu tout à fait déconcertant.

Il est à peine besoin de déclarer, n'est-ce pas ? que le magistrat nègre avait trouvé l'escapade de Gaëtan parfaitement inconvenante. De là à chercher — ne fût-ce que par amour-propre — à rattraper le fugitif, il n'y avait que le quart d'une seconde de réflexion.

Le personnage mit donc instantanément ses hommes en chasse, avec l'ordre impératif de ramener « *l'assassin* » mort ou vif.

Comme le port était proche, l'équipe noire, armée de fusils et munie de falots, se précipita dans cette direction.

On fouilla les docks, les bassins. On sonda les ballots, les tonneaux. On fureta dans les amoncellements de cordages et de caisses.

3

Le résultat fut négatif. Pas plus de Faradel que dans le creux de la main !

Dépités, les noirs agents de police explorèrent les quais, puis les rues avoisinantes. Ces nouvelles investigations demeurèrent infructueuses et les chasseurs rentrèrent penauds au poste de police, où du reste ils furent reçus fort mal par leur chef.

Mais comme, en l'espèce, il n'y avait rien de plus à faire qu'à prendre son parti de l'aventure, tous ces dignes noirs se consolèrent philosophiquement de leur échec, et, raccrochant les fusils inutiles, ils s'allongèrent sur leur lit de camp pour y goûter un sommeil réparateur.

Pourtant, au cours de cette poursuite, ils étaient passés tout près de Faradel, puisqu'ils avaient longé le bordage du *Griffin*, lequel avait fait relâche la veille à Monrovia pour faire de l'eau potable, et se mettait en cet instant sous pression pour prendre peu après la mer, à l'heure de la marée. Or le digne Gaëtan se trouvait justement accroché aux sous-barbes de beaupré dudit *Griffin*.

Allongé sur un grelin tendu qui lui coupait les côtes, agrippé à la martingale, notre homme n'était pas précisément à son aise, étant données la fièvre légère provenant de ses blessures, son extrême courbature et la dépense de muscles et de nerfs à laquelle il s'était livré pendant les événements de la soirée. Au surplus, ce n'était pas de bon gré qu'il avait choisi ce refuge plutôt incommode ; mais, tapi d'abord au long d'un monceau de toiles goudronnées, Faradel avait dû abandonner cet abri lorsque l'ennemi s'était rapproché.

Une drisse pendant sur l'étrave du *Griffin* l'aida heureusement à se hisser jusqu'en son perchoir, d'où il jugea ensuite prudent de ne plus descendre, une fois que les hommes de police se furent éloignés.

— Il n'y a pas ! soupira-t-il tout bas. Il faut que je m'en aille d'ici, sous peine de tomber à l'eau !

Redescendre à terre ? Il n'y pensa même pas. Monrovia ne l'attira pas une seconde, et la perspective de retomber sous la coupe des policiers noirs ne le séduisit point.

— Tant pis! songea-t-il. Flambé pour flambé, fions-nous-en au Destin! Et pour le moment, le mieux est de filer n'importe où! Je vois, ou mieux je sens, à la trépidation qui l'anime, que ce bateau (dont, ma foi, j'ignore la nationalité aussi bien que la destination) est en train d'allumer ses feux. Je vais y prendre passage. Une fois que j'y serai, il faudra bien qu'on me garde. Après?... Ah! dame! après!!... advienne que pourra! Et que le dieu des commis-voyageurs me protège! L'important est : 1° de me dégager de cette situation sans confortable; 2° de tâcher de me cacher jusqu'à ce que cet estimable steamer ait pris le large.

Ayant ainsi pensé, avec cette justesse d'esprit qui le caractérisait, Gaëtan, avec des précautions de Peau-Rouge, se coula jusqu'à l'étrave, s'accrocha au bourrelet de la lisse, et finit par trouver un fauteuil relativement excellent sur la fourche de la petite ancre de bâbord.

Une fois calé, il fit le mort, ne bougea pas plus qu'une momie et attendit le départ, avec l'angoisse lancinante d'être à chaque seconde découvert.

Là-haut, l'appareillage se poursuivait en effet. Gaëtan en entendait parfaitement, au-dessus de sa tête, se dérouler les phases.

— Brr! pensa-t-il. Pourvu qu'un matelot trop curieux ne vienne pas jeter par-dessus la lisse d'avant un coup d'œil dans ma direction !

Mais la Providence lui fut clémente.

Bientôt l'hélice bouillonna : les amarres furent larguées, et le bateau, évoluant doucement, sortit du goulet.

— *All right!* murmura notre homme. Me voilà en route! Pour où ? Ce n'est pas là la question! J'irais volontiers, bien que peu vêtu, jusqu'au pôle Nord, s'il était nécessaire. L'important, c'était de lâcher le coude à Monrovia! C'est fait! Maintenant, patientons une couple d'heures pour permettre à ce brave vapeur de gagner la haute mer.

Si nous disons que la mer était moutonneuse et la lame courte, on peut penser que Faradel devait trouver le voyage sans attrait. Les secousses du tangage lui démolissaient l'échine contre la tôle du plat-bord ; mais il déploya une belle et patiente énergie jusqu'au moment où le crépuscule matinal commença à désenténébrer l'atmosphère. A ce moment précis, le fugitif se décida à réclamer un peu d'aide.

Gonflant ses poumons, il lança vers le ciel cet appel en français :

— Hé ! là-haut !... Je commence à me faire vieux !... Vous ne pourriez pas faire descendre l'ascenseur, s. v. p. ?

Du coup, il y eut sur le gaillard d'avant un remue-ménage ; puis des têtes surgirent au-dessus de Gaëtan, têtes dont le *facies* se crispa d'un ahurissement bien légitime. Des exclamations gutturales jaillirent, qui eurent, en tout cas, l'avantage de démontrer à Faradel que ceux qui les poussaient étaient de nationalité anglaise.

Peu après on lui tendait un filin, et le pauvre représentant de la Société Coloniale faisait son entrée sensationnelle sur le pont du *Griffin*.

Sensationnelle est le mot juste en la circonstance, car la tenue particulièrement simple de Gaëtan souleva autour de lui une hilarité profonde que tempéra subitement l'examen de la peau du malheureux : les horions reçus ressortaient maintenant en belles plaques noires ; on eût dit un « homme truffé ». De plus, son front maculé de sang inspira quelque intérêt aux matelots qui, tout en le questionnant avec volubilité, l'emmenèrent vers l'arrière, afin de le présenter au commandant du bord.

Tout en se laissant entraîner, Gaëtan examinait le pont et murmurait :

— Ah ! ah ! je suis à bord d'un navire qui transporte du matériel de guerre !

En effet, sur le pont, des boxes à claire-voie munis de râteliers, contenaient cinquante chevaux, installés sur deux rangs, têtes au centre. Plus loin, il put remarquer, solidement arrimés par des cordages bien tendus, quatre canons-mitrailleuses enveloppés dans des gaines de toile. Enfin, contre les deux bordages, deux files d'hommes couchés les uns contre les autres attirèrent l'attention de Faradel.

— Des soldats anglais ! pensa-t-il. Ça y est ! Je crois bien que je pars pour le Transvaal !

C'étaient, en effet, des soldats de Sa Majesté Britannique. Vêtus de khaki, ils dormaient, pour la plupart, en des poses abandonnées ; mais quelques-uns, semi-réveillés, s'étiraient en bâillant. Plusieurs d'entre eux, déjà debout, rajustaient leur tenue fripée par une nuit passée sur le pont ; et l'un, grand diable à figure intelligente, à petite moustache noire, lança au passage de Gaëtan ce lazzi, *en bon français :*

— De quoi ? fit-il gouailleur. On vient donc de s'faire habiller à la Belle Jardinière !

— Un Parisien ! clama Faradel, en s'arrêtant net.

— Juste !... Auguste ! riposta l'autre.

Mais ils n'eurent pas le temps de faire plus ample connaissance, car le groupe des Anglais entraîna Gaëtan qui, peu après, comparaissait devant le chef du bord, le capitaine Allix en personne.

Comme notre héros parlait l'anglais avec une pureté tout à fait remarquable, l'interrogatoire fut facile et Gaëtan raconta sans réticence toute la vérité.

— Commandant, conclut-il, je regrette vivement de ne pouvoir vous donner des preuves palpables de ma sincérité ; mais je n'ai pas — vous pouvez vous en convaincre — mes papiers sur moi !

Froid comme glace, le marin l'écouta sans desserrer les dents. Puis, quand Faradel eut terminé :

— Mon garçon, dit-il, tout cela est bel et bon ! Mais qu'est-ce que vous voulez que je fasse de vous ?... Que je vous emmène à Capetown ?

— Dame ! commandant, je ne vous cache pas que cette solution me plairait assez, bien que la route suivie par vous m'éloigne un peu de mes affaires et que j'eusse préféré...

— Et comment paierez-vous votre passage ? interrompit le capitaine.

Gaëtan eut un geste vague, regarda ses cuisses à l'emplacement où généralement on place les poches d'un pantalon ; puis il conclut, très gaillard :

— J'ai oublié mon porte-monnaie !

Sans même daigner sourire de la boutade, l'Anglais riposta :

— Vous m'avez dit tout à l'heure que vous aviez été sergent dans l'armée coloniale de France ?

— Ça !... oui !

— C'est bon !

Et s'adressant à un quartier-maître qui assistait à l'entretien :

— Allez prier M. le premier sergent Murston de venir me trouver !

Puis, pendant que le matelot exécutait l'ordre, le capitaine Allix, devenu subitement très jovial, s'en fut jusqu'à son coffre, y prit deux grands verres ainsi qu'une intéressante bouteille sur laquelle rayonnait en lettres d'or ces mots : OLD TOM GIN, et remplissant les verres :

— A votre santé ! mon garçon ! déclara-t-il.

— Ça ! c'est pas bête ! riposta Gaëtan, vous êtes un brave homme. Mais puisque vous avez l'amabilité de m'inviter, je ne vous cacherai pas que j'ai une faim du diable. Je n'ai rien dans l'estomac depuis hier matin.

— Parfait ! parfait ! déclara le marin, en lui tapant familièrement sur l'épaule, nous causerons de ça dans un moment !... A la vôtre, garçon !

Ils burent et n'avaient pas encore reposé les verres sur la tablette que le premier sergent Murston entra.

Six pieds anglais de taille, gros et ventru en proportion, avec la face rouge violacée d'un alcoolique, tel était le premier sergent Murston. Il possédait une moustache et des favoris courts, d'un blond filasse, et qui, grâce à des poils blancs, déjà nombreux, semblaient plus blonds encore, par contraste avec le ponceau des joues. Les yeux bleus d'acier, durs d'expression, fixaient leurs regards comme deux pointes.

Il arriva sanglé dans sa tunique rouge à manche chevronnée et armoriée d'or, et, tout en sifflant ensemble une rasade, le capitaine Allix le mit au courant de la situation.

Murston écouta sans mot dire, puis :

— *All right!* déclara-t-il froidement, ce garçon va faire un beau et brave soldat anglais !

— Hein ?... Qu'est-ce que vous dites ? s'exclama Faradel... Moi ! soldat anglais !! Eh bien ! vous n'avez pas peur !

— *Yes!... Yes!...* reprit sans s'émouvoir le premier sergent, ce garçon est bien taillé pour l'infanterie montée !... *All right!...* Il va justement me remplacer ce grand gaillard, mort avant-hier et que nous avons dû jeter aux requins.

— Non ! mais ! reprit Gaëtan en croisant les bras dans une attitude de protestation. Non ! mais ! vous ne m'avez pas regardé ! Moi, soldat anglais !... Vous voulez m'incorporer dans l'armée anglaise ! Moi Faradel ! moi ex-sergent de marsouins ! J'irais, moi, Gaëtan, tirer sur les Boers ! Je crois que vous vous fichez du monde !

A vrai dire, notre camarade, outre que son sentiment personnel se révoltait de la proposition, sentait déjà le gin lui monter à la tête. Boire un grand verre d'alcool après une journée aussi rude que celle-là, il y a de quoi vous exciter outre mesure. Et comme le premier sergent Murston reprit d'un ton cassant :

— Pas de ces façons-là ! hein, garçon ! C'est moi qui commande ici, n'est-ce pas ? Tu es soldat ! Tâche d'obéir et viens un peu signer ton contrat !

Oh ! alors, Faradel se fâcha tout rouge.

Non ! il ne signerait rien ! Plus souvent qu'il irait taper sur des braves gens comme les Boers ! Non ! il ne voulait rien savoir !

— Et, en tout cas, conclut-il fermement, si je m'engageais, ça ne serait pas de votre côté, entendez-vous ?

Murston fronça les sourcils, regarda le capitaine Allix, qui, lui, souriait dans sa barbe, et ce dernier prit la parole :

— ALLONS, FIT LE COMMANDANT, DÉCIDE-TOI. (Page 26.)

— Soit ! dit-il avec calme, puisque tu refuses je vais te débarquer.

— Où ça ?

— Mais... en mer ! Est-ce que tu t'imagines que j'ai du temps à perdre pour te ramener à la côte ?

— Vous feriez ça !... Eh bien ! c'est pas pour dire, mais vous êtes de rudes...

— MAIS SI JE SUIS TUÉ, JE N'AI PAS BESOIN DE RETRAITE. (Page 27.)

Ne voulant pas aller trop loin et pousser ainsi ses interlocuteurs à des représailles, il s'arrêta, mais franchement il les eût étranglés bien volontiers.

— Allons ! reprit Murston, décide-toi !

— Des nèfles !

4

— Qu'est-ce que tu dis ?

— Je dis : des nèfles ! Ça veut dire : Non ! et non !

— C'est bien ! repartit le capitaine, arrive !

Deux solides matelots mandés par le commandant empoignèrent Gaëtan, chacun par un bras, et, suivant le sergent et le commandant du bord, amenèrent Faradel sur le gaillard d'arrière.

Puis, quand il fut là immobilisé, face à la mer, le commandant reprit :

— Décide-toi ! Ou tu es soldat, et monsieur le premier sergent te fait habiller, te fait panser, te fait manger,... ou je te *débarque*.

L'euphémisme était charmant. D'autant plus que dans le remous de l'*hélice* et dans le sillage du *Griffin* le pauvre Gaëtan aperçut nettement les dos bruns d'une demi-douzaine de requins qui évoluaient à fleur de vague.

Il eut un frisson.

— Nom d'une pipe ! grogna-t-il. C'est qu'ils le feraient... les canailles !... Ah ! bon sang !! Il y a parfois des situations vraiment bien difficiles dans cette pauvre existence.

Notre ami était — on le conçoit — extrêmement perplexe ! Qu'on se mette un instant à sa place !!

Or, à peu de distance, les soldats anglais et les marins du bord, déjà au courant de l'affaire, examinaient cette étrange scène, mi-anxieux, mi-égayés ; car, au fond, ils ne doutaient pas du résultat : l'homme devant, à leurs yeux, céder fatalement.

Et soudain une voix s'éleva, qui clamait en français :

— Va donc, hé ! Fais donc pas l'imbécile, mon copain ! Ça n'engage à rien ! Et puis, moi, je m'embête ici tout seul ! On fera la paire tous les deux ! Marche donc ! marche donc ! Signe, on verra après !

Faradel tourna la tête et reconnut le grand Français dégingandé qui l'avait déjà blagué tout à l'heure.

Leurs regards se croisèrent. Gaëtan eut encore une seconde d'hésitation... puis, prenant son parti :

— Allons, c'est bon! fit-il. En voilà assez avec vos sales blagues!...
Donnez-moi une culotte!...

Il y eut une explosion de bravos ironiques parmi les hommes de l'équipage; Murston donna à son nouveau soldat un *shake hand* à lui démolir l'épaule, et, dix minutes plus tard, confortablement habillé, Gaëtan Faradel, préalablement pansé de sa plaie à la tête, signait un engagement royal pour la durée de la guerre, avec, en cas de blessure ou de mort, une retraite princière que lui assurait Sa Gracieuse Majesté.

— Mais dites donc, estimable sir, dit-il à Murston, si je suis tué je n'ai pas besoin de retraite.

— C'est pour ta veuve et tes orphelins, mon garçon!

— Mais je ne suis pas marié!

— Rien ne te dit que tu ne te marieras pas au Cap.

— Allons! vous avez réponse à tout, dit gaiement le camarade, en apposant délibérément son paraphe.

— Et maintenant, conclut-il, si vous vouliez bien avoir l'extrême obligeance d'avoir la bonté de me donner à manger... J'ai faim, moi.

— C'est trop juste!

Et c'est ainsi que Gaëtan Faradel, voyageur de commerce, ex-sergent aux marsouins, devint, par la force des choses et le caprice de la destinée... soldat anglais!

CHAPITRE III

Où Gaëtan Faradel entre en relations avec sir William Kennedy.

Quand il eut revêtu la casaque khaki, chaussé les brodequins fauves, coiffé le casque à bandeau et enroulé autour de ses mollets les guêtres en flanelle ; quand, en un mot, Faradel fut entré dans la peau du nouveau personnage que le destin le forçait à représenter, il n'en fut pas autrement satisfait et murmura :

— Je dois avoir une drôle de *bobine* en cet accoutrement !

Faradel se trompait. Il était, au contraire, très correct, et, disons-le, très « chic ». Ce costume colonial qui, au fond, ne diffère pas sensiblement de celui des autres nations, l'habillait d'autant mieux qu'il savait le porter, ayant déjà — on s'en souvient — marché aux colonies comme soldat français.

Au demeurant, la compagnie recrutée par le sergent Murston évoquait assez exactement l'idée d'une troupe de notre Légion étrangère plutôt que celle d'une troupe anglaise ; et, en ce qui concerne l'ancien marsouin Faradel, notre camarade réalisait — malgré l'uniforme anglais — le type parfait du *vitrier*, du chasseur à pied de France, avec sa face un peu haute en couleur, ses yeux noirs, ses moustaches en croc et son *fer à cheval* aux poils châtain foncé qui foisonnaient sur le menton.

Sur sa physionomie éclataient la santé, la verve et la bonne humeur. Rien qu'à le voir, on disait de suite : « Voilà un gaillard d'aplomb ! » Il l'était, en effet, comme l'était également, dans un genre et sous un aspect différents, le deuxième Français de la compagnie, le nommé Hugueville, celui-là même qui avait interpellé Gaëtan lors de son arrivée à bord.

Cet Hugueville était très grand, très mince, avec un visage pâle extrêmement intelligent. Les traits, fortement accusés en maigreur, dénotaient l'énergie que soulignaient, du reste, deux yeux noirs volontaires, durs parfois, remuant comme deux taches flambantes sous des sourcils épais qui semblaient dessinés en deux larges touches de fusain.

L'impression première qu'on ressentait en le dévisageant était plutôt favorable ; mais elle se nuançait d'un certain malaise.

— Voilà une *forte tête*, songeait-on.

C'était vrai ! Hugueville, fils d'un gros commerçant parisien, bien élevé, bachelier, avait même été si forte tête que son père avait dû — histoire de le calmer — le faire engager aux zouaves. Malheureusement, ce système ne réussit pas toujours, et Paul Hugueville en était une preuve décisive.

En effet, caporal après un an de service, il avait repris de telles habitudes d'indépendance que ses galons n'avaient pu y résister.

Cassé de son grade, le jeune homme s'était aigri. De là à devenir un soldat indiscipliné, il n'y a qu'un pas. Hugueville l'avait franchi, tant et si bien que, malgré la mansuétude et la longanimité de ses chefs, il en était arrivé — après le Conseil de discipline — à être incorporé au Bataillon d'Afrique.

Cette nouvelle existence, toute de contention et de rudesse, lui déplut encore davantage. Bref, le gaillard avait un jour filé, plantant là sa compagnie.

Que devint-il alors ?... Lui seul le savait !

Il avait trimé un peu partout. Pour vivre, il avait fait tous les métiers. Ses parents l'avaient en effet abandonné — son père ne voulant plus entendre parler de ce fils qu'il dénommait, non sans logique, *le fléau de la famille !*

En fin de compte, Paul — sans le sou et crevant de misère — avait échoué à Malte, où le premier sergent Murston, en tournée de racolage pour l'Afrique du Sud, lui avait mis la main dessus.

Hugueville s'engagea donc, mais sans enthousiasme et seulement parce qu'il fallait, quand même, trouver à manger. Ce seul point le décida, et c'est ainsi que le *Griffin* l'emportait vers le Transvaal.

De son stage aux bataillons d'Afrique et de ses multiples pérégrinations sur la côte méditerranéenne, le gaillard avait gardé une allure étrange et composite, en même temps qu'il avait adopté en son langage une façon parfois argotique, faubourienne, qui détonnait avec les tours de phrase corrects, élégants même, qu'il tenait de sa première éducation.

Au demeurant bon cœur, brave, capable de dévouement et le cœur sur la main.

Or, quand deux Français se rencontrent — seuls au milieu d'une bande d'étrangers — il est juste et logique qu'ils aillent de suite l'un vers l'autre. Dans la situation particulièrement baroque où ils se trouvaient jetés tous deux, il est naturel qu'une commune attraction liât ensemble Paul et Gaëtan — et c'est bien ce qui arriva. Faradel n'était pas incorporé depuis un quart d'heure que Hugueville et lui-même étaient devenus une paire d'amis.

Hugueville raconta son odyssée à Gaëtan. Celui-ci mit Hugueville au courant de son aventure. Et tous deux tombèrent d'accord sur un point : à savoir que, dans la vie, on est parfois obligé de subir ce qu'on ne peut pas empêcher, mais qu'on serait le dernier des imbéciles de ne pas tenter tout au moins de corriger le Destin dans ce qu'il a de déplaisant.

— Moi, conclut Hugueville, je t'avertis tout de suite que, tant qu'à tirer un coup de fusil contre les Boers, c'est *comme des dattes !*

— Je partage intégralement ta manière de voir, répliqua Gaëtan.

— Alors... si tu veux, mon vieux, une fois là-bas, on file ensemble ; car, tant qu'à être soldat, il faut au moins l'être dans le camp où l'on a des sympathies.

— Mon brave ami, tu parles d'or ! approuva Faradel. Je suis du voyage. Aussi bien cette solution me plaît énormément, car elle me permettrait de faire un double pied-de-nez à messieurs les Anglais.

— Comment ça ?

— Mon camarade, riposta Gaëtan je suis, avant tout, représentant de commerce, n'oublie pas ça !... Tu me diras que ma maison est en déconfiture !... C'est vrai, mais qu'est-ce que ça peut faire ? On fait son métier, même quand on n'a pas de maison.

— Ah ! bah ?

— Sans doute ! L'important est de prendre des commissions... il y a toujours des négociants pour les accepter avec reconnaissance ! Et ça fera la pige aux maisons anglaises ! Et allez donc !

— Eh bien ! mon colon, s'écria en riant Hugueville, on peut dire que tu es taillé pour les affaires ?... Il n'y a pas à dire !... Non ! ce toupet de penser que tu vas pouvoir faire du commerce en pleine guerre... et là-bas encore !... sans communication d'aucune sorte avec le globe.

— C'est justement pour ça !... dit Faradel sans rire. Il y a bien plus de mérite à vendre une marchandise qu'on ne possède pas, pour le compte d'une maison qu'on ignore... c'est là le critérium du génie pour un voyageur de commerce qui *la connaît !* C'est un record à battre... je le battrai, moi, Faradel !

— Tu m'épates ! riposta Hugueville en riant. Enfin, moi, j'y vois aucune espèce d'inconvénient !

— En tous cas, l'important, vois-tu, reprit Gaëtan, l'important c'est de s'en tirer sans se faire harponner par ces *homards ;* car tu sais, v'lan !... douze balles à la clé !

— On verra !... on verra !... et on s'en tirera !...

— Hé! dit soudain un personnage qui s'était arrêté derrière eux sans qu'ils l'eussent remarqué, z'en suis aussi, du voyaze!

A cette phrase, énoncée avec un fort accent italien, les deux hommes se retournèrent brusquement. Sur leurs visages, une pâleur de cadavre s'était brutalement étendue ; car, si, accoudés contre le bordage, ils parlaient avec un tel abandon, c'est d'abord qu'ils se croyaient à l'abri de toute oreille indiscrète, et qu'ensuite, de l'aveu même de Hugueville, ils pensaient être les seuls passagers du *Griffin* qui parlassent le français.

Aussi, cette phrase tombant sur la quiétude de leur entretien leur causa-t-elle une réelle terreur.

Leur interlocuteur s'en aperçut du reste, et les rassurant :

— Pas peur, camarades! Zé ne suis pas un espion, et zé vous répète : zé suis du voyaze!

— Celui qui venait de parler était, lui aussi, un soldat de cette compagnie, si singulièrement racolée qu'elle contenait des gens de toutes les nations : des Suisses, des Belges, des Espagnols, des Hongrois, voire même un Turc. Le nouvel arrivant se nommait Spinelli. Il était Italien.

Un peu remis de leur première surprise, nos deux camarades l'accueillirent aimablement, bien qu'il fût entré un peu cavalièrement dans leur intimité, et la conversation s'engagea.

Ils apprirent ainsi que Spinelli, ex-sergent aux bersaglieri, avait été, en raison de sa double profession de mécanicien et d'électricien, attaché au service aérostatique militaire italien. L'homme était déserteur, cela à la suite d'une aventure qui s'était terminée, comme se terminent en Italie beaucoup d'aventures analogues, par un duel au stylet. Ça ne tire pas à conséquence au point de vue de l'honorabilité personnelle, paraît-il ; mais, comme c'était Spinelli qui avait *offert* le coup de stylet, et que celui qui l'avait *accepté* était un adjudant, c'est-à-dire son chef, le pauvre Spinelli avait dû quitter sa patrie afin d'éviter de petits ennuis, à commencer par le Conseil de guerre.

— Tope là, camarade! déclara Hugueville. Aussi bien, tu m'as l'air d'un

5

garçon *d'attaque* : et, dans un plan comme le nôtre, on n'est jamais trop de gars *à hauteur*.

— Parfait! opina Faradel. Seulement, un conseil! Si un autre *lascar* que nous ignorons connaissait le français et nous moucharde!... Pas de bêtises, hein? Nous en recauserons, une fois arrivés là-bas... au *front*... c'est entendu?

— Entendu!

Effectivement, fidèles à la consigne, ils ne parlèrent plus de leur projet de fuite ; mais ils se lièrent davantage pendant les jours qui suivirent, et finirent par s'apprécier et s'aimer mutuellement.

Certes, dans la vie usuelle, cela eût pu sembler bizarre ou tout au moins anormal et contraire aux préjugés sociaux. Mais dans l'aventure qui les entraînait tous trois, on ne fait pas tant de façons ; et Faradel, qui, pourtant, était le seul du trio à posséder un passé absolument sans tache, aima quand même ses compagnons parce que, au fond, les fautes qu'ils avaient à se reprocher n'étaient pas des fautes viles.

Les frasques de Hugueville n'impliquaient point qu'il fût un malhonnête homme : il ne l'était pas, du reste.

Quant au duel au couteau de Spinelli, Faradel était trop large d'idées pour ne pas comprendre que les us et coutumes des nations changent avec les climats et les latitudes. De plus, Orlando Spinelli était d'une rare intelligence ; il était même un ouvrier d'élite, presque un savant dans sa partie. Ce n'est point à dédaigner, quand on aborde des difficultés comme celles où ils allaient se lancer.

L'amitié des trois hommes se cimenta donc avec rapidité ; et, sans qu'ils en eussent seulement touché un mot, Paul et Orlando reconnurent, tacitement mais implicitement, Gaëtan comme chef de *l'équipe*.

A bord du *Griffin*, les soldats passagers jouissaient d'une grande liberté, en dehors de la parade d'appel du matin, car on ne les soumettait à aucun exercice. Ils n'étaient même pas armés et ne devaient toucher fusils et cartouches qu'à l'arrivée.

Les trois camarades passaient donc leur temps à circuler, tout en examinant les détails d'arrimage de ce steam très spécial, puisqu'il était bondé exclusivement de cargaison militaire.

Curieux de leur naturel, ils constatèrent ainsi que le *Griffin* contenait, à part son matériel de guerre proprement dit, un engin très particulier et fort intéressant : un ballon. Les divers organes de cet engin, arrimés dans le faux-pont, étaient fort soigneusement emballés, si soigneusement même que la nature de leur contenu eût échappé à l'examen d'un profane.

Mais Spinelli, expert sur cette question, fut le premier à signaler le fait à l'attention de ses camarades :

— C'est un dirigeable, déclara-t-il. Malgré l'emballage spécial et le morcellement de la nacelle, je reconnais l'outil : c'est l'*Aviator* de l'ingénieur anglais Kennedy.

— Oui, dit Faradel. J'en ai entendu parler comme du meilleur ballon connu pour la navigation aérienne.

— On le dit, répartit Spinelli. Il est vrai que l'affaire a été tenue extrêmement secrète et qu'on n'a là-dessus que des données très vagues. Pourtant on sait que les essais, tentés sur modèle réduit, ont été satisfaisants, bien que le principe en soit basé sur les anciennes données, ou à peu près.

— Et en quoi consiste-t-il, cet *Aviator*? questionna Hugueville.

— A vrai dire, poursuivit Spinelli, son nom d'*Aviator* n'est pas mérité car ce n'est pas, paraît-il, un aviateur, mais bien un ballon à gaz, de forme spéciale très aplatie. Son gaz suspenseur est tout bonnement l'hydrogène; mais il est actionné — comme marche et direction — par des moteurs spéciaux. Si l'on en croit les bruits qui courent, ces moteurs seraient eux-mêmes actionnés par l'alcool.

— Bon! dit Faradel. Je connais ça...

— Laisse-moi terminer!... Cet alcool est condensé en cristaux.

— Ah! bah?

— Oui, Sir William Kennedy, qui est très fort chimiste, a, paraît-il, trouvé une formule qui lui permet de réaliser de l'alcool ainsi condensé, sous une densité infime. Il en résulte qu'il peut emporter à bord une quantité considérable de force motrice, sous un volume très faible.

Je sais aussi, poursuit Spinelli, que sir William possède un système de réservoir pour son hydrogène comprimé, système qui lui permet de parer à la déperdition du gaz de l'enveloppe pendant environ deux ou trois jours. On peut donc admettre que son *Aviator* constitue un progrès réel en aérostatique. Ce n'est pas, évidemment, la formule définitive, le *nec plus ultra*, mais c'est un rude pas de fait en avant dans cet ordre d'idées.

— Bon! dit Hugueville. Mais son *machin* est-il capable de lutter contre un vent violent.

— Je ne le crois pas! En tous cas, l'*aviator Kennedy*, pas plus qu'aucun aérostat, ne sera capable de dominer la tempête; car jamais, entends-tu, jamais on ne trouvera de moteur assez puissant pour maîtriser la tempête.

Or, l'ex-sergent aérostier ne s'était pas trompé dans son hypothèse. C'était bien un *aviator* grand modèle, du système Kennedy, que transportait le *Griffin*.

Orlando avait donné à ses compagnons des renseignements aussi justes que possible, en leur déclarant que les essais en petit avaient été très concluants. Mais ce qu'il ignorait — comme tout le monde, du reste — c'est que sir William Kennedy avait obtenu du War-Office de Londres l'autorisation d'expérimenter son système en grand sur les champs de bataille de l'Afrique du Sud.

Cette découverte, qu'il venait de faire à bord du transport, intéressa donc puissamment Spinelli, et l'*aviator* renfermé dans les flancs du bateau devint immédiatement pour lui, ne fût-ce que par intérêt professionnel, une véritable obsession. Il fit, du reste, partager ce sentiment à ses deux camarades, et leurs conversations ne roulèrent plus que sur cette passionnante question des ballons de guerre.

En même temps, ils se renseignèrent à droite et à gauche, sans en avoir l'air, auprès des matelots ou des soldats, leurs compagnons ; et c'était à Faradel, en raison de sa connaissance de l'anglais, qu'était dévolue cette fonction de *sondeur*.

Il s'en acquittait du reste à merveille ; tant et si bien que, quarante-huit heures plus tard, il avait appris que sir William Kennedy en personne se trouvait à bord.

— Oui ! dit-il à ses deux amis. Ce petit vieux, à favoris blancs, à lorgnon d'or, tout ratatiné, tout maigriot, coiffé d'une calotte de pipelet, qui se promène parfois sur la dunette avec le capitaine Allix... c'est l'ingénieur.

— Ah ! ah ! marmonna Spinelli, songeur ; je voudrais bien faire sa connaissance.

Cela n'était, malheureusement, pas commode, l'ingénieur Kennedy passant la presque totalité de ses journées enfermé dans sa cabine, à triturer des formules ou des équations, et aucune raison plausible de l'aborder n'existant pour nos trois camarades.

Ce fut la Destinée qui leur vint en aide et qui se chargea de la présentation.

Après avoir fait escale au large de Sainte-Hélène pour y déposer un courrier qui fut porté à terre par la chaloupe à vapeur, le *Griffin* piqua droit sur le Cap par un assez gros temps, et ce gros temps, qui fut pour l'équipage la cause d'un fort ennui, eut, au contraire, pour le trio Gaëtan-Paul-Orlando des conséquences d'une importance capitale.

En effet, la houle devint subitement violente. En même temps, une pluie cinglante fouettait le pont et les cordages ; puis, la vague s'élevant, vigoureuse et rude devint si dure au bout d'un instant que plusieurs chevaux basculèrent dans leurs boxes, malgré les sous-ventrières et les attaches qui les maintenaient. Deux d'entre eux, pattes en l'air, lançaient des ruades désespérées et se tuèrent au cours de ces mouvements violents. On dut aussi renforcer en hâte les filins d'attache des canons-mitrailleuses. Bref, tout l'arrimage subissait des heurts si brusques et si saccadés qu'ils menaçaient à chaque seconde de tout désemparer.

Nos trois amis s'étaient mis à l'abri dans le faux-pont, près de l'endroit où était installée, dans des caisses spéciales et démontée en plusieurs pièces, la carcasse d'aluminium de la nacelle de l'*aviator*.

L'une de ces caisses, basculant sous le choc d'une forte lame, se renversa en brisant les cordes d'attache qui la maintenaient au flanc de bâbord, cela juste au moment où l'ingénieur Kennedy arrivait en hâte pour vérifier si aucune avarie ne survenait à sa machine par suite de la tempête.

A la vue de sa caisse couchée sur le flanc, il poussa un cri terrible — le cri angoissé d'une mère qui voit son enfant tomber à l'eau — puis il murmura sourdement :

— Dear me!... Dear me!!... Provided that nothing be broken!... It is just the box of the machine!!...

En bon français, cette phrase peut se traduire de la façon suivante :

« Mon Dieu!... Mon Dieu!!... Pourvu que rien ne soit cassé!... C'est justement la caisse de la machine!! »

Mais cette traduction, faite ici uniquement pour le lecteur, était parfaitement inutile pour Faradel qui, lui, avait compris à merveille.

Au surplus Gaëtan et Spinelli s'étaient précipités pour essayer de remettre la caisse d'aplomb, au moment même où était arrivé l'ingénieur.

— Sir! dit gracieusement Faradel dans le plus impeccable langage d'outre-Manche, sir, rassurez-vous, il n'y a — je crois et je l'espère — rien d'endommagé.

Il ajouta :

— C'est du moins l'avis de mon collègue et ami, M. Spinelli, *aéronaute distingué*.

Il souligna ce qualificatif.

Orlando comprit et s'inclina.

Cette présentation imprévue avait amené sur le visage de sir William

Kennedy une expression qui pouvait passer à la fois pour un sourire et pour une grimace.

— Ah! fit-il d'un ton ennuyé, presque soupçonneux et avec un visible embarras, le soldat est aéronaute.

— Oui! monsieur l'ingénieur.

Mais cette contrainte dura à peine quelques secondes : le visage de Kennedy se détendit.

— Ah! bien! reprit-il après un silence, cela tombe à merveille!... Si monsieur... comment l'appelez-vous ?

— Spinelli.

— Si monsieur Spinelli veut bien m'aider, nous allons voir ce qu'il en est de cet accident.

L'occasion qui s'offrait était réellement trop belle pour n'en pas profiter. Spinelli se mit immédiatement à la disposition de l'ingénieur anglais; et Faradel se trouva tout indiqué comme interprète.

Quant à Paul Hugueville, il remplit le rôle de l'homme qui donne un coup de main, et se prêta de la meilleure grâce du monde aux circonstances.

On ouvrit donc la caisse, et sir William Kennedy constata quelques légères avaries qui nécessitaient l'intervention d'un mécanicien. L'ingénieur réclama celui du *Griffin*, mais, au cours de cette semi-tempête, les ouvriers d'art du bord se trouvaient retenus aux machines.

— Qu'à cela ne tienne! déclara vivement Spinelli, nous sommes très aptes, mes amis et moi, à les remplacer.

Sir William Kennedy, auquel cette phrase fut traduite par Gaëtan, accepta; et, guidés par lui, Faradel et Hugueville s'attelèrent à la besogne avec une telle ardeur, une si parfaite intelligence, que l'ingénieur en fut littéralement émerveillé.

L'accident fut réparé en un clin d'œil, et sir William les quitta en mettant dans la main d'Orlando une livre sterling comme rémunération de leur peine.

A la suite de cet incident, nos camarades restèrent pendant vingt-quatre heures sans voir l'aéronaute, quand, à l'appel du surlendemain, le premier sergent Murston enjoignit aux trois hommes de se rendre à l'arrière, au carré du commandant, pour se mettre à la disposition de sir William Kennedy.

— Chouette! il y a du bon! murmura Faradel.

— Tu parles! déclara Hugueville.

Quant à Orlando, il sourit silencieusement, mais ne souffla mot, car il mûrissait déjà, sans en rien dire encore à ses camarades, un projet de fuite à l'aide du ballon...

. . . .

Deux heures plus tard, les trois amis quittaient M. Kennedy; et ces deux heures de conversation leur avaient été profitables.

En effet, ils abandonnaient leur qualité de fusiliers montés de l'armée anglaise pour devenir aéronautes militaires à bord de l'*Aviator*, sous la haute direction de l'ingénieur.

Par l'intermédiaire de Gaëtan Faradel, sir William avait longuement questionné Spinelli, et comme Faradel avait une éloquence particulièrement convaincante, les mérites et les aptitudes de l'ex-sergent italien, avaient, en passant par la bouche de Gaëtan, pris une ampleur extraordinaire.

Emporté par sa faconde habituelle, notre gaillard n'avait oublié ni Hugueville ni lui-même. A son dire, ils étaient, tous les deux, des mécaniciens consommés.

En un mot, il opéra de la même manière et avec la même verve que s'il eût eu un lot de chaussures en carton à placer à un roi nègre... et cela réussit au delà de toute espérance!!... M. Kennedy fut enchanté, si enchanté même qu'il prit nos trois gaillards à son service, les assurant qu'au débarquement il ferait régulariser leur situation par l'autorité supérieure.

Faradel, exultant, remercia au nom de tous. Il le fit sans emphase, sans exubérance, avec la dignité correcte qui convient à un homme dont on ne fait qu'apprécier les mérites.

Quelques jours plus tard, débarqués à Capetown, nos amis lâchaient avec satisfaction le premier sergent Murston, pour procéder à l'arrimage sur

ILS S'ÉTAIENT PRÉCIPITÉS POUR REMETTRE LA CAISSE D'APLOMB.
(Page 38.)

railway de tout le matériel, produits, etc..., destinés au ballon l'*Aviator*, le tout sous la haute direction de l'excellent M. Kennedy qui manifestait la plus entière confiance envers cet équipage, recruté pourtant de façon plutôt bizarre.

6

Mais, dit le proverbe, il n'y a que la foi qui sauve!... Hélas! M. Kennedy devait bientôt reconnaître que les proverbes n'ont pas toujours raison.

Enfin, quand tout fut paré, on partit pour le *front*, dans un train spécial que pilotait, en locomotive blindée, une section d'Highlanders triés sur le volet.

— Allons! se dit alors Faradel, le ciel de ma destinée a l'air de vouloir s'éclaircir!... Voyageur de commerce! Pseudo-voleur et assassin! Homme tout nu! Soldat anglais! Aéronaute militaire! Voilà bien des professions pour un homme seul, en un si court espace de temps! A quels nouveaux avatars me destine la Fatalité? Mystère!... Peut-être tout simplement à celui d'homme mort?... Après tout, cette profession en vaut une autre : il n'y a que l'apprentissage qui en soit délicat; mais, en revanche, il ne dure généralement pas longtemps. Et puis, enfin, quand je discuterais un an sur cette question je n'en serais pas plus avancé! Cela ne me rendrait ni ma jolie situation ni mes commissions perdues par la faillite de cette satanée Société Coloniale!... Alors?... Eh bien, mon ami Gaëtan, fais-toi à toi-même l'amitié de prendre le temps comme il vient et les gens comme ils sont!... Mon chef actuel est tout bonnement charmant!... Une vraie perle!!... Allons-y donc gaiement! D'autant qu'il me semble que le camarade Spinelli a un projet en tête... Je me comprends!... En tous cas, le métier, si nouveau pour moi, d'aéronaute ne manque pas d'attraits! Exempt de sac!... Exempt de marches!... Exempt de tout!... sauf de la distribution des vivres et du prêt. N'est-ce pas là une charmante existence?... Oui, sincèrement, je trouve que l'aérostation a du bon! Mais là, sans blague, moi qui ai mené tant de « gens en bateau » dans ma vie, je n'aurais jamais supposé qu'un jour on me mènerait moi-même « en ballon »...

. . . .

C'est étendu sur l'excellente couchette d'un wagon-dortoir, que notre ami Gaëtan se livrait à ce soliloque mental.

A côté de lui, Orlando et Hugueville ronflaient comme deux orgues; dans le petit salon voisin, sir Kennedy travaillait tout en fumant une courte pipe de bruyère; et, bercé par le bruit rythmique et continu de la marche du train, Faradel, fermant les yeux, s'abandonna à la destinée. Il s'endormit, tandis que, dans la nuit bleue, le railway éclairé par son fanal électrique roulait... roulait à travers les grandes plaines, traversait les villages, franchissait les kopjes et les rivières, entraînant Kennedy, son ballon et son équipage vers la ligne de guerre... vers le FRONT, et aussi vers l'INCONNU!

CHAPITRE IV

Où Faradel débute dans son nouveau métier d'aéronaute-aviateur.

Il faut rendre aux Anglais cette justice, que lorsqu'ils ont adopté une idée, ils la suivent avec ténacité.

C'est déjà une grosse qualité pour réussir en affaires, mais la ténacité seule étant parfois insuffisante ; ils en doublent la valeur à l'aide de ce qu'on nomme *le nerf de la guerre*, c'est-à-dire à l'aide de l'argent.

Ce n'est pas tout ! Ce peuple — auquel on ferait bien d'emprunter certaines de ses méthodes d'action — possède à un haut degré, en ce qui concerne ses intérêts personnels, cette dernière et suprême qualité : la discrétion.

C'est ainsi que la découverte de l'ingénieur Kennedy n'avait jamais été largement ébruitée. Certes, rien ne peut — surtout en cet ordre d'idées — rester intégralement secret. Si fermées que soient les expériences, si claustrés que soient les laboratoires, il est inévitable que, malgré tout, quelque chose de ce qui s'y passe finit toujours par flotter (c'est le cas, ou jamais, d'employer cette expression !) dans l'air qui les environne. Pourtant, sir William était bien resté le maître de ses inventions au sujet de l'alcool condensé et de la compression du gaz hydrogène. Le chef du War-Office lui-même n'en savait que juste ce que l'ingénieur avait consenti à lui en montrer, mais il ressortait, des démonstrations faites, cette quasi-évidence que la direction des ballons était, dans une certaine mesure, au pouvoir de l'homme. C'était capital! De plus, c'était un triomphe scientifique pour l'Angleterre!!...

Ce fut donc plus que suffisant pour que la caisse du gouvernement britannique ouvrît, à deux battants, sa porte au vieux savant; et jamais inventeur ne trouva pareilles facilités financières pour mener à bien son entreprise.

D'accord avec le War-Office, il fut câblé au Cap des ordres détaillés pour qu'on aménageât entre Hopetown et Douglas, non loin du fleuve Orange, les hangars et bâtiments nécessaires au montage de l'aérostat. En même temps, on prescrivait à l'autorité supérieure de préparer, dès l'arrivée du *Griffin*, un train spécial avec escorte pour piloter l'*Aviator* et son inventeur jusqu'à destination.

Au départ de Liverpool, la direction du génie avait même voulu doter sir W. Kennedy d'un équipage approprié aux besoins du dirigeable, mais l'ingénieur avait carrément refusé, déclarant qu'il partait seul avec son matériel, et qu'il n'était nullement embarrassé pour recruter son personnel dans les rangs de l'armée expéditionnaire, personnel, ajoutait-il, auquel je ne demande aucune science technique autre que celle du mécanicien.

Au reste, même au cours des essais préparatoires, l'équipage des trois hommes que s'était adjoint sir William n'avait pas fait autre chose que de la manœuvre proprement dite : la conduite des moteurs et le soin de la direction étaient assurés par l'ingénieur. Bien mieux!... L'équipage n'avait rien vu, rien aperçu de cet outillage spécial qui se trouvait enfermé dans une cage d'aluminium, à l'arrière de la nacelle.

C'est dans cet habitacle que se tenait toujours sir Kennedy. Il était même le seul être humain qui y eût jamais pénétré, car, par prudence et pour éviter les indiscrétions, il avait monté lui-même — tout seul — ces divers organes, si délicats pourtant.

Au demeurant, sir William était, dans toute la force du terme, un parfait original.

Ses lèvres pincées se desserraient rarement, mais il semblait sans cesse obsédé par des pensées tumultueuses : et cela se lisait dans la mobilité extrême de ses yeux bleu clair ainsi que dans les contractions constantes de ses sourcils blancs.

Il réalisait implicitement le type du *Maniaque de génie*, éternellement hanté, éternellement soupçonneux, ne vivant que pour son idéal, mais en même temps impulsif au dernier degré.

Étant donné ce bref aperçu d'un si singulier caractère, on peut se demander à quel mobile avait obéi le savant en adoptant les trois camarades comme collaborateurs définitifs.

La profession de Spinelli et l'intelligence que l'Italien apporta dans la réparation de la légère avarie en mer furent certainement la raison dominante; et puis, Gaëtan Faradel, avec son éloquence particulière, fut peut-être aussi pour quelque chose dans la détermination de l'aéronaute.

Quoi qu'il en soit, le résultat était acquis, et ce ne fut pas un mince étonnement pour l'état-major anglais de voir sir William arriver au Cap muni d'un équipage franco-italien.

Vexé de cette préférence, le chef d'état-major voulut même influencer l'ingénieur. Il lui proposa des mécaniciens d'élite. Peine perdue ! Le savant ne voulut rien entendre, et déclara que, maintenant, il ne pourrait se passer de l'équipage choisi par lui.

Du reste, nos trois hommes déployèrent dans leurs fonctions toute l'attention nécessaire. Ils y mirent une ardeur si discrète, ils furent, en un mot, si pleins d'application et de délicatesse, qu'en arrivant au camp de Hopetown, sir W. Kennedy n'eût — pour rien au monde — consenti à se priver de leurs services.

. . . .

Un immense hangar, couvert de tôle ondulée, et deux baraquements

avaient été construits en dehors du camp, à environ deux milles de Hopetown.
Le tout était entouré de hautes palissades autour desquelles circulaient des
sentinelles. On avait même organisé un raccordement à la voie du railway
pour amener le train jusqu'au hangar lui-même.

C'est là que l'équipage débarqua, en dehors de tout regard curieux ; et,
à dater de cette minute, Kennedy et ses trois hommes demeurèrent seuls dans
l'enceinte à s'occuper du montage.

La consigne était d'une sévérité absolue. Personne — pas même
les officiers — n'avait l'autorisation de pénétrer dans l'enclôture. Bien
mieux : le service du ravitaillement journalier en vivres et boissons était
assuré par Faradel, qui allait les chercher à la cantine des officiers du
27e *yeomanry*.

Entre temps, le déballage des caisses commença, et, par la force des
choses, sir W. Kennedy se trouva amené à donner une foule de renseignements utiles, tant à Spinelli qu'à ses camarades, qui — est-il besoin de le
dire ? — n'en perdaient pas un seul mot.

Le soir venu, ils causaient entre eux, en toute liberté, dans le logement
qui leur était affecté ; mais ce ne fut que le troisième soir après leur arrivée
à Hopetown que Faradel reprit langue avec ses camarades au sujet de leur
projet d'évasion.

— Mes enfants, dit-il, je crois que nous sommes toujours en commu-
nauté d'idées sur la fameuse question de... Vous me comprenez ?

— Je t'écoute ! répondit Hugueville qui s'en alla, par prudence, examiner
à la porte si personne ne les épiait.

— Eh bien ! reprit Faradel, si ça tient toujours, il s'agirait d'organiser
le plan.

— Il est organisé ! déclara Spinelli.

— Je m'en doutais !... Tu as bien mûri ?

— Oui.

— Et pour quand est-ce ?

— Il faut, dit gravement l'Italien, il faut attendre de connaître à fond la manœuvre.

— Mais...

— C'est-à-dire qu'il faut avoir *navigué* au moins une fois, car ça ne se manie pas comme une brouette, un outil pareil !

— Naturellement !

ILS S'OCCUPAIENT DE LA MANŒUVRE PROPREMENT DITE. (Page 46.)

— Donc, ce ne sera pas avant une huitaine. En effet, notre nacelle est montée en partie ; le ballon est suspendu sous le hangar, mais il reste encore l'arrimage du matériel et des moteurs. Cela prendra trois jours. Puis, le premier essai ! S'il réussit, tout va bien. Mais réussira-t-il ?

— Sûrement ! affirma Faradel.

7

— Il ne manquerait plus que ça, que ça ne marche pas!... lança à son tour Hugueville.

— Hum!... Ces choses-là sont tellement sujettes à l'imprévu! murmura Orlando.

... Mais, somme toute, reprit-il après réflexion, tout m'a l'air parfaitement préparé pour réussir.

— Mais oui!... mais oui!

— Mon vieux Gaëtan, riposta l'Italien, je suis aussi désireux que possible de réussir, mais je ne vends pas la peau de l'ours...

— C'est un tort! déclara Gaëtan avec une conviction naïve. On voit bien que tu n'as jamais représenté une maison *à la hauteur*, car alors tu saurais que, pour vendre une peau d'ours, il est totalement inutile d'en avoir. La seule question à résoudre, ce n'est pas d'avoir la marchandise... c'est de trouver l'acheteur... et on le trouve toujours!

— Alors, tu as vendu des peaux d'ours que tu n'avais pas!...

— Je n'ai pas vendu de peaux d'ours, reprit Faradel avec une entière conviction, par cette simple raison que je n'y ai pas songé; sans quoi, j'en aurais vendu certainement aux noirs de la côte de Guinée.

— Pourquoi faire?

— Pour se tenir chaud l'hiver.

Les interlocuteurs sursautèrent.

— Se tenir au chaud l'hiver!... sous l'équateur!... s'écria Hugueville. Du temps où j'étais au lycée, mon professeur de philosophie eût appelé pompeusement ton système de raisonnement : commettre un paradoxe.

— C'est que ton professeur était un naïf. Ce n'est nullement paradoxal de vendre une peau d'ours à un nègre équatorial pour se tenir chaud l'hiver..., car, s'il voyage, et qu'il aille faire un tour en janvier à Pétersbourg... ou au cap Nord...

— Assez! assez! clamèrent les deux camarades.

Puis Spinelli reprit :

— Causons sérieusement ! J'ai tout paré, dans la mesure du possible. Quand, l'instant sera venu, je vous demande de me laisser le commandement momentané.

— C'est entendu ! opina l'ancien zouave Hugueville.

— Et puis, reprit Faradel, je crois que nous ne serons pas longtemps à gagner les lignes boers : vous avez vu cette ligne de kopjes de l'autre côté du fleuve ?

— Oui ! à environ douze kilomètres à vol d'oiseau.

— Parfaitement ! C'est là qu'ils sont. J'ai su cela en me promenant dans le camp, lorsque je fais l'office de fourrier ou de caporal d'ordinaire.

— Mais on n'entend ni canon ni fusillade.

— Il paraît qu'on s'observe. On n'attend pas d'action réelle avant quelques jours.

— Pourtant, dit Hugueville, j'ai vu, à travers les palissades, j'ai vu arriver une cinquantaine de prisonniers. Ah ! les pauvres gens ! on les menait à coups de crosse ! Il y avait là, non seulement des combattants proprement dits, mais aussi des vieux, et des femmes et jusqu'à des enfants !

— Oui ! répondit Gaëtan, avec une colère dans la voix. Je les ai vus ce matin. On les a cantonnés là... tout près. Ce sont les habitants d'un village situé à quelques milles, près de Douglas. On a tout brûlé chez eux.

— Bon sang !... s'exclama Hugueville. Et dire qu'on est dans ce camp-ci, au lieu d'être dans l'autre !... C'est rageant !!

— Oui ! reprit Faradel avec une intonation de tristesse, qui contrastait avec sa joyeuse et coutumière faconde. Oui ! c'est triste !... Tu parles, Hugueville, des prisonniers boers ! Ah ! si tu les avais vus de près... C'est à en pleurer !

— Tu les a donc vus de près ?

— J'ai fait mieux que ça. Je leur ai causé.

— Bah !... Et on t'a laissé faire ?

— Pardi ! à l'heure actuelle, nous, les aérostiers de l'*Aviator*, nous avons tous les droits. Je suis sûr que j'irais demander du feu au colonel-major, que non seulement il m'en donnerait, mais qu'il m'inviterait à déjeuner. Nous sommes cotés, maintenant, comme des personnages. Bien mieux ! des officiers m'ont offert de l'argent pour leur donner des détails sur notre *Aviator*...

— Tu les a envoyés promener ?

— Poliment !... Mais ils ne m'en gardent pas rancune. C'est ainsi que j'ai pu circuler dans le camp des prisonniers. J'ai même donné à deux jeunes filles qu'accompagnait aussi un enfant de douze ans, deux de nos bouteilles de Porto et deux de nos pains.

— Ah ! bah !

— L'une d'elles est tout bonnement admirable, belle à miracle, déclara Faradel avec fougue. Oui ! elle est si belle que je voudrais pouvoir trouver une expression qui n'existe pas pour t'expliquer combien elle l'est !...

Un peu surpris de l'emballement avec lequel s'exprimait son camarade, Hugueville eut un sourire, puis :

— Ah ça ! mais te voilà amoureux ! déclara-t-il.

— On le dirait ! accentua Spinelli.

Du coup, Faradel devint écarlate ! Une surprise l'envahit, d'avoir à constater que ses amis venaient de définir exactement le sentiment qui l'animait, alors que dix secondes auparavant, lui-même n'en soupçonnait pas le moins du monde la nature ! Il eut une courte réflexion, puis :

— C'est vrai ! murmura-t-il simplement. Vous avez raison !... C'est ça ! oui !... C'est bien ça !... Je suis amoureux !... Est-ce bizarre, tout de même !... Comme ça ! D'un seul coup ! Sans savoir pourquoi ni comment ! En dix minutes... Ah ! par exemple ! C'est un peu raide !...

— Conte-nous ça ! reprit Hugueville.

— Oh ! c'est simple comme bonjour ! J'ai remarqué le groupe. La douleur empreinte dans l'attitude de la jeune femme m'a incité à lui adresser la parole. C'est la fille d'un riche fermier du « weldt ». Sa ferme a été brûlée,

JE LEUR AI FAIT ACCEPTER DU PAIN ET DEUX DE NOS BOUTEILLES DE PORTO. (Page 52.)

et de tout le personnel il ne reste qu'elle, son jeune frère et une servante dont le visage est presque entièrement entouré de bandelettes. Elle a été blessée, lors de la prise de la ferme, par les lanciers du Bengale. Le père et la mère de Mlle Jacqueline Pierson — c'est ainsi que se nomme, la jeune fille — ont été tués. Quant à elle, on l'a emmenée avec son petit frère — un rude petit gars, ma foi — et la domestique en question...

Faradel s'arrêta en cours de phrase, et, croisant les bras, hochant la tête, il répéta les mêmes mots qu'il avait déjà prononcés tout à l'heure.

— C'est vrai! c'est vrai!... Est-ce bizarre tout de même!... Je suis amoureux! Oui! je suis amoureux!!... C'est un peu raide!

— Il n'y a pas à dire, assura Hugueville, tu es vraiment d'une inflammabilité hors ligne.

— Eh!... Qu'est-ce que tu veux que j'y fasse! Je n'y peux rien!

— Mais si! au fait! poursuivit l'ex-zouave avec une gravité narquoise, j'y songe. Reste ici! Épouse cette demoiselle! Tu sais bien que ton engagement comporte une pension superbe! Qu'est-ce que tu risques? Pendant ce temps-là, nous deux, Spinelli, nous filerons; et toi, tu feras comme dans les contes de fées : Ils furent heureux...

Sous la boutade, Gaëtan eut un froncement de sourcils; un geste d'impatience lui échappa, puis, très grave :

— Écoute, Paul, dit-il, ne parlons plus de cela, veux-tu? Tu me désobligerais.

— Entendu, mon ami! entendu! riposta Hugueville qui, devant la gravité de son ami, redevint sérieux lui-même. Aussi bien, tu sais, c'était simplement pour plaisanter.

L'entretien prit fin sur ce mot. Il ne fut plus question entre les trois hommes de Mlle Pierson, ni des prisonniers boers.

Faradel, paraissait, du reste, reprendre sa jovialité habituelle; mais s'il ne parlait plus de la jeune fille, il faut lui rendre cette justice qu'il faisait mieux encore que de penser à elle; car, deux fois par jour, il passait lui porter des vivres. Il en profitait pour causer avec elle pendant un petit quart d'heure, et rentrait ensuite radieux à l'enclôture réservée au ballon.

Quelques jours plus tard, l'*Aviator* était complètement installé. Il était entièrement gréé ; la nacelle était montée, ainsi que la carcasse d'aluminium du ballon proprement dit.

En effet, sir Kennedy avait tout prévu pour donner à l'enveloppe du gaz une rigidité presque complète.

Qu'on se figure un vaste squelette de cachalot : telle était l'impression que donnait à l'œil la carcasse intérieure du ballon.

Les cercles d'aluminium simulaient les côtes du cétacé, et, entre les cercles eux-mêmes, régnait une sorte de lacis de fils métalliques qui fit pousser à Faradel cette exclamation :

— On dirait une grande nasse à rats!

C'était bien cet aspect qu'évoquait l'appareil. Mais, quand l'étoffe de soie y fut tendue, on eût pu comparer le ballon suspenseur de l'*Aviator* à une énorme sole à laquelle on aurait coupé la queue.

La nacelle — ultra légère, entièrement composée aussi de pièces d'aluminium — était reliée au ballon par huit tiges. En son avant, une cage métallique, percée de hublots d'observation, contenait les appareils de propulsion et de direction. A l'arrière, une autre cabine servait à la fois de magasin de gonflement et de logement. La longueur totale comprenait dix-huit mètres, et d'un bord à l'autre, la largeur uniforme était de quatre mètres. L'hélice, en façon de turbine, et le gouvernail double, étaient placés à l'avant; car, à vrai dire, l'*Aviator* n'était point poussé en avant par son moteur : son hélice-turbine *l'aspirait en avant* contre le courant.

On voit que, comme aspect et comme mécanisme de marche, ce ballon ne différait pas énormément de ceux employés jusqu'alors ; mais où son système était singulier, c'était dans la méthode de départ, qui permettait au dirigeable de conserver son autonomie en supprimant l'aide des haleurs au moment du *lâchez-tout!*

En effet, sur les côtés de la nacelle étaient adaptées deux paires de galets en alliage d'aluminium, dont la première paire (celle de l'avant) pouvait être actionnée par le moteur de l'hélice. Ces galets reposaient sur un système de rails inclinés à 33 degrés et longs de 50 mètres.

Ceci posé, on comprendra facilement la méthode de mise en marche : le ballon une fois muni de son gaz, l'ingénieur mettait les galets en action, et l'*Aviator*, roulant sur rails, montait la pente avec une vitesse qui s'accélérait à chaque seconde ; d'autant plus qu'en même temps, l'hélice-turbine fonctionnait à 1,500 tours à la minute.

UNE SECOUSSE LES RENVERSA.

En dix secondes, le ballon atteignait ainsi l'extrémité du rail et se trouvait lancé dans le vide — tel un obus sortant d'un canon — mais non pas comme une masse inerte, car sa turbine d'une part, ses gouvernails d'autre part, assuraient la direction, tandis que son hydrogène le maintenait dans l'espace.

— Mais, objectera-t-on, si le ballon gonflé quittait les rails dès le début, en vertu de sa force ascensionnelle ?

Erreur ! Car entre les deux rails de la voie court un rail central à gorge renversée. Au milieu de la nacelle et en dessous, une tige à galets s'y adapte et s'y emboîte, la maintenant en adhérence avec les rails de conduite. Et cette tige se déclanche d'elle-même en arrivant à l'extrémité du rail central.

— C'est joliment bien combiné, avait déclaré Hugueville.

8

Et le fait est que rien d'aussi parfait, théoriquement, n'avait encore été établi pour affronter les dangers de l'espace.

Pourtant — disons-le — nos camarades et Spinelli lui-même avaient la gorge sèche lors du premier essai. Leur nervosité, la pâleur de leurs visages, contrastaient avec le calme extraordinaire de sir William Kennedy. Mais, l'amour-propre est, dans la vie, un facteur de premier ordre.

— Bon sang! j'en ai chaud, murmura Hugueville. J'ai pas peur, non!... Mais, tout de même, si on allait se casser la figure...

— Tais-toi donc! déclara Faradel. Je ne suis pas non plus précisément à mon aise; mais il n'y a pas à reculer!...

« Et puis, reprit-il après un silence, est-ce que tu voudrais que des Français, un Italien... des Latins, en un mot, aient l'air d'avoir moins de courage que des Anglais?... Ah! non, alors!

Cette réflexion de Gaëtan vainquit, chez ses camarades, l'émotion.

Du reste, sir William apparaissait.

— Tout est prêt? demanda-t-il.

— Oui, sir.

— Bien! Embarquons! Et attention à vous! Vous n'avez qu'à vous préserver de la secousse et de l'émotion. Je n'ai pas besoin de votre aide pour le départ.

— Allons-y! gouailla Hugueville. En tramway! les voyageurs pour la place des Étoiles et la rue de la Lune!

— En tous cas, reprit Gaëtan, qui ne voulait pas être en reste vis-à-vis de la blague de son ami, en tous cas nous avons des chances de n'écraser aucun piéton avec notre *teuf-teuf*.

— Savoir!... Si nous piquions une tête...

— Attention! Faradel! interrompit l'ingénieur, qui, déjà installé dans sa cabine, lança l'ordre par un hublot. Attention! Vous allez déclancher à mon commandement la chaîne d'attache de l'arrière! Tenez-vous prêt!

— *Yes... sir!*

Immédiatement après, le ronflement de la turbine vibra, puissant ; les galets, actionnés par le moteur, patinèrent sur les rails ; toute la nacelle trembla sous une trépidation formidable...

Du dehors des palissades, des murmures de foule anxieuse arrivaient confusément.

Puis, au « lâchez tout ! » de sir William, Faradel déclancha l'attache. Une secousse, sans violence mais imprévue, les renversa, lui et ses camarades. Ils eurent, ensuite, l'impression rapide d'une ascension vertigineuse en montagne russe ; pendant une seconde, ils entendirent vaguement des exclamations frénétiques qui, saluant l'*Aviator*, s'élevaient du camp anglais ; et, quand, au bout d'une demi-minute, ils se redressèrent et se penchèrent sur le bordage, nos amis planaient à mille mètres en plein azur.

CHAPITRE V

Cette première sortie fut pleine de charmes pour nos trois amis.

Pour Hugueville et pour Faradel, qui, ce jour-là, débutaient dans l'art difficile de l'aérostation, ce fut un émerveillement... une extase!

Pour Spinelli, blasé déjà par la pratique du ballon ordinaire, la séance fut pourtant pleine d'intérêt et d'enseignements.

Le voyage se poursuivit, du reste, avec une régularité parfaite; il ne se produisit pas le moindre à-coup.

Il est bon, néanmoins, de faire cette remarque, que l'atmosphère était d'une exceptionnelle tranquillité. Le baromètre était au *beau fixe* avec *grande sécheresse;* quant à l'anémomètre — instrument destiné à donner le quantum du vent, — il voisinait avec 0°.

C'était donc là une situation particulièrement favorable pour le premier essai de l'*Aviator :* aussi, n'ayant à lutter contre aucun courant, se comporta-t-il comme un cheval bien dressé, dans la main d'un écuyer savant. Ses virages s'exécutèrent avec une rectitude et une grâce parfaites. Il évolua à environ 900 mètres au-dessus du fleuve Orange, un peu en avant des lignes boers, d'où partirent quelques coups de feu qui, du reste, ne l'atteignirent pas.

Puis, après de nouveaux essais de direction, couronnés d'un plein succès, sir William Kennedy mit le cap sur le camp anglais, et vint descendre en arrière du hangar de l'enclôture, mais sans atterrir sur le sol lui-même. Sur l'ordre de l'ingénieur, qui avait arrêté le moteur, Spinelli régla d'abord la stabilité de l'*Aviator* grâce à des coups de soupape ; et le dirigeable demeura à peu près immobile à vingt mètres de terre. Hugueville et Faradel déroulèrent ensuite l'échelle de soie, halèrent le ballon, le dirigèrent sans difficulté vers le hangar et l'y entraînèrent dans l'axe des rails. Puis, la tige à galets une fois fixée au rail central, il ne resta plus qu'à arrimer l'aérostat. Ce fut d'autant plus facile, qu'on n'avait pas même besoin de le dégonfler : ce qui constituait à la fois une économie d'hydrogène et une économie de temps et de manœuvre.

Trois jours de suite, on sortit encore pour les essais, par un temps merveilleux de calme : et pendant ces trois excursions, Spinelli sut s'arranger pour examiner, par les hublots, la méthode et les moyens employés par l'ingénieur pour la mise en marche du moteur, ainsi que pour la manœuvre des gouvernails.

Questionné sur ce point par Faradel, au retour du quatrième voyage, l'Italien répondit :

— Je suis content : je suis fixé !!... Je réponds de pouvoir nous mener à bon port. Il y a, en effet, dans la cabine de sir William, une réserve de deux barillets de cristaux non encore entamés. C'était le côté épineux de la fuite : mais maintenant je ne redoute plus rien !

— Bon ! dit Gaëtan.

Puis, après une bonne minute de réflexion, il ajouta :

— Alors, puisque tout va bien, c'est pour demain !

— Je veux bien, dit Spinelli ; seulement j'ai une objection à faire.

— Laquelle ?

— Nous ne partirons qu'au petit jour.

— Pourquoi pas la nuit ?

— Il n'y a pas de lune ! Et tu penses bien que je ne veux pas risquer de pousser l'aérostat dans une mauvaise direction : or, même avec le fanal électrique et la boussole, je pourrais m'égarer.

— C'est juste ! répartit Faradel, qui murmura ensuite en *a parte :*

« Aussi bien ! il me faut le temps à moi-même de... »

Il n'acheva sa phrase que mentalement, sourit ensuite doucement... puis conclut :

— Donc, après-demain à 3 heures du matin, nous partons ?

— Si tu veux !

— Et à 3 heures 37 minutes, ponctua Hugueville, nous sommes chez nos camarades les Boers...

— S'il plaît au Destin ! termina Spinelli, car il faut compter avec lui : c'est un monsieur qui s'amuse à jouer des tours aux aéronautes.

. . . .

C'est ainsi que, le surlendemain, à 3 heures précises du matin, Spinelli et Paul Hugueville se glissaient à bord de l'*Aviator*, où Gaëtan Faradel s'était déjà installé.

Notre camarade était, contre son habitude, très grave — presque triste : était-ce sous le coup de l'émotion et de la nervosité, compréhensibles en une circonstance aussi périlleuse !... Peut-être. Mais, néanmoins, il était absolument calme et maître de lui.

— Tout est paré !... souffla-t-il à ses amis. J'ai limé la plaque de serrure de la cabine ; j'ai, ensuite, emmagasiné à bord, des armes et des munitions, et des vivres à toute échéance !... Puis haussant la voix : Toi, Spinelli, occupe-toi de ton affaire ! Toi, Paul, à la chaîne d'arrière !

Mais Spinelli l'interrompit :

— Attention ! dit-il. Il ne s'agit pas de donner l'éveil ! Il ne faut pas de commandement à voix haute. Hugueville, va-t-en à ton poste ; suis-moi de l'œil, et dès que j'aurai refermé sur moi la porte de la cage du moteur, compte jusqu'à cinquante.

— Compris! souffla l'ancien zouave.

— Quand tu en seras à *cinquante et un*, lâche tout!... A la même seconde, je mettrai la turbine en mouvement.

Pendant ce court colloque, Faradel était entré dans une logette d'arrière. Il en sortit armé d'un winchester à répétition, et, s'arc-boutant au bordage :

— Moi, dit-il tout bas, mais en ponctuant sa pensée d'un geste énergique, je veille au grain!... et qu'on ne vienne pas nous déranger!

Alors, sans ajouter une parole, ses deux amis se rendirent à leur poste.

.   .   .   .

Cinquante et une secondes s'écoulèrent... Puis la chaîne d'attache se déclancha... le ronflement de la turbine déchira l'air... le ballon grimpa le plan incliné des rails, dans un bruit roulant de tramway qui passe... Quelques exclamations de surprise s'envolèrent des lèvres des sentinelles anglaises, qui ne s'attendaient pas à ce départ inopiné... et soudain — quarante secondes à peine après que l'*Aviator* eut abandonné les rails, — la porte du logement de sir William Kennedy s'ouvrit brusquement, et l'ingénieur apparut...

Réveillé en sursaut par le bruit du départ, et sans même prendre le temps de se vêtir, sir Kennedy s'était précipité hors de sa cabine.

En un instant, court comme la durée d'un éclair, il comprit tout!... puis il lança dans le crépuscule matinal un cri de désespoir intraduisible, le cri d'une mère qui verrait son enfant broyé sous les roues d'un train! Le malheureux savant voulut appeler, hurler à l'aide!... il ne le put : la secousse avait été trop rude !

Portant ses deux poings à sa gorge convulsée, il eut un sourd rauquement, pareil à un hoquet d'agonie... puis il s'abattit en avant, foudroyé, la face au sol... Ce, pendant que Paul Hugueville — qui, dans la semi-clarté du crépuscule avait nettement aperçu tout le tragique d'un tel spectacle, — ne pouvait s'empêcher de lancer cette phrase de pitié :

— Oh !!..... le pauvre homme..... C'est malheureux, tout de même !...
As-tu vu comme il est tombé, hein, Gaëtan ?

Mais Faradel ne répondit pas; et, comme l'*Aviator*, emporté par sa
force ascensionnelle, s'enfonça subitement dans un paquet de nuages, Hugueville perdit de vue la terre.

Alors il se retourna, et constata qu'il était seul.

— Tiens ! pensa-t-il, Faradel s'en est allé retrouver Spinelli... Si j'y
allais, moi aussi !... Après tout, tant pis pour ce pauvre ingénieur... on ne
fait pas d'omelette sans casser des œufs.

Dans la cage d'aluminium, Spinelli, tout à son affaire, réglait la marche
du navire aérien comme s'il n'eût jamais fait que cela toute sa vie. Attentif,
une main sur la manette des gouvernails, l'œil fixé tantôt sur le manomètre,
tantôt sur le baromètre enregistreur, tantôt sur la boussole, l'Italien était à
ce point absorbé par son travail, qu'il ne vit point venir son camarade. Il ne
retourna la tête qu'en entendant la voix de l'ex-joyeux :

— Tiens ! disait Hugueville, Faradel n'est donc pas ici ?

— Non, il doit être sur le pont.

— Mais non !... Ah ça ! est-ce que...

— Hugueville n'acheva pas sa phrase. Un doute poignant, une angoisse
affreuse le saisirent tout entier.

— Bon sang ! murmura-t-il en pâlissant. Est-ce qu'il aurait été jeté
bas, par la secousse du départ ?... Ah ! malheur de malheur !

Du coup, Orlando, sursautant, abandonna lui aussi la surveillance de
ses appareils.

— Hein ! Qu'est-ce que tu dis ?... clama-t-il. Il est tombé ?... Ah !
misère et massacre !

Pendant quelques secondes, l'angoisse des deux navigateurs aériens fût
extrême, mais, du moins, ne dura-t-elle que peu d'intants, car, à l'arrière,
du côté de la cabine aux réserves, la voix de Gaëtan se fit entendre, joyeuse
et claironnante :

9

— Et où es-tu donc passé, Hugueville ? clamait Faradel. Arrive donc un peu, que je te présente !

Paul et Orlando se précipitèrent, et leur douloureuse stupeur se mua en un compréhensible étonnement, car Faradel n'était pas seul.

A ses côtés, trois silhouettes, totalement inconnues des deux hommes, se dessinaient dans la buée nuageuse au milieu de laquelle flottait l'aérostat.

Quant à l'ex-représentant de la Société Coloniale Française, il avait le visage rayonnant.

— Mademoiselle, déclara-t-il avec une allure des plus « Régence », et en s'adressant à une jeune fille qui se trouvait près de lui, mademoiselle, j'ai l'honneur de vous présenter M. Paul Hugueville et il signor Orlando Spinelli.

La jeune fille s'inclina.

— Messieurs, dit alors Faradel, j'ai l'honneur et aussi l'extrême plaisir de vous présenter Mlle Jacqueline Pierson, M. Jean Pierson, son frère, et Mlle Babet qui les accompagne.

.   .   .   .

Le lecteur a, sans aucun doute, compris déjà que ces trois nouveaux passagers ne sont autres que les prisonniers boers auxquels notre ami Faradel avait semblé prendre tant d'intérêt. C'était, du reste, grâce à son entregent, à sa hardiesse, à son sang-froid, que ces trois victimes de la guerre transvaalienne se trouvaient, sinon en sûreté définitive, du moins en état de liberté relative à bord de l'*Aviator* conquis sur les Anglais.

Ce résultat, Faradel l'avait obtenu par un procédé tout à fait classique. Il avait d'abord capté les bonnes grâces d'une des sentinelles préposées à la garde des prisonniers. Pour un homme comme Gaëtan, habitué, on le sait, à vendre des vessies à la place de lanternes, c'était là l'enfance de l'art. Il compléta ensuite l'intimité des relations à l'aide d'une excellente bouteille de gin, qu'il fit suivre d'une bouteille de champagne à laquelle succéda du *stout*, le tout couronné par une nouvelle rasade de gin. Or, si solide que soit un soldat de l'honorable corps des Highlanders de Sa Majesté le Roi d'Angleterre, il est une limite qu'on ne saurait dépasser en fait d'alcool.

Cette limite, Faradel la fit franchir, en une toute petite demi-heure, au soldat, qui finit par s'asseoir contre la palissade et s'endormit d'un lourd sommeil.

Quant à Gaëtan qui avait, on le conçoit, négligé de suivre l'exemple de son partenaire, il pénétra doucement dans l'enclôture, où il trouva ses amies et ami prêts à tout événement, puisqu'il les avait prévenus l'avant-veille de se préparer pour la fuite.

Jacqueline Pierson, comme toutes les femmes boers, était habituée, dès l'enfance, à accepter avec énergie et sang-froid toutes les aventures de la vie. L'évasion s'accomplit donc avec une facilité relative : et tout le monde embarquant dans l'*Aviator*, s'y dissimula dans les cabines d'arrière juste une heure avant le démarrage final.

C'est le détail de cette opération si bien menée, que Gaëtan — oubliant totalement, dans la joie du triomphe, le côté critique de la situation — commençait à narrer prolixement, lorsqu'un coup de vent violent fit virer bout pour bout l'*Aviator*.

Le choc avait été si rude que les passagers mordirent, non pas la poussière, mais l'aluminium du plancher. C'est qu'aussi le maître timonier Spinelli, tout oreilles au récit de son camarade, avait complètement lâché son service. L'incident eut donc ce bon résultat de ramener tout le monde au sentiment de la situation.

La boussole, consultée, démontra qu'on était rejeté vers le sud, c'est-à-dire vers le camp anglais.

Un virage savant — mais obtenu avec une difficulté extrême — replaça le ballon dans la direction présumée du fleuve Orange, — présumée, disons-nous, et pour cause! En effet, le rideau de nuages qui enveloppait l'aérostat, devenait de plus en plus épais. En même temps, la vapeur d'eau se condensait en une de ces brumes chaudes qui précèdent souvent les grands orages africains.

— Au fait! déclara Spinelli au bout d'un instant, maintenant que nous avons regagné du terrain, il serait peut-être bon de descendre un peu pour y voir plus clair!... Hugueville!... A la soupape du centre!

Peu après, l'*Aviator* descendait en suivant une ligne oblique formant environ 45° avec l'horizontale. Cinq minutes plus tard, il sortait du brouillard, lequel formait maintenant au-dessus de lui un vaste dôme au ton d'ardoise d'où tombait une pluie fine qui augmentait d'instant en instant, puis il reprit son équilibre.

En bas, à 500 mètres au plus, le fleuve Orange déroulait les sinuosités de son cours entre les « kopjes » assez abrupts, que Faradel reconnut pour les avoir déjà aperçus de loin, lors des ascensions d'essai.

— Ah! fit-il, nous y voilà! si nous descendions encore un peu?

— En effet, monsieur, nous sommes chez nous, déclara Jacqueline Pierson. Je reconnais le pays. Nous sommes au-dessus du « lager » du commando de Cosmus. C'est un de mes cousins, nous serons bien reçus.

Elle parlait d'un ton parfaitement calme, et c'était singulier de voir cette jeune fille à l'expression étonnamment douce, au maintien réservé, conserver une telle maîtrise sur ses nerfs. Elle semblait ne s'étonner de rien, au cours de cette aventure qui confinait au tragique. Cette situation aussi neuve qu'imprévue pour elle — une première ascension dans des conditions si périlleuses! — ne paraissait pas l'émouvoir.

Son frère, Jean, un solide gamin de douze ans, s'était accoudé à la lisse et observait le sol avec un flegme extraordinaire.

Quant à la servante Babet, elle s'était assise sur une caisse : et s'il était impossible de lire ses impressions sur son visage entouré de bandelettes, du moins son attitude permettait de la considérer comme aussi tranquille, comme aussi indifférente que si elle se fût trouvée dans le tramway de Montrouge-Gare de l'Est.

— Eh bien! mademoiselle, reprit Gaëtan, puisqu'il en est ainsi, nous allons aborder chez votre cousin de Cosmus. Hugueville, à la soupape!

L'*Aviator* descendit à 300 mètres d'altitude. Il était, à ce moment, juste au-dessus du fleuve, et Spinelli venait de donner un coup de barre pour le diriger vers un kopje où se distinguait nettement une batterie garnie de deux canons du Creusot... quand, derrière les touffes de la brousse et les retranchements rocheux du kopje, une fusillade nourrie éclata.

Il n'y avait pas d'illusion à se faire : c'était le ballon qu'on visait. Du reste, des balles tintèrent sur les parois de métal. D'autres touchèrent l'enveloppe. Heureusement personne ne fut atteint.

— Sapristi ! s'écria Hugueville. Ces gaillards-là nous prennent pour des Anglais !... Nous n'avions pas prévu cela !!... Ah ! bon sang !

Pendant que Spinelli activait la marche, Faradel et Paul se penchèrent sur le bordage et se mirent à faire des signaux.

Insoucieux des balles qui continuaient à bourdonner comme des abeilles autour de la nacelle, ils faisaient de grands moulinets de bras et hurlaient de tous leurs poumons :

— Amis !... Amis !... Ne tirez pas !... France !... France !...

Vains efforts ! Le feu ne ralentissait pas : et c'était miracle qu'aucun passager n'eût été tué, ou tout au moins blessé.

Jacqueline Pierson et son jeune frère imitaient de leur côté les deux hommes, et s'efforçaient de lancer vers leurs compatriotes des appels, que le vent d'orage qui traversait l'atmosphère emportait à travers la pluie.

— N'importe ! cria Faradel à bout de souffle. Avançons ! Avançons toujours !... Quand nous serons tout près, ils finiront bien par nous comprendre !

Le brave garçon venait à peine d'achever sa phrase, qu'en bas, le kopje se couronna d'un épais nuage de fumée. Presque au même moment une détonation vibra, puis un ronflement formidable traversa l'espace !...

Un craquement !... Une explosion !... puis un choc terrible se produisit à bord même de la nacelle dans la partie avant, dans la cage même du moteur !

. . C'est le canon boer qui vient de viser et d'atteindre le ballon qu'il croit un ennemi !...

Et dans la stupeur qui suit cet épouvantable seconde, Faradel voit l'arbre de la turbine qui, s'infléchissant, entraîne dans sa chute la moitié de la machine démolie par l'éclatement de l'obus !

En effet, le projectile avait atteint la cabine motrice dans ses œuvres vives. L'arbre de couche, rompu juste en son point d'attache avec les volants, avait penché d'abord à 45°, entraîné qu'il était par le poids de sa turbine-hélice; puis, désagrégeant définitivement les écrous ébranlés, arrachant les tiges de support des gouvernails, il s'effondra !

De la cage du moteur il ne resta plus que la face postérieure. La machine et les agrès qui la complétaient tombèrent et s'abîmèrent dans le fleuve; tandis que, brusquement délesté, l'*Aviator* faisait en hauteur un bond énorme qui le replaça en quelques secondes dans les couches nuageuses qu'il venait tout à l'heure de quitter.

Dans l'horreur d'une situation pareille, sous le coup de l'émotion invraisemblable qui dut en résulter pour les passagers, il est compréhensible que, pendant cette ascension vertigineuse, aucun d'eux ne conserva son sang-froid, et que la faculté même de penser leur fit momentanément défaut. Il ne put se produire en eux que cette crispation involontaire des nerfs et des muscles, cet éréthisme inconscient qui tend toutes les fibres d'un être humain, et les dirige vers cette seule volonté : la conservation de la vie.

Mais, comme ils étaient tous assez fortement trempés, cette impression dura peu, notamment chez Faradel qui, lâchant le bordage auquel il s'était instinctivement cramponné, se précipita vers le trou béant ouvert dans la nacelle par l'explosion.

Un spectacle terrifiant l'y attendait !

Dans la vaste déchirure produite par l'arrachement des tôles, un corps suspendu dans le vide était accroché par les vêtements aux aspérités rugueuses d'une plaque de métal tordue : il se découpait en silhouette sur le gris sombre des nuages. C'était Spinelli !

Faradel, au paroxysme de l'émotion, poussa un appel de désespoir, et tous les passagers accoururent.

Alors, sous la pluie qui, maintenant, tombait avec force, Gaëtan se mit en devoir de diriger le sauvetage.

Sauvetage ? Était-ce bien le mot à employer en l'occurrence ? N'était-ce point un cadavre que l'on allait remonter sur le plancher du pont !... Hélas ! personne n'osait en douter, car le pauvre corps semblait inerte.

Le malheureux n'avait répondu à aucun des appels de Gaëtan, et la quasi-certitude que l'explosion de l'obus avait tué son camarade amenait de grosses larmes aux paupières de Faradel.

Cependant, Hugueville avait déroulé l'échelle de corde. Il descendit dans le gouffre, et, à l'aide d'un filin que lui tendait Babet, il tenta de lier le corps. Malheureusement, dans le courant d'air violent qui régnait, la manœuvre était extrêmement difficile. L'ancien joyeux ne put la réussir tout seul.

— Je ne peux pas, bon sang ! cria-t-il avec rage. Je ne peux pas !... Ah ! le chien de vent.

— Attendez, monsieur, je vais vous aider !

C'était Jean Pierson qui venait de lancer cette phrase : et, avant même que Jacqueline, Babet et Faradel eussent eu le temps de s'interposer, l'enfant empoigna fortement les montants de l'échelle et il descendit... sans un frisson, sans une hésitation !

Il était merveilleux de souplesse, d'aisance, de courage et de force ; et devant les assistants émerveillés mais haletants d'émotion, il réussit, en se tenant d'une seule main à l'échelle, à laquelle il s'accrochait de son jarret gauche, à aider Hugueville à lancer un nœud coulant autour des reins du malheureux Spinelli.

— C'est fait ! cria-t-il. Maintenant on peut haler !

— Tonnerre! murmura Gaëtan. Il mériterait que je lui cède mon brevet de moniteur de gymnastique, le petit gars!...

Quant à Paul Hugueville :

— Bravo! mon petit, bravo! lança-t-il. Tu es un rude gars, sais-tu bien!

Cependant Babet, la grande servante, s'était avancée sans mot dire. Elle empoigna la corde, et, avec une vigueur simple, qui semblait presque dénuée d'efforts, elle enleva cette lourde charge qui eût pesé, pourtant, même aux bras d'un homme solide.

— Ah! mais, alors! ne put s'empêcher de clamer l'ancien zouave. Vous savez, mademoiselle, si jamais vous aviez l'idée de m'envoyer une gifle, prévenez-moi d'avance, que je me gare.

Un instant plus tard, Spinelli, couché dans la logette d'arrière, reprenait ses sens, grâce à des soins énergiques et dévoués.

Le Destin clément l'avait, en effet, épargné. C'était un simple évanouissement qui l'avait saisi, provoqué autant par la commotion que par les émanations délétères de la lyddite. Mais il en réchappait d'une belle! Il pouvait savoir bon gré au fabricant qui avait confectionné son vêtement, car sans la solidité du tissu de sa veste, il eût fait un joli plongeon de deux kilomètres.

En effet, d'après le baromètre, épargné par la tourmente, l'*Aviator* planait à 1,987 mètres au-dessus du niveau de la mer.

Il voguait dans une brume presque opaque, qui créait autour de lui une sorte de demi-nuit. Chassé par un vent violent — dont l'anémomètre brisé, ne pouvait enregistrer la vitesse, mais qu'au jugé Faradel estima de 30 à 32 mètres à la seconde — le ballon filait vertigineusement. Néanmoins il était stable, car la perdition d'hydrogène, due aux légères déchirures des balles, était, pour le moment du moins, insignifiante. Mais où allait-il?... Personne ne le savait, car la boussole était, en effet, partie avec la machine, l'hélice et les gouvernails.

SPINELLI ÉTAIT ACCROCHÉ AUX ASPÉRITÉS D'UNE PLAQUE DE MÉTAL TORDUE PAR L'EXPLOSION.
(Page 70.)

Telle était la situation, réellement terrible, où évoluaient les fugitifs. Elle n'avait, on le voit, rien d'attrayant.

Ce fut, du reste, l'avis de Spinelli, quand, au bout d'une heure de repos et de soins, il se retrouva d'aplomb et commença l'inspection du désastre.

Devant son expérience et sa compétence reconnues, Faradel et Hugueville se taisaient. Ils le suivaient en silence, en proie, à une inquiétude poignante. Jean Pierson les accompagnait également, mais les deux femmes s'étaient sur les conseils de Gaëtan mises à l'abri dans la cabine d'arrière.

— Mes amis, déclara Spinelli quand il eut tout inspecté en détail, voici mon opinion : depuis trois heures environ, nous sommes entraînés à raison d'une moyenne de 30 mètres à la seconde.

— Parfaitement nous faisons bien près de 2 kilomètres à la minute, accentua Faradel.

— C'est-à-dire pour qui sait compter, ponctua Hugueville, 120 kilomètres à l'heure; c'est-à-dire que nous avons franchi pas loin de 400 kilomètres, peut-être plus. Ça enfonce le rapide de Marseille, soit!... mais le *hic*, c'est de savoir dans quelle direction nous avons marché.

Spinelli eut un geste vague :

— Au moment de l'accident, dit-il, je n'étais pas en mesure de définir la direction du vent.

— Ni moi non plus, je t'assure.

— Et, du reste, continua l'aérostier, rien ne prouve qu'en montant les courants n'ont pas varié.

— C'est juste.

— En tous cas, reprit Spinelli, quand nous en discuterions à perte de vue, cela ne nous servirait à rien. Nous ne sommes plus qu'un atome quelconque, emporté dans l'espace par une force contre laquelle nous n'avons aucun moyen de lutter.

— La conclusion? questionna Faradel.

— Attendre? déclara gravement l'Italien.

— C'est agaçant! reprit l'ex-joyeux, je n'aime pas ça. Ce n'est pas dans mon tempérament.

— Estimons-nous encore heureux, — poursuivit Spinelli sans répondre à la phrase de Hugueville, — car si ce satané obus avait crevé l'enveloppe, nous étions...

— Flambés!

— Comme tu dis. Mais, pour le moment, rien de pareil n'est à craindre. D'ici quelques heures nous en serons quittes, si c'est utile, pour regonfler, grâce aux tubes d'hydrogène de la réserve.

— Ah! c'est gai, gronda Hugueville. Pourvu que nous ne retournions pas chez nos bons amis les Anglais! Brrr!...

— Patience! dit Spinelli. Et souhaitons que l'orage ne prenne pas une forme plus rude.

Alors ils s'accotèrent au bordage; puis, pensifs, silencieux, ils demeurèrent ainsi de longues heures à contempler le rideau sombre des nuages. La pluie cinglante les laissait indifférents; mais néanmoins, au bout d'un moment Faradel, qui jetait souvent un coup d'œil à l'arrière, les quitta pour aller causer avec Mlle Pierson.

Spinelli, qui venait de consulter sa montre, constata qu'il était 10 heures du matin.

— Partis à 3 heures. Désemparés à environ 4 heures. Tel est le bilan. Il en résulte que nous marchons à l'aventure depuis six bonnes heures.

— Tu comptes comme un caissier...

— Donc, nous avons parcouru environ 700 kilomètres.

— Et je ne vois pas à l'horizon le moindre « Hôtel des Voyageurs ». Ça devient vraiment...

Hugueville s'arrêta net, et, pour protéger ses yeux, porta vivement les deux mains à son visage.

C'est qu'un éclair fulgurant venait de tracer son sillon de flamme à travers l'espace. Un second suivit... puis un troisième, auquel succéda un coup de tonnerre déchirant.

Puis les éclairs se suivirent sans interruption. Le tonnerre ne cessa plus. On se fût cru environné de cinquante canons tirant sans trêve. En même temps le vent se muait en rafale et finit par devenir presque un typhon !

A quelle vitesse entraînait-il l'aérostat ?

Personne n'eût pu l'évaluer. Mais sa puissance était si formidable que l'*Aviator* se mit à « rouler » sur lui-même, comme une sorte de toupie gigantesque ; et que, par suite de ce mouvement giratoire, vertigineux, aucun des passagers ne put demeurer debout sur le pont.

Il fallut s'asseoir contre les bordages et s'y arrimer en s'y cramponnant.

— Que la Destinée nous protège ! murmura Jacqueline Pierson.

Ce fut la seule phrase qui fut prononcée. Tous restèrent ensuite immobiles, obsédés par ce tournoiement ahurissant. Mais dans le fond de l'âme, aucun ne se faisait la moindre illusion. Ils attendaient la mort !

.   .   .   .

Cette épouvantable situation dura de longues... de mortelles heures.

De loin en loin, Spinelli (le seul qui possédât une montre), déclarait : 11 heures !... midi 10 !... 2 heures !

Enfin vers 3 heures un quart, la tourmente parut diminuer d'intensité. Les éclairs se firent plus rares. Les coups de tonnerre s'espacèrent et la pluie cessa.

En même temps la giration vertigineuse de l'aérostat se fit moins rapide ; et le rideau nuageux gris ardoise devint gris perle, sans pourtant se dissiper.

— Ça va un peu mieux ! ricana Hugueville. C'est égal ! Voilà un tour de chevaux de bois qui manque de charmes ! Et puis ! c'est pas pour dire, mais se balader sans parapluie par un temps pareil !...

Faradel causait en ce moment avec Jacqueline Pierson.

— Ah ! mademoiselle, disait-il. J'ai presque regret de vous avoir enlevée du camp anglais. Si j'avais su vous lancer ainsi dans un inconnu si périlleux, je ne sais si...

Il s'arrêta en entendant la phrase de son camarade, et malgré lui son métier le reprit :

— Un parapluie? dit-il. Il y en a d'excellents à 3 fr. 75 la pièce à la Grande Maison de Baleines et Ressorts, Paris, rue des Francs-Bourgeois, 609. Escompte trois pour cent pour commandes de six grosses minimum, traite à quatre-vingt-dix jours...

— Ah ! cette santé qu'il a ! clama Hugueville, pris d'un fou rire. Eh bien ! mon vieux, tu n'as pas peur ! Et si jamais je monte une usine je t'embauche ! Tu peux dire que tu l'as dans le sang, ton métier !

Spinelli, lui aussi, partit d'un franc rire qui, malgré la situation peu enviable où ils se trouvaient, gagna les autres assistants.

Et comme l'accalmie des éléments s'accentuait, Orlando se redressa tout en se tenant les côtes ; mais, son visage avait à peine dépassé le bordage, qu'il poussa une exclamation où se mêlaient à dose égale la surprise et la joie.

— Nous descendons! cria-t-il. Nous baissons... et même assez fortement.

Du coup, tout le monde fut sur pied, et les six passagers, se penchant, examinèrent les couches inférieures que l'Italien montrait du doigt tout en criant :

— La terre! La terre! Attention à nous!

— En effet, à sept ou huit cents mètres, par une large échancrure des nuages, apparaissait une plaine herbue que coupaient çà et là des touffes d'arbres et des roches. Un cours d'eau la traversait.

— Attention ! reprit l'aérostier. Il s'agirait de ne pas chavirer en touchant le sol. Aux guide-ropes !... et à la soupape !

Hugueville s'élança vers la corde de la soupape centrale ; et comme il levait les yeux vers le ballon :

— Ah !... Tout de même ! dit-il. Ce qu'elle a maigri en une journée, la pauvre bête !

— Qui ça ? demanda naïvement Faradel.

— Eh ! le ballon donc ! Tu remarques pas comme on lui voit les côtes ?

— Quel animal tu fais ! riposta Faradel en riant.

Au fond, la comparaison faite par Hugueville ne manquait pas d'un certain esprit d'à-propos : le dégonflement accidentel du ballon avait, en effet, déprimé l'enveloppe, qui se plaquait maintenant sur l'armature métallique intérieure et lui donnait réellement l'aspect d'un gigantesque thorax d'animal qui ne mange pas à son appétit tous les jours. Alors, tout le monde se mit à l'unisson de l'ex-joyeux, et, chose bizarre, une gaieté un peu nerveuse s'empara de ces naufragés de l'espace.

Un désir immodéré de toucher la Terre les saisit ! En un mot, ils subirent cette impression — toute d'instinct — qu'éprouvent les naufragés de l'onde, alors qu'accrochés à une épave ils voient, après la fin de la tempête, la côte se dessiner à l'horizon.

On peut donc penser si la manœuvre commandée par Spinelli s'exécuta avec prestesse et discipline.

Savamment l'Italien, procédant naturellement avec l'*Aviator*, démuni de son matériel de direction, comme il eût procédé avec un ballon ordinaire, le fit graduellement sortir du cycle des nuages orageux. Bientôt, l'horizon devint visible sur tout son pourtour.

Aussi loin que l'œil pouvait distinguer les détails, c'était la solitude africaine dans toute sa puissance d'expansion végétale ; mais pas une ferme de colon, pas une hutte d'indigènes n'apparaissaient.

Bientôt le guide-rope traîna dans les hautes herbes de la brousse, effarouchant des troupes d'animaux qui s'enfuyaient sans qu'on pût distinguer leur marche autrement que par le remous des tiges.

Une brise légère poussait doucement l'*Aviator* vers un gigantesque baobab isolé dans la prairie.

— Ça va bien, déclara Faradel. Déroule le treuil et maintiens l'ancre à hauteur des branches moyennes.

Peu après, la griffe d'acier s'enfonçait dans une fourche feuillue ; un léger choc se produisait, et le ballon, après deux ou trois oscillations, demeura immobile.

— Ouf !... Ça n'est pas trop tôt, déclara Gaëtan. Nous voilà donc enfin tranquilles... N'est-ce pas, mademoiselle Jacqueline?

— Oui !... Relativement ! répondit la jeune fille en souriant. Merci, monsieur Faradel.

— Grand Hôtel du Baobab !... clama Hugueville. Tout le monde descend !! Table d'hôte ! Salon de lecture ! Prix modérés ! Et je ne parle pas d'hydrothérapie... On vient d'en tâter ! Allons ! Mesdames et Messieurs ! qui veut prendre place dans l'ascenseur ?

En même temps, il déroulait dans la déchirure de l'avant l'échelle de corde, dont l'extrémité s'enfonça dans la frondaison du baobab.

— Attendez un instant, poursuivit l'ancien zouave, je vais aller l'amarrer solidement, et en même temps dégager un peu les branchages. Gaëtan !... passe-moi une hachette !

Enfilant l'arme à sa ceinture, Paul Hugueville descendit prestement l'échelle.

Or, il allait atteindre les ramures ; il ne lui restait plus qu'une demi-douzaine d'échelons à descendre, quand soudain il s'arrêta net !

A quelques mètres de lui, et encadrée dans le vert des feuilles, une face noire, aux yeux féroces — celle d'un énorme gorille — le regardait fixement !!

CHAPITRE VI

Où Faradel devient ingénieur naval.

Certes, Paul Hugueville était brave !... Et pourtant, l'aspect de cette face bestiale lui fit passer un frisson de la nuque aux talons.

Notre camarade pâlit et remonta précipitamment trois échelons, tandis que Faradel, étonné de ce manège bizarre, lui criait d'en haut :

— Eh bien ? qu'est-ce que tu fabriques ?... Pourquoi ne descends-tu pas ?

Le son de cette voix remit le joyeux à peu près d'aplomb.

— Mon vieux ! répliqua-t-il, tout en regrimpant quelques nouveaux échelons, mon vieux ! je descendrais bien !... seulement c'est le concierge de l'hôtel qui ne veut pas me laisser passer !

— Le concierge ?... Qu'est-ce que tu nous chantes ?

— Parfaitement ! Et c'est qu'il a une vraiment sale tête, c't'oiseau-là !

— Ah ça !... tu es fou ?

— Non ! je vous dis !... Tiens ! le voilà qui vient nous dire bonjour !... Pouih !!! La vilaine bête !... Elle a du poil aux pattes !

Et quatre à quatre, Hugueville gravit l'échelle, ce pendant que Faradel poussait une exclamation de surprise angoissée.

11

C'est que, de l'enchevêtrement des branches, un énorme et bizarre animal venait de surgir : une bête noire, velue, horrible.

Il empoigna de ses énormes mains les montants de l'échelle, poussa plusieurs cris gutturaux que les naturalistes ont définis par cette consonnance : Kek... ak!! puis il gravit lentement, mais avec assurance, les échelons.

— Un singe! clama Faradel.

— Pour sûr! riposta Hugueville, qui, à ce moment, prenait pied. Pour sûr que c'en est un! Et qui n'est pas dans une musette, mon vieux!

Les autres passagers accoururent.

— Oh! s'écria Jacqueline Pierson... Un gorille!!... Aux armes!!... Vite!!... Vite!!

Et, la première, elle s'élança vers la cabine aux réserves. Son frère et Babet la suivirent, tandis que Paul, qui avait repris tout son sang-froid, attendait le monstre, la hachette au poing.

Spinelli et Gaëtan s'emparèrent de ce qui leur tomba sous la main, gaffes ou anspects, et se joignirent au joyeux.

Quelques secondes plus tard, la jeune fille, son frère et sa compagne, armés chacun d'un martini, arrivaient à la rescousse...

... Le gorille montait toujours, en lançant son cri rauque et lugubre. Il était à mi-hauteur d'échelle, et Jacqueline Pierson dit, très calme :

— Je vais l'abattre! Reculez-vous, messieurs.

— Hein?... Vous voulez...

— Oui, monsieur Faradel. Laissez-moi faire!

— Mais vous allez...

— Laissez-moi faire! Ne craignez rien!

Devant le sang-froid déconcertant de cette gracieuse jeune fille, une admiration sans bornes envahit les trois hommes qui la contemplaient.

— Jean! Place-toi à ma gauche, ordonna Jacqueline. Et toi, Babet, en face!... Là, comme cela... Vous tirerez après moi, dans la nuque!

Près d'elle, Hugueville, brandissant sa hachette, mit un genou en terre
— prêt à tout.

Faradel et Spinelli, dans une attitude analogue, attendirent, eux aussi à
ses côtés, et, soudain, la tête du monstre émergea !

. . . .

Ce qui suivit fut d'une rapidité foudroyante !

Jacqueline Pierson avança le canon de sa carabine vers la face du gorille,
qui l'empoigna des dents et de l'une de ses mains... Mais, en même temps, le
coup partait, fracassant les mâchoires, faisant éclater le front et jaillir les yeux
hors des orbites!... Deux autres détonations retentirent encore : les coups de
feu de Jean et de Babet!... Et la bête s'écroula, arrachant des mains de la
jeune chasseresse l'arme que ses redoutables crocs avaient faussée.

Le gorille tomba dans le vide, et son corps plié en deux resta suspendu à
l'une des branches du baobab.

— Le concierge a déménagé ! lança Hugueville.

Mais la blague outrancière du Parisien n'eut pas d'écho, car une émotion
intense emplissait le cœur de tous.

Et alors, Gaëtan s'élança. Il saisit les mains de Jacqueline et les baisa
presque dévotement, tandis que la jeune fille, souriante et calme, un peu plus
rose pourtant que de coutume, disait avec simplicité :

— Je suis contente !... Oui ! je suis très contente d'avoir eu l'occasion
de tuer un gorille !... C'est moins dur que je ne supposais !

— Mademoiselle ! ma chère demoiselle Jacqueline, balbutia Faradel,
vous êtes merveilleuse... Vous n'avez pas que la beauté, la douceur et la
grâce ! Ah ! oui ! Vous avez autre chose ! Vous êtes une âme forte !... Ah !
comme je vous...

Il s'arrêta, rougit, et n'acheva pas sa pensée : puis, au lieu du « Je vous
aime ! » qu'il allait prononcer presque malgré lui, Gaëtan, se reprenant, déclara :

— Je vous admire ! oh ! de toute mon âme !

— Merci !

— C'est nous autres, mademoiselle, riposta Hugueville. Oui, c'est nous qui devons dire : « merci », car, sans vous... eh bien ! vrai ! Le concierge nous aurait peut-être fait passer un vilain quart d'heure !...

Dès lors on put tranquillement opérer la descente. On se débarrassa ensuite du cadavre qu'on traîna jusqu'au fleuve tout proche, où il devint la proie des crocodiles. Mais, après cette courte excursion, on réintégra la nacelle, car la nuit était venue, et la prudence commandait de ne pas rester à terre.

On y retrouva Babet, qui, seule de tout l'équipage, n'avait pas quitté le bord.

La brave fille était restée pour organiser un repas sinon luxueux, du moins réconfortant, grâce aux conserves emmagasinées dans les réserves.

On ne manqua de rien, pas même de café, de tabac ni de cognac.

Seul l'éclairage faisait défaut, car on avait négligé cette question dans l'approvisionnement : et, à cet égard, il n'existait en magasin que des allumettes, ce qui, ma foi, était déjà une bonne fortune, ne fût-ce que pour allumer le feu de la marmite ou celui des pipes. Au demeurant, une lune splendide éclairait cette belle nuit d'Afrique ; et le spectacle de cette brousse animée était réellement captivant.

Ce qui, durant le jour, apparaissait comme une solitude, devenait à l'heure bleue, grouillant de vie.

Le vol des phalènes, des chauves-souris géantes, des oiseaux de nuit au hululement perçant, zébrait l'atmosphère indécise et un peu lourde.

De la terre, montait vers les passagers de l'*Aviator* un bruissement énorme et intense, fait des appels des chacals, du glapissement des hyènes, du rauquement intermittent d'une panthère, des larmoiements pleurards des crocodiles du fleuve. Puis, c'était — très loin — le clapotement des eaux de la rivière, battues et fouillées par les éléphants à la baignade.

On a beau connaître — comme Faradel — son Afrique sur le bout du doigt, ce n'est pas là un spectacle banal, surtout lorsqu'on peut le contempler du haut d'une plate-forme, tranquille et fixe, haute de cent mètres.

C'est pourquoi, malgré l'extrême fatigue de cette terrible journée, nos camarades demeurèrent-ils un long moment à rêver en silence devant cette splendeur.

Puis le cercle se resserra autour d'un grog que préparait Babet, et une causerie douce — comme on cause entre vieux, très vieux amis, — s'engagea.

JACQUELINE AVANÇA LE CANON DE SA CARABINE. (Page 83.)

La glorification du courage de Jacqueline Pierson en fit tout d'abord les frais, mais elle coupa court aux éloges.

— Cela, dit-elle, est très simple, très naturel pour toute femme de chez nous, — n'est-ce pas, petit frère ?

— Oui, sœur. Nous sommes habitués à tous ces incidents.

— Si tu appelles cela un « incident », mon petit Jean, déclara Hugueville, c'est que tu manies à ravir l'euphémisme. C'est, en effet, au moins un accident, pour ne pas dire un cataclysme.

— Bah !... Nous en verrons sans doute bien d'autres.

— Il est étonnant, ma parole d'honneur, ce gamin-là ! déclara Spinelli. Et ça n'a que douze ans !

— Oui, monsieur. Mais, chez nous, dès qu'on va en classe, vers les sept ans, on s'accoutume au danger et au maniement des armes.

— Ah bah !... A cet âge-là ?

— Sans doute ! Il arrive parfois (comme dans notre propriété du veldt), que la ferme est loin du village. Alors, les petits garçons emportent sur une épaule leur sac à livres, sur l'autre la carabine chargée. On va tous ensemble, en entourant les petites filles, car il y a beaucoup de Cafres maraudeurs.

— Extraordinaire ! déclara Paul. Ce n'est pas étonnant qu'ils soient soldats dans l'âme. Et, dis-moi, est-ce que tu en as tué, des Cafres ?

— J'en ai tué un : j'avais neuf ans ! Il voulait emmener ma cousine Van Geweld. Alors, j'ai tiré. Il ne s'est pas relevé.

— Ah !

Dans ce « ah ! » poussé à la fois par Hugueville et Spinelli, se traduisit une impression complexe, faite d'une admiration étonnée, presque craintive, pour cet échantillon peu ordinaire d'une race neuve créée par le sol africain et ses dangers.

— Au fait, interrompit Faradel, le mieux que je puisse faire, maintenant que les éléments et les gorilles veulent bien nous laisser, c'est de vous présenter en quelques mots nos... invités.

— Invités est bien ! Tu manies, toi aussi, l'euphémisme dans la perfection.

— Donc, poursuivit Gaëtan, l'admirable jeune fille qu'est Mˡˡᵉ Pierson est d'origine française.

— C'est donc pour cela ! interrompit Hugueville. Vous parlez le français avec une étonnante pureté.

— Monsieur, répondit Jacqueline, nous sommes, en effet, de véritables Français. Bien mieux! je connais la France. J'y ai fait deux voyages avec ma pauvre mère et mon cher père, aujourd'hui, hélas! disparus.

Une émotion la saisit pendant quelques secondes, puis elle reprit :

— C'est même lors de mon premier voyage que nous avons ramené notre brave servante Babet, qui, elle, est une Française née en France.

— Ah! bah!... Une compatriote?

— Certes! Mais nous aussi, tout Boers que nous sommes, je vous le répète, monsieur Hugueville, nous sommes avant tout Français, et voici pourquoi :

A l'époque de la révocation de l'Édit de Nantes, nos ancêtres directs .vinrent s'établir dans l'Afrique australe, où ils ont formé la branche boer des Pierson. D'autres Pierson restèrent en France, dans l'Anjou et dans la Touraine, où ils résident encore à l'heure actuelle. Néanmoins, les rapports sont restés constants entre ces deux éléments, si lointains pourtant; et si, aux anciennes époques, les relations, soit directes, soit par correspondance, étaient rares et difficultueuses, il n'en est plus de même aujourd'hui avec les chemins de fer et les steamers à grande allure. Je connais donc fort bien mes parents français, et seul, de toute notre famille, mon petit frère Jean n'a pas encore vu la France.

— Ce qui, interrompit Faradel, ne l'empêche pas de parler le français aussi purement que s'il était né chez nous.

— Toujours, monsieur Faradel, toujours la langue française a été pieusement conservée dans notre famille! Tous ses membres parlent trois langues : le hollandais, l'anglais et le français, mais c'est en cette dernière langue que s'énonçait toujours en famille la prière du soir.

Et maintenant puisque j'en suis à vous donner des détails sur notre malheureuse odyssée, en voici le résumé bien triste :

Vous savez, messieurs, la guerre injuste qui nous est faite. Je n'ai pas à vous en raconter les détails, car je sais vos sympathies pour notre cause. Mais nous, les Pierson, nous avons payé cette iniquité bien cher!... De notre fortune d'abord, ce qui ne serait rien encore!... mais aussi...

Elle s'arrêta, eut un froncement des sourcils, puis une larme apparut à ses paupières.

— Oui! poursuivit-elle. Tous les miens... tous!... Ils sont morts!

— Que Dieu les ait en sa garde! murmura, tout en serrant les poings, le petit Jean Pierson.

— Nos champs dévastés! Nos bâtiments brûlés!... Notre fortune en argent... volée!...

Mon frère, Babet et moi... prisonniers! Ah! quelle misère! Ah! comme je vous sais, monsieur Faradel, un gré infini de nous avoir arrachés aux mains des Anglais!

— Mademoiselle!... Ah! mademoiselle!...

Le brave garçon ne put arriver à en dire plus long!... Il pleurait à chaudes larmes!

Et Mlle Pierson conclut :

— Oui! merci à vous tous, messieurs! Et de tout cœur!

— Tout de même, déclara Hugueville avec une gaieté un peu factice, mais voulue, — histoire de changer le cours des pensées tristes, — tout de même, vous avez dû être étonnée de voir des Français enrôlés chez les Anglais?

— Oui, de prime abord! Mais M. Faradel m'a raconté votre aventure.

— Qui n'est pas banale... hein?

— Sans doute! articula Spinelli, qui jusqu'alors était resté silencieux. Mais si nous causions un peu des mesures à prendre. Nous avons échappé à la trombe, c'est parfait!.. Mais ce n'est pas tout!... D'autres questions se posent : 1° Où sommes-nous? 2° Qu'allons-nous faire?

La phrase de l'Italien ramena brusquement l'attention du groupe sur la situation.

— Tu as raison, déclara Faradel. Il faut songer aux choses pratiques...

Causons donc des mesures à prendre; et d'abord, je pose à nouveau ta première question : Où sommes-nous?

— En Afrique! blagua Hugueville. Mais je ne sais pas au juste dans
quel département.

— CELA, DIT JACQUELINE, EST TRÈS SIMPLE POUR UNE FEMME DE CHEZ NOUS...
(Page 85.)

— Voyons... Paul! Sois sérieux! riposta Gaëtan d'un ton de reproche.
Et, s'adressant à Mⁱⁱᵉ Pierson :

— Vous serez, sans doute, mademoiselle, le meilleur juge en la matière,
puisque vous êtes une « Africaine ». Quel est votre avis?

12

— Monsieur, nous avons dû franchir en ballon des distances énormes...

— Qu'on ne peut évaluer sans frémir, ponctua Spinelli.

— Seulement, continua Jacqueline Pierson, nous n'avons — sûrement — marché ni vers l'Ouest, ni vers l'Est... mais constamment vers le Nord.

— Ah!... Et pourquoi ?

— Parce que nous sommes dans une région où on rencontre le gorille, qui, vous le savez sans doute, est un animal équatorial.

— C'est ma foi vrai! dit Hugueville.

— Donc, poursuivit Mᴵᴵᵉ Pierson, nous sommes déjà loin, très loin du Transvaal colonisé. Nous avons même dû dépasser de beaucoup les tribus noires du Nord. Nous serions donc très vraisemblablement dans une région absolument déserte du Congo central.

— Diable! déclara Gaëtan. Cette hypothèse m'a l'air fort juste, mais elle n'en est pas plus réjouissante.

— Sans doute, monsieur, dit Jacqueline, mais elle ne doit pas nous effrayer. Nous réussirons à en sortir, à notre honneur, j'espère !

— Hum! marmonna dubitativement Spinelli.

— Mais oui, reprit la jeune fille, car nous avons des armes et des munitions, n'est-il pas vrai? Eh bien! avec cela, du courage et l'aide de la Providence on se tire des plus mauvais pas.

Elle avait dit cela avec sa simplicité coutumière, d'un ton ferme mais sans emphase. Elle s'était mise debout, et, vivement éclairée par les rayons lunaires, sa silhouette était admirable d'harmonie dans les lignes, et d'assurance dans l'attitude.

Sous son feutre relevé de côté, les bandeaux de ses cheveux noirs encadraient un visage, régulier comme une belle médaille, dans lequel les yeux sombres s'allumaient en cette seconde d'une flamme de volonté splendide : si bien que les trois hommes restèrent muets, la contemplant.

Ils subirent, en cette courte minute, le double ascendant de la beauté féminine et de l'énergie d'un grand caractère. Une sorte de Foi particulière les traversa. Il leur parut, sans qu'ils analysassent cette impression, qu'un génie tutélaire venait de les envelopper de sa protection bienfaisante.

La fin de l'entretien s'en imprégna d'une gravité singulière et, après avoir encore discuté pendant quelques instants, on décida d'aller prendre un repos qui, en la circonstance, était réellement mérité.

Mlle Pierson et Babet se retirèrent dans une des logettes de l'arrière ; Jean, Spinelli et Hugueville s'installèrent sur le pont même, dans des couvertures, leurs armes à portée de la main.

Quant à Faradel, il prit le premier quart de nuit, et s'assit au bord de l'échancrure, les jambes dans le vide, et le martini armé en travers des cuisses ; il bourra une pipe, puis se mit à songer, tout en montant sa garde.

D'abord, il eut quelque difficulté à chasser de son esprit une image obsédante et gracieuse : celle de la jeune fille. Il y parvint pourtant, à force de volonté et de raisonnement.

N'était-il pas, en effet, le chef moral de la petite troupe? Et n'était-ce point à lui, esprit inventif et délié, à chercher une méthode, sinon commode, du moins praticable, à l'expédition qu'il allait falloir organiser pour regagner les pays civilisés, ou en tout cas habités.

Le front barré d'un pli de réflexion, Gaëtan resta ainsi de longues heures.

Une méditation âpre et tourmentée crispait sa face, à l'ordinaire si joviale. Il était tellement absorbé dans ses pensées qu'il ne songea point au sommeil.

Mieux! Il en oublia l'heure de la relève, et ce ne fut qu'au jour levant qu'il sentit, malgré tout, le sommeil l'envahir. Alors, consultant la montre que Spinelli lui avait confiée :

— Ah! par exemple! murmura-t-il, c'est un peu fort! J'ai veillé trois quarts au lieu d'un!... N'importe! Je ne m'en plains pas?... J'ai trouvé la solution!... la seule!... la vraie!... l'unique!

Il se redressa, resta un instant à contempler le ballon dans son ensemble, puis :

— C'est parfait! déclara-t-il. Ça ira comme sur des roulettes.

Il s'en fut alors réveiller Spinelli, lui repassa la consigne et s'endormit à son tour d'un sommeil agité.

. . . .

CHAPITRE VII

Où Faradel devient ingénieur naval et capitaine au long cours

Il ne se réveilla qu'à midi.

— Ah! diable! fit-il en se dressant, le couvert est mis, à ce que je vois!

— Comme tu dis!... On n'attendait que toi pour se mettre à table. Et puis, nous avons un menu « à la mode » : filet d'antilope rôtie aux cèpes! des cèpes austro-africains!...

Et Hugueville désignait du doigt une pièce de venaison tout à fait avenante, qui, fort correctement dressée par Babet, trônait magistralement sur la table d'aluminium du bord, et n'attendait plus que le couteau.

— Bon! fit Gaëtan. Vous avez donc été aux Halles?...

— Justement! Mais pas aux Halles Centrales... aux Halles Australes, qui — j'appelle ton attention sur ce point, — sont extrêmement bien approvisionnées en gibier bon marché.

— Oui, monsieur Faradel, — fit en riant Jean Pierson, — j'ai payé une antilope tout entière pour un prix dérisoire... un coup de carabine.

— J'entends bien!... Mais qu'est-ce que signifie?...

L'ex-sergent des marsouins avait brusquement interrompu sa phrase, et considérait le paysage avec un étonnement manifeste. Puis, après un court examen :

— Alors, dit-il, nous avons atterri pendant mon sommeil ?

— Comme tu vois !... Tout doucement, sans la moindre secousse. Cela s'est fait insensiblement, par suite du dégonflement progressif du ballon.

— Oui, conclut Spinelli, l'hydrogène s'est entièrement échappé.

— L'enveloppe est vide, déclara Paul Hugueville. Attaquons l'antilope ! Nous causerons en déjeunant.

Sur ce, on se mit à table.

Quand le dernier coup de fourchette eut apaisé l'appétit, Faradel prit la parole, en tant que président de la troupe.

— Mesdames... Messieurs, dit-il, nous avons convenu hier de discuter sur les mesures à prendre. J'ai donc, au cours de cette dernière nuit, — et très sérieusement, croyez-le, — songé à la situation. Si vous le voulez bien, je vais vous faire part du résultat de mes réflexions.

Il toussa, prit un temps, et reprit :

— L'aventure, au moins bizarre, qui nous arrive, nous a menés je ne sais pas trop où, mais, en tout cas, fort loin des communications normales qu'un être humain peut avoir avec ses semblables. Pour ma part, je me déclare incapable de définir exactement le point du globe où le hasard nous a jetés.

— C'est d'autant plus difficile, déclara Spinelli, que boussole, sextant et autres appareils utiles en l'occasion nous ont été enlevés par l'obus.

— Si fait ! Il nous reste un document utile, dit Mlle Pierson. J'ai découvert dans la cabine (ou mieux dans l'ex-cabine) de l'ingénieur, plusieurs cartes assez complètes de l'Afrique australe.

— Parfait, mademoiselle ! reprit Gaëtan. Ce n'est pas une mauvaise trouvaille, mais cela ne nous sert pas à grand chose. Néanmoins, examinons-les.

Puis, après avoir déplié les feuilles, Faradel fit un geste d'impatience.

— Dame! déclara-t-il, au train dont nous avons marché, nous sommes peut-être bien dans le Haut *Matabele-Land*; à moins que ce ne soit dans l'extrême fond d'*Angola*. Mais je ne jurerais pas que ces deux hypothèses sont les bonnes, et qu'au contraire ces coteaux qui bordent l'horizon ne soient tout bonnement situés dans le royaume de *Barotsé*, à moins que ce ne soit dans l'Afrique portugaise.

Jacqueline l'interrompit :

— Monsieur Faradel, dit-elle, vous raillez à merveille, en vrai Parisien que vous êtes; mais je ne vous suivrai dans aucune des explications que vous venez de nous donner. La latitude où nous devons nous trouver me semble se rapporter au pays de *Kazongo* — là, entre le 5e et le 10e degré, — au fond de l'État libre du Congo.

— Oui! ponctua Jean Pierson, à cause du gorille, qui nous a renseignés par sa seule présence.

— Parfaitement! riposta Faradel. Moi, je veux bien... d'autant que cela ne change rien aux moyens à employer.

— Voyons ces moyens? questionna Spinelli.

— Voici. Les fleuves, vous le savez, se dirigent « presque tous » vers la mer.

— C'est extraordinaire! déclara Hugnéville. Oui, c'est extraordinaire de constater combien tu es « calé » en géographie!

— Blague... mais écoute!... Tu vois que je suis calé, non seulement sur la géographie, mais encore sur les phrases célèbres. Donc, puisqu'un fleuve est là, tout près; nous n'avons qu'une chose à faire, c'est de nous embarquer sur ses ondes, et nous arriverons bien quelque part.

— Ou ailleurs !

— Du tout! affirma Gaëtan. Nous n'irons pas *ailleurs!*... Nous irons *quelque part*. J'entends par là : *du côté de la mer*.

— Logiquement, ton raisonnement est impeccable, — déclara Paul en hochant la tête, — mais... pratiquement, je ne vois pas bien...

— Homme de peu de foi! s'écria Faradel. Si je te rappelais les Écritures, je dirais : *Ils ont des yeux et ne voient point;* mais je me contente de te montrer ce ballon où nous sommes... Tu le vois bien, n'est-ce pas?

— Sans doute!

— Eh bien! qu'est-ce que c'est que ce ballon?

— C'est... un ballon.

— Oh! là, là!... un ballon!... Il appelle ça un ballon! Faut-il avoir peu d'imagination pour faire une pareille réponse!... Ça, un ballon?... mais, malheureux, tu ne vois donc pas que c'est un bateau !

— Hein?... Un bateau?... Ah! oui, je comprends : c'en est un que tu nous montes!...

— Je dis que notre ballon va devenir un merveilleux bateau, reprit Faradel. Et je le prouve.

— Hum?... J'attends l'explication avant de déclarer si tu es fou ou raisonnable, dit Spinelli.

— Patience!... Avec la carcasse métallique inférieure, je constitue l'armature de mon navire.

— Tiens! ma foi, oui!

— Or, nous avons des outils à bord, puis des arbres, et en particulier des chênes-liège aux alentours. Nous garnirons donc de bois et de liège notre armature. De plus, nous la calfeutrerons, car les arbres à résine ne manquent pas... Et alors, en route!

Devant cette déclaration tout à fait inattendue, il y eut un silence. Ce fut Jacqueline Pierson qui le rompit.

— Si j'ai bien compris, vous voulez tout simplement couper l'armature en deux et vous servir d'une de ses parties...

— Du tout, mademoiselle; je garde tout! Seulement, tandis que la partie inférieure constituera le bateau proprement dit, l'autre, garnie de l'étoffe en soie de l'enveloppe, nous garantira du soleil et des pluies.

— Mon vieux, dit Hugueville, je déclare que pour trouver un gaillard à ta

— JE DIS QUE NOTRE BALLON VA DEVENIR UN MERVEILLEUX BATEAU. (Page 96.)

13

hauteur, il faudrait aller loin ; et je te promets que, lorsque je serai ministre des Voies et Communications, tu seras décoré !

— Tu es bien aimable... Mais je continue : nous voilà donc navigateurs. Alors, pour conserver toutes nos aises à bord, nous utilisons la nacelle où nous sommes. En la réparant et la garnissant de liège, nous en ferons un excellent chaland à vivres et à réserves ; et nous la mettrons à la traîne derrière notre paquebot improvisé.

— Bon ! dit alors Spinelli. Ton idée n'est pas mauvaise...

— Tu es vraiment bien bon de me le dire, mais je n'en ai jamais d'autres.

— Soit !... Pourtant, il y a un cheveu.

— S'il te gêne, va chez le coiffeur...

— Écoute et ne ris pas. Ton bateau est un bateau à quille.

— Oui.

— Eh bien ! cela peut donner de très mauvais résultats sur un fleuve, surtout sur un fleuve africain dont nous ignorons la profondeur : car nous risquons, à chaque instant, de nous ensabler ou de nous envaser.

— Pas avec mon éperon-sonde ! déclara Faradel avec une assurance incomparable.

Alors, devant l'ahurissement silencieux de ses auditeurs, il se leva ; et, accompagnant ses explications de gestes démonstratifs, il définit exactement le schéma théorique de la construction navale qu'il projetait.

Au demeurant, ce projet était d'une ingéniosité remarquable. Faradel, en effet, pontait son bateau, ce qui lui constituait une cale à lest qu'on emplissait avec de la roche. Cela était d'autant plus important, que le velum supérieur, donnant au vent une certaine prise, provoquerait des oscillations auxquelles il fallait parer avec un lestage suffisant.

Quant à la question des ensablements, il ne pouvait la résoudre complètement. Néanmoins, il prévoyait, et rendait cet inconvénient inoffensif à l'aide de l'*éperon-sonde*.

Avec deux lames d'aluminium empruntées à la nacelle, il constituait un éperon analogue aux chasse-neige usuels, mais plus volumineux. Cet éperon était fixé sur deux boulins que fourniraient les arbres de la brousse, et ces boulins eux-mêmes seraient attachés à un pivot double, à l'avant du bateau. De la sorte, si on rencontrait un banc sableux, vaseux ou même rocheux, l'éperon, disposé à même hauteur que la quille, viendrait, le premier, buter dans l'obstacle... et le bateau s'arrêterait sans dommage.

On en serait quitte pour une manœuvre en arrière, manœuvre assez pénible, mais praticable.

Néanmoins, Spinelli fit, à cet égard, une objection qui ne manquait pas de justesse.

— Si l'obstacle va d'une rive à l'autre, déclara-t-il, comment passerons-nous ?

— Par la terre ! répondit nonchalamment Faradel.

— Bon. Mais le bateau, qu'en fais-tu ?

— C'est bien ce que j'entends expliquer. Le bateau franchira, ou, pour mieux dire, contournera l'obstacle en *naviguant* à terre.

— Il n'y a plus à le contester, dit gravement Hugueville, l'Afrique a tourné la boussole à notre pauvre camarade... Spinelli, va donc chercher le commissaire, une camisole de force et un fiacre. Il faut, hélas ! l'emmener à Charenton.

Faradel se contenta de sourire dédaigneusement, tout en haussant les épaules, et continua :

— J'ai dit : en naviguant à terre !... Et je m'explique : A quoi nous servirait-il d'avoir les roues-galets, utilisées par sir Kennedy pour le lancement sur rails, si nous ne nous en servions pas en l'occurrence ? Néanmoins, comme ce sont des roues à gorge, je reconnais qu'elles s'enfonceraient dans le sol mou.

— Il faut leur mettre des pneus ! railla Hugueville. Le meilleur pneu est celui de la maison...

— Faradel et Cie, interrompit Gaëtan sans s'émouvoir. Oui ! je colle des pneus aux roues, espèce d'animal ! et des pneus increvables encore... puisqu'ils seront en bois !...

Hugueville, assommé, ne répliqua pas.

— Donc, poursuivit Faradel, j'emprunte à la nacelle ses essieux et ses roues. Je garnis ces dernières d'un fort cercle de bois très large. Et alors... au cas d'obstruction dans le cours de la rivière, nous atterrissons et roulons notre paquebot ; puis, nous le remettons à flot, une fois l'obstacle franchi.

— Autrement dit, riposta Paul, ce ballon, devenu un bateau, deviendra encore par instants une voiture.

— Non pas !... N'appelle pas cela une voiture.

— Ah !... Qu'est-ce que c'est donc ?

— Un *homo-mobile*, puisque ce sera un véhicule mis en mouvement par une force motrice due au muscle humain.

— Faradel ! fit l'ex-joyeux en s'inclinant à la blague, tu es un grand homme !

— Un homme de génie ! reprit Spinelli.

— Hé ! hé ! son idée est joliment intéressante, dit à son tour Jacqueline Pierson qui souriait. Et, sans le taxer de grand homme, je trouve, moi, qu'il est doué d'un esprit réellement inventif et d'une intelligence absolument remarquable.

A ce compliment, énoncé avec l'accent le plus sincère, Faradel rougit jusqu'aux oreilles ; et perdant son aplomb, il balbutia un remerciement banal dont, au surplus, il eut beaucoup de mal à trouver la formule.

— Allons ! c'est bon ! déclara Hugueville qui riait narquoisement. Ne t'émotionne pas comme cela. Du calme, mon vieux, du calme !...

Gaëtan lui lança un regard de travers ; et reprenant son sang-froid :

— Alors, c'est entendu ? Nous installons le bateau, et nous descendons le fleuve ? La motion est-elle acceptée par l'honorable assemblée ?

— Oui !... Oui !

— Personne n'a d'objections à formuler ?

— Aucune ! c'est le seul moyen possible d'essayer de nous tirer d'affaire.

— Adjugé !... Maintenant, le bilan en vivres comprend environ six semaines de conserves diverses pour six personnes.

— Ce n'est pas gras ! dit Hugueville.

— Bah ! Il y a du gibier dans la brousse et des aliments végétaux également, riposta Jacqueline.

— Parfaitement, mademoiselle. Aussi proposé-je de ne toucher aux conserves qu'en cas d'absolue nécessité.

— Entendu !

— Quant aux armes et munitions, en voici le détail : deux winchester et cinq martini-Henry avec trois mille cartouches ; quatre revolvers avec cinq cents cartouches ; plus, couteaux, hachettes, etc., etc.

— Ça va bien... mais y a-t-il du tabac ?

— Très peu... hélas !

— Ne vous mettez pas en peine de ce détail, déclara Jean Pierson. L'Afrique est riche en plants sauvages ; nous en récolterons facilement en route.

— Allons ! conclut Hugueville. Il y a réponse à tout. Rien ne manque en ce doux pays. Il est même ridicule de songer à le quitter, ma parole d'honneur !

— Assez causé !... Et à l'ouvrage ! dit Faradel en se levant.

Tous l'imitèrent et incontinent on se mit à l'œuvre.

Ce n'était pas une petite affaire qu'une pareille transformation. Heureusement que l'ex-*Aviator* était muni d'un outillage des plus complets, puisqu'il contenait jusqu'à un *tour ;* et cet instrument fut précieux pour le nouvel appareillage.

Il permit à Spinelli, mécanicien émérite, d'ajuster ses boulons avec une précision très suffisante, et de faire ce qu'il dénommait de l'*ouvrage propre.*

Le premier soin de nos camarades avait été de se rapprocher le plus possible du rivage : et ce fut une grosse difficulté. En effet, le ballon était entièrement dégonflé, la nacelle reposait de tout son poids et par ses quatre roues sur le sol herbu de la prairie.

Regonfler le ballon pour l'alléger, il n'y fallait pas songer. Il y avait bien, il est vrai, des tubes d'hydrogène en réserve; mais pas en quantité suffisante, surtout à présent que l'enveloppe était complètement démunie de gaz. De plus, les roues, avec leur gorge d'acier, s'étaient encastrées assez profondément en la terre molle.

Voici donc comment il fut procédé : avec des arbres abattus, on créa des plateaux formant rails qu'on installa jusqu'au fleuve.

Alors, à l'aide d'un cric faisant partie de l'outillage, on souleva l'avant; on put ensuite poser les roues sur les plateaux.

Procédant de même façon pour l'arrière, on dégagea l'*Aviator* qui put être ainsi roulé jusqu'auprès du fleuve.

Quant à l'opération qui consistait à descendre la carcasse d'aluminium, elle fut également difficile, et ne put s'exécuter qu'à l'aide d'une *chèvre*, que nos explorateurs forcés construisirent eux-mêmes.

Bref, l'agencement général dura trois semaines pendant lesquelles chacun donna une somme remarquable de travail, d'intelligence et d'énergie.

Mlle Pierson et Babet travaillèrent comme les hommes.

La servante avait, maintenant, le visage dégarni des bandelettes qui le recouvraient : la cicatrisation de ses blessures était complète, mais, hélas ! très apparente.

Babet n'avait jamais été une « Vénus », mais, néanmoins, il était navrant de la voir ainsi défigurée par deux longues balafres qui lui sillonnaient la joue gauche et le front.

— Bah ! ça passera ! déclara-t-elle à Hugueville qui la plaignait. Ça ne sera rien que ça ?

Et, bûchant comme un nègre, la brave fille fit, à elle seule, l'ouvrage de deux hommes.

Y avait-il une lourde pièce de bois à manier?

— Laissez donc ça, monsieur Faradel, déclarait-elle. Vous n'y entendez rien! Voilà comment on s'y prend.

Et, d'un seul effort, elle déplaçait la charge.

— Ah! mam'zelle Babet, vous êtes étourdissante! lui disait Hugueville, toujours blagueur. Je ne vous l'envoie pas dire : mais si vous le voulez, une fois rentrés en Europe, nous nous marierons tous les deux, et nous vous trouverons un engagement au cirque comme femme-canon.

— Monsieur Hugueville... vous m'ennuyez avec vos plaisanteries.

— Merci beaucoup, mademoiselle, vous êtes bien aimable.

On travaillait ainsi, tout en riant, tandis que Jean Pierson s'occupait d'approvisionner le campement en vivres frais.

Il y mettait un amour-propre excessif, tenant à varier le menu, et ne tuant jamais deux jours de suite le même gibier. C'était lui le « Coureur des bois » de la petite troupe. Il signalait les arbres utiles pour l'alimentation : palmiers à vin, dattiers, caroubiers à fruits, bananes, etc. Il indiquait les autres essences propres à servir dans la construction en cours : thuyas d'essence résineuse qui fournirent abondamment l'enduit nécessaire au calfatage.

Mais l'enduit seul ne suffisant pas, il fallait boucher les fissures avec de l'étoupe, qu'on n'eût pu se procurer qu'en effilochant les cordages du bord. Or, ces agrès constituaient des parties non seulement utiles, mais indispensables de l'outillage : il fallait donc, à tout prix, les conserver.

Comment faire?... Ce fut Jean Pierson et sa sœur qui trouvèrent la solution. N'y avait-il pas, dans la brousse, de grandes quantités d'aloès dont les fibres desséchées fournissent une excellente matière textile qu'on nomme le « jute »! Cela sans préjudice des autres arbres à fibres qui pullulent dans ces solitudes. Bref, on tourna toutes les difficultés, même celle qui résultait du manque de pain.

En effet, la plaine donnait du millet et du sorgho sauvages qui permirent à Babet de faire des galettes qui, séchées à la cendrée, constituèrent un aliment très apprécié de nos explorateurs malgré eux.

Enfin, le gréement du petit transport fut complet, et l'opération du lancement, de la mise à l'eau, eut lieu — non sans un grand déploiement de travail, de force et d'intelligence — mais avec un plein succès.

Un plan incliné en solives fut créé, dont l'extrémité s'immergeait dans le fleuve. On y installa le bateau. Il reposait

« L'AVIATOR » PUT ÊTRE ROULÉ JUSQU'AUPRÈS DU FLEUVE. (Page 103.)

sur ses quatre roues, garnies des pneus de la maison Faradel et Cⁱᵉ. L'arrière était maintenu par un cordage enroulé sur un treuil à volant façonné grossièrement. Et la descente s'opéra doucement, par le poids seul du petit transport.

Pendant toutes ces opérations, le danger du fleuve avait été restreint à son minimum. Ce danger provenait exclusivement des animaux fluviaux : hippopotames, mais surtout crocodiles.

14

Pour se garer de ces incommodes voisins, une estrade en pieux avait été installée, en forme de demi-cercle dont les extrémités se reliaient à la rive : l'ex-*Aviator*, devenu bateau, se trouva donc mis à flot dans une sorte de petit port où il était prisonnier, ainsi que la nacelle, devenue, elle aussi, une sorte de péniche.

Pour sortir de là, on dut créer, à l'aide de la scie et de la hache, une ouverture suffisante. Ce travail fut exécuté par Hugueville et Spinelli qui, pour arriver sans danger à leurs fins, s'installèrent sur un radeau *ad hoc*, le même qui avait servi à enfoncer des pieux. Il y eut, pourtant, vers la fin de l'opération, une minute de vive émotion.

Le dernier pieu venait de tomber sous la scie ; il filait lentement à la dérive, et Hugueville venait de pousser un : « Ouf !... pas trop tôt ! » satisfait, quand, derrière lui, une tête hideuse émergea : une tête à museau long, aux yeux jaune sale. Le museau s'allongea sur le bord du radeau, puis une patte palmée s'y accrocha, et ce poids imprévu donna à la primitive embarcation une brusque secousse.

Les deux hommes, se retournant, se virent à deux mètres d'un crocodile monstrueux !

— Ouh ! clama l'ex-joyeux. Un croco ! un croco !...

En même temps, Spinelli lançait un appel, auquel une exclamation d'angoisse répondit ; car, du bateau tout proche, Faradel avait vu la scène. Comme il cherchait des yeux une arme..... un anspect..... quelque chose enfin ! il entendit Hugueville qui poussait un cri de triomphe.

Après le court instant de peur bien compréhensible qu'il venait d'éprouver, le joyeux avait, en effet, repris son sang-froid.

Alors, lançant de côté la hache qu'il tenait à la main, en « fauchant », c'est-à-dire de façon que la lame filât horizontalement, il atteignit la bête en pleine gueule. L'arme, violemment projetée, brisa les dents et s'encastra entre les mâchoires qui, sous la douleur, s'ouvrirent démesurément et, pendant une seconde, laissèrent entrevoir la gueule ensanglantée... puis, avec un cri particulier — sorte de grognement porcin — l'animal se rejeta en arrière, plongea et disparut.

. . . .

Les deux camarades n'avaient pas été longs, comme bien on pense, à regagner le bord : et Paul Hugueville qui, en nerveux qu'il était, avait besoin d'un dérivatif au vilain moment qu'on venait de passer, se mit à rire très fort, bien que sur ses joues, encore pâles, il y eût, par instants, quelques frémissements instinctifs.

— Mon vieux ! déclara-t-il, c'est un délicieux pays !... Toutes les distractions, mesdames !... On a poussé l'amabilité jusqu'à installer un jeu de tonneau dans la rivière ! et j'ai gagné... ma parole d'honneur ! Du premier coup, j'ai mis dans le mille !...

Il fit claquer ses doigts, comme un gamin très satisfait, et conclut :

— Gaëtan, tu peux nous offrir un coup de tafia ! Ça nous remettra le cœur en place.

Ce fut le seul incident un peu corsé des préparatifs de départ. Pendant la soirée, on compléta l'appareillage, et il fut décidé qu'on prendrait le large au jour levant.

Au demeurant, personne ne dormit bien cette nuit-là.

Les hommes étaient installés dans des hamacs suspendus aux supports du vélum.

Ils s'étaient confectionné, avec de l'étoffe trouvée à bord, des mousti-quaires, à vrai dire très primitives, car nos amis ressemblaient, là-dedans, à des sacs mal remplis : mais le résultat était bon quand même, puisqu'ils étaient suffisamment préservés des piqûres.

Pendant cette nuit-là, ils causèrent, tout en veillant à la sécurité des femmes, qui reposaient dans une logette en bambou, jute et rotin, construite pour elles à l'arrière, à côté du gouvernail.

Et, comme la lune prenait son plein, plaquant des lames d'argent sur les remous de la rivière, un bruit clapotant attira leur attention ; puis il y eut un bouillonnement autour du bateau, dont la coque fut même heurtée par des corps durs. En même temps, une odeur à la fois fade et musquée les enveloppa... et, tous les quatre, sautant hors des hamacs, se précipitèrent vers le bordage.

— Eh bien ! Vous savez, mes enfants, déclara Faradel avec une grimace de dégoût, je ne vous empêche pas de prendre un bain froid, si le cœur vous en dit... Mais, quant à moi, je vous cède ma place.

— C'est égal ! ricana Hugueville. Cela a tout de même plus de chic qu'au Jardin des Plantes !

Le spectacle valait la peine d'être contemplé, car la surface liquide du fleuve était littéralement recouverte de crocodiles dont les dos écailleux grouillaient, se mouvaient, se tordaient. Il régnait là un emmêlement horrible et nauséabond, inquiétant aussi. Parfois les têtes se dressaient ; un corps prenait pied sur l'autre, qui s'enfonçait dans l'eau bourbeuse. La rive en pente en était, elle aussi, couverte. Ils rampaient, traçant de longs sillons dans la vase. Souvent, quand un rayon lunaire venait tomber de biais dans les prunelles, les yeux s'allumaient d'une lueur glauque et dorée qui donnait à ce spectacle une saveur de fanstamagorie, en imposant à l'esprit l'évocation cauchemaresque d'une scène d'enfer sombre et redoutable, pleine de mystère, de terreur : tandis que, du fond de la brousse, montait la grande voix nocturne du désert.

— C'est encore heureux, dit Faradel, que nos bordages soient assez hauts ! Nous voyez-vous aux prises avec cette ignoble armée ?

— Ah ! non alors !

— Oh ! dit Spinelli, j'y avais bien songé, mais j'étais tranquille, justement à cause de la hauteur des bords de l'embarcation. Sans cela j'aurais allumé du feu.

— Tiens ! c'est vrai ! Nous n'avons pas allumé cette nuit.

— C'est parce que nous étions en sûreté à bord, répliqua Faradel. Sans quoi, nous n'aurions pas oublié cette importante précaution qui, remarque-le, nous avait jusqu'ici protégés contre toute incursion venant du désert ou du fleuve. Car, note bien encore ceci, notre palissade n'a été installée que pour nous permettre d'entreprendre la navigation sans danger; et, si à terre

— OUI ! CLAMA HUGUEVILLE, UN CROCO ! (Page 106.)

nous avions négligé notre feu, ces messieurs les crocodiles auraient très bien contourné par la rive notre estacade.

Au moment du crépuscule matinal, la hideuse invasion commença son exode. Peu à peu, les monstres regagnèrent le fond du fleuve. Il n'en resta que quelques-uns qui, baugés dans la vase, s'y était endormis.

— Allons! dit Faradel. Voici le jour. Nous allons quitter notre point d'atterrissage, et, ma foi! je ne le fais pas sans émotion; car, malgré les aventures diverses qui nous y sont survenues, ce fut pour nous un coin de terre hospitalier.

— Hum!... Hospitalier?...

— Sans doute! La Nature est à la fois rude et bonne, terrible et bienfaisante... et M. Faradel a raison.

C'était Jacqueline Pierson qui, arrivant avec Babet, venait de prononcer ces mots.

— Oui! continua-t-elle. La Nature veut bien donner à l'homme les trésors qu'elle possède, mais seulement après qu'il les a gagnés de haute lutte. C'est là une vérité surtout coloniale, en ce sens que la manifestation en est plus brutale dans un pays vierge que partout ailleurs. Mais n'est-ce pas, sous d'autres formes, la même chose partout?

— Oh! comme vous parlez bien, mademoiselle! déclara Gaëtan avec une sincérité naïve.

— Mais non! répliqua-t-elle en riant. Mais non. C'est là une doctrine de Boer — tout simplement. Nous sommes élevés avec cette conception que la vie est une lutte parfois productive, mais toujours âpre, n'est-ce pas, Jean?

— Oui, sœur.

— Aussi, je répète que M. Faradel a eu raison de bénir ce coin du globe où la Providence nous permit de vivre; où elle s'est manifestée à nous sous ses deux formules principales : lutter pour vivre, et en obtenir la récompense.

— Bravo!... C'est tout de même vrai! dit Hugueville avec une conviction émue dans la voix.

— Je vous ai converti, monsieur, dit Jacqueline. J'en suis fière ! Ne convainc pas qui veut un Parisien un peu... sceptique comme vous.

Puis, s'adressant en riant à Gaëtan :

— Capitaine ! dit-elle, est-ce que nous partons ?

D'abord interloqué à l'énoncé de ce nouveau grade qui, si inopinément, lui survenait, notre ami déclara :

— Mademoiselle, nous sommes à vos ordres. Nous allons larguer les amarres. Vous voyez que j'emploie le terme marin, bien que je ne doive mon avancement si subit qu'à votre gracieuse bienveillance.

— Seulement, reprit la jeune fille, je voudrais vous adresser une demande.

— Dix, mademoiselle, cent !... mille ! un million, si vous voulez !

— Non ! ce serait trop... Une seule. Comment s'appelle notre petit bâtiment ?

— Mais... dame !... riposta Faradel pris de court. Il s'appelle... l'*Aviator*.

— Ce n'est pas un nom pour un petit bateau qui va sur l'eau... et qui, s'il n'a pas de jambes, a tout au moins des roulettes, interrompit Hugueville. Et ma foi ! voulez-vous mon avis ?

— Dites.

— Eh bien, avec son dôme d'étoffe, vous conviendrez que notre bâtiment ressemble à un vaste parapluie ?...

— Satané farceur !

— Appelez-le donc le *Pépin !* continua l'ex-joyeux.

— Du tout — riposta Spinelli, mis en gaîté par cette boutade. — Il ressemble à un champignon ; donc, on devrait l'appeler...

— Assez de bêtises ! ordonna le « capitaine » Faradel. Voici ce qu'il faut faire. Un baptême exige une marraine ; or, c'est généralement la marraine qui choisit le nom de son filleul. Mademoiselle, l'ex-*Aviator* aura en vous la plus charmante des marraines. Baptisez-le donc.

— Soit! Et merci! répondit Jacqueline après un silence. — Eh bien! messieurs, puisqu'à nous six nous représentons à bord trois nationalités différentes, nous constituons pour notre *steam* un équipage international. Il serait donc malséant de lui donner un nom rappelant une patrie quelconque. Mais il existe entre nous un lien de solidarité et de fraternité, cimenté par les dangers déjà courus, rendus plus étroits par ceux que nous courrons encore...

— C'est vrai!

« L'ESPÉRANCE » DESCENDIT LE COURS DU FLEUVE.

— Ce lien sera d'autant plus fort, cette solidarité et cette fraternité produiront leurs effets d'autant plus pleinement, si nous conservons toujours en nous l'espérance. Je propose donc de baptiser notre pauvre *Aviator* de ce nom : l'*Espérance!*

— Bravo!...

— Et je vais l'inscrire là-haut... sur l'étoffe! s'écria Faradel.

— Avec quoi? demanda Hugueville. Tu n'as ni couleurs ni pinceau.

— C'est vrai, ma foi! Ah! quel dommage que nous soyons si loin!

J'en aurais adressé la commande à la maison Carmine et Cᶦᵉ, couleurs et vernis, que j'eus l'avantage de représenter autrefois! Excellente maison, sauf toutefois pour ses bleus de Prusse qui tournaient très rapidement au vert pomme; — je vous le dis en confidence, mais on ne le racontait jamais au client... Ah! c'était le bon temps!...

On s'esclaffa; mais Hugueville, qui ne ratait pas une occasion de rire:

— Mais c'est parfait! dit-il. Filons vite! Mettons le cap sur la Maison Carmine et Cᶦᵉ. Prépare ton bon de commission. Allons! camarades... Pare à larguer!... Et gare aux bosses, en passant à l'Écluse!

. . . .

Vingt minutes plus tard, à la suite d'une manœuvre savante, l'*Espérance* franchissait l'étroit goulet formé par l'estacade de pieux. Une heure après, derrière les frondaisons vert sombre d'une forêt qui encaissait les rives, le gigantesque parasol flottant disparaissait, naviguant vers son destin.

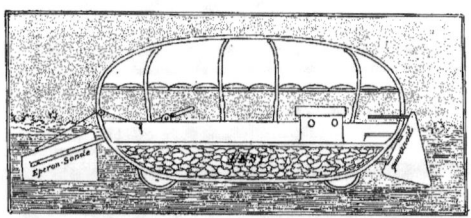

COUPE SCHÉMATIQUE DU BATEAU DE FARADEL.

CHAPITRE VIII

Où il est démontré que la navigation fluviale en Afrique est remplie d'imprévu.

Quand on examine attentivement une carte un peu complète de l'Afrique centrale, on éprouve, malgré soi, un trouble particulier, qu'on pourrait appeler « le trouble hydrographique ».

Si on borne son examen aux données fluviales parfaitement explorées, cela marche encore assez bien : mais soudain on se trouve en présence d'amorces pointillées indiquant des directions « probables » pour les innombrables cours d'eau dont les explorateurs n'ont pas encore réussi à pénétrer le mystère.

Bien mieux ! La série des grands lacs centraux vient encore embrouiller la difficulté. Théoriquement, ceux-ci constituent le grand réservoir qui alimente le Nil ; mais on en arrive à se demander si le Nil est seul à recevoir le trop-plein de ces réserves ; si ce n'est point là un gigantesque magasin liquide qui jette sa surcharge non seulement vers la Méditerranée, mais aussi vers l'Atlantique par la vallée du Congo.

Quoi qu'il en soit, c'était dans la région sinon tout à fait inexplorée, du moins mal connue, située à l'ouest du lac Tanganyika, qu'avaient échoué nos voyageurs ; et, pour être exact, disons de suite (ils l'apprirent du reste eux-mêmes peu après leur départ en bateau), qu'ils avaient atterri entre la pointe sud du lac Tanganyika et la pointe nord du lac Moero. Ils se trouvaient ainsi très exactement sur la frontière qui sépare, aussi politiquement que fictivement, l'État du Congo de la Zambézie britannique, et le fleuve sur lequel naviguait l'*Espérance* n'était autre qu'un des nombreux affluents côtiers du lac Tanganyika.

On peut donc estimer que la trombe qui avait emporté l'*Aviator* au nord du Transvaal lui avait fait franchir de 2,500 à 3,000 kilomètres !

Jacqueline Pierson ne s'était par conséquent pas trompée de beaucoup en donnant, comme point probable de leur atterrissage, les solitudes du fond du Congo indépendant.

En tout cas, pour l'instant, nos amis ne s'occupaient guère de cette question. Ils se laissaient porter par l'*Espérance* et s'en fiaient uniquement à leur chance pour les amener à bon port.

Au reste, sans l'inquiétude morale, inévitable compagne d'une situation aussi extraordinaire, le voyage eût été charmant.

Pas de force à dépenser, puisque le fleuve les conduisait doucement vers le but à atteindre : et quant au danger, il semblait momentanément réduit au strict minimum.

Les crocodiles innombrables qui sillonnaient l'eau verte devenaient, en effet, inoffensifs par suite de la hauteur des bordages.

Les hippopotames monstrueux, dont parfois la tête informe et le dos visqueux apparaissaient au milieu d'un remous d'écume, n'étaient pas à redouter non plus pour un bateau bien lesté comme l'*Espérance*, bateau de dimensions déjà respectables, mesurant 27 mètres de l'étrave à l'arrière.

Quant aux fauves des rives, on n'avait pas à les craindre, puisque le petit transport naviguait en plein milieu du fleuve.

C'était donc là une situation réellement favorable, et Hugueville déclara même que « c'était trop beau ».

— Mon vieux ! dit-il, si réellement c'est là ce qu'on dénomme couramment une exploration africaine, j'en arriverai à dire que tous les explorateurs sont de purs farceurs. Seulement, ça ne peut pas durer. Non ! vois-tu ; c'est trop beau pour que ça dure.

— Bien possible ! répliqua Gaëtan, mais ne sois pas mauvais prophète. Prenons les choses comme elles viennent. Il sera toujours temps de se faire du mauvais sang, quand le baromètre de notre destinée quittera le Beau fixe.

Cette fâcheuse hypothèse ne se réalisa pas pendant les cinq premiers jours de navigation, qui se déroulèrent sans un incident.

L'*Espérance* voguait lentement entre deux rives boisées d'un merveilleux aspect.

Certes, jamais on n'eût pu rêver une plus splendide expansion végétale.

Au milieu de la sombre frondaison des chênes géants, grimpaient des lianes centenaires qui semblaient de gigantesques filets jetés là par un pêcheur cyclopéen. La fine dentelure des fougères arborescentes étendait par place son rideau transparent.

Des roseaux hauts comme des arbres de France, emmêlant leurs tiges et leurs fleurs étranges, garnissaient les berges.

C'eût été tout à fait délicieux de contempler pareil décor, au milieu duquel les oiseaux les plus variés se jouaient en faisant miroiter le luxe de leurs plumages ; oui, c'eût été délicieux, sans la chaleur lourde et oppressante qui régnait en permanence au-dessus des eaux.

La masse liquide n'atténuait en rien la violence de la température. Il semblait au contraire que, de la surface des ondes glauques, se dégageât comme une buée tiède, dont la forêt empêchait l'évaporation totale. Cela donnait à l'atmosphère une lourdeur suffocante, dont les trois Européens du bord, Faradel, Hugueville et Spinelli, souffrirent plus particulièrement, surtout vers la fin du cinquième jour ; et cela d'autant plus que la nuit n'apportait pas à cette situation une modification sensible.

Néanmoins, c'était encore supportable, grâce au peu de force musculaire qu'ils étaient obligés de fournir pendant le jour, et au repos très réparateur des nuits.

Il avait été décidé, en effet, que chaque nuit on mouillerait les deux ancres disposées à l'arrière sur un treuil *ad hoc*. De la sorte, on pouvait dormir en toute sécurité, avec un seul veilleur de nuit, puisque l'*Espérance* se trouvait garantie de toute incursion hostile par le fleuve lui-même. Le bateau, affourché sur ses ancres, se trouvait ainsi être en quelque sorte une citadelle flottante au milieu d'un lac.

Mais, dans la matinée du sixième jour, il se produisit un incident, ou plutôt il surgit pour les navigateurs une difficulté à laquelle aucun d'entre eux n'avait encore songé, car « on ne saurait songer à tout! » dit le proverbe.

Le fleuve, jusqu'alors assez large, se resserra brusquement, et le rétrécissement subit des rives amena naturellement une accélération très notable dans la vitesse du courant.

Loin de leur être défavorable, cette circonstance eût au contraire été un bienfait pour nos amis ; mais maintenant les arbres des deux berges opposées en arrivaient à marier leurs ramures au-dessus du cours d'eau.

— Fichtre! dit Faradel, pourvu que nous n'accrochions pas notre velum! C'est ça qui ne serait pas à faire!

Cette éventualité était en effet à redouter, car l'*Espérance* filait maintenant avec rapidité sous un véritable dôme de feuilles et de branchages. Gaëtan eut même un instant l'idée de stopper, en lâchant les ancres en plein courant, pour se donner au moins la faculté d'explorer les rives et de reconnaître ainsi la longueur de ce dangereux passage.

Mais comme il allait se décider à mettre ce projet à exécution, un choc se produisit dans la carcasse supérieure, et l'*Espérance* demeura immobile au milieu du fleuve.

— Allons!... Bon!!... clama Hugueville, nous voilà en panne!

En effet, l'étoffe de soie crevée du velum laissait, en son avant, passer la forte branche d'un palétuvier énorme, qui, infléchi sur la berge de gauche, formait presque un pont jusqu'à l'autre rive de la rivière.

— Attends un instant ! ordonna Faradel. Il n'y a pas là d'accident réel ; c'est un simple à-coup dans la marche. Nous sommes amarrés, c'est parfait ! Profitons-en pour nous rendre compte de ce qui se passe sur le cours inférieur du fleuve. En d'autres termes, allons voir si nous en avons encore pour longtemps à naviguer sous ce vert tunnel.

— Alors, il faut descendre à terre ?

— Naturellement ! Va chercher des armes. Nous allons faire à nous deux une petite patrouille d'exploration.

— Par où descendrons-nous ? Nous n'avons pas d'embarcation.

— Naïf enfant !... Et la nacelle ?... Est-ce un bateau ou une chaufferette ?

— Tiens ! c'est ma foi vrai ! Il n'y a même qu'à la faire virer ; l'arrière atteindra juste à la rive droite du fleuve.

— A la bonne heure ! Tu n'es pas si bête que je le croyais !

Peu après, la manœuvre était exécutée. Les deux éclaireurs prenaient pied et disparaissaient dans le fourré. Les deux femmes restèrent à bord sous la garde de Jean et de Spinelli.

Gaëtan et Hugueville exécutèrent alors une marche assez pénible d'une demi-heure environ, en longeant le plus possible le rivage : marche à la fois fatigante et dangereuse, car s'ils eurent la chance de ne se rencontrer face à face avec aucun animal insociable, du moins entendirent-ils constamment autour d'eux des bruits rampants, des fourmillements de bêtes, dans le mystère des hautes herbes : le tout provenant de la fuite des serpents, crocodiles, ou menus animaux dérangés par l'arrivée des deux hommes.

Enfin, ils atteignirent la limite extrême de la forêt.

Devant eux s'étendait une brousse herbue, mais sans arbres, puis le terrain montait rapidement suivant une très forte inclinaison.

Quant à la rivière, elle s'engouffrait avec bruit dans un étranglement qui, coupant la plaine en deux, formait sur les deux rives des berges abruptes, presque à pic, analogues comme aspect à des falaises rocheuses.

— Bon ! dit Hugueville. Il n'y a pas trop de mal ! Tu as remarqué, hein ?... Les branches, pour basses qu'elles soient, ne nous gêneront plus, car partout il y a suffisamment de hauteur pour passer.

— Oui. C'est vrai ! Et à partir d'ici, ça marchera tout seul. Seulement le courant est joliment violent. Il faudra gouverner avec méthode.

— Entendu ! Regagnons l'*Espérance.*

Ils reprirent avec facilité le chemin déjà parcouru, en suivant leurs foulées primitives : mais comme ils approchaient, la voix de Babet leur parvint.

— A toi, Jean !... A toi !... Gare ! criait-elle.

Puis deux coups de feu suivirent instantanément l'avertissement lancé par la servante.

Paul et Gaëtan s'élancèrent au pas de course. Une angoisse inexprimable les avait envahis; et leur inquiétude, loin de se calmer, s'accentuait au contraire au fur et à mesure qu'ils approchaient du but.

Ce n'était plus en effet Babet seulement qui criait. Les quatre voix des passagers de l'*Espérance* mêlaient leurs exclamations :

— Attention au gros... à gauche !

— Aïe donc !... Il est démoli !...

— Mam'zelle ! Mam'zelle !... A vous !

— Satanées bêtes !...

Puis c'étaient des coups sourds, des cris aigus, des grognements bizarres...

... Et soudain, en arrivant en vue de l'embarcation, dont ils avaient amarré l'arrière à une souche de la rive, Paul et Faradel poussèrent ensemble ce même cri de stupeur... d'épouvante aussi :

— Des singes !... des singes !

Certes... ils pouvaient le dire, car il y en avait bien une cinquantaine !

En leur absence, toute une tribu de babouins avait attaqué l'*Espérance.* Ces ignobles bêtes avaient — tant par la nacelle que par la branche du palé-

tuvier — envahi l'embarcation ; et Jacqueline, Babet, Jean et Spinelli acculés
à la paillotte de l'arrière
avaient à subir un véritable
assaut !

C'était un spectacle à
la fois comique et terrible,
clownesque et impression-
nant. Car, qu'on ne s'ima-

gine pas que l'atta-
que d'un babouin
soit une attaque
inoffensive. Ce
singe, bien que rela-
tivement petit, est
redoutable autant
par son agilité que
par sa méchanceté.

Au repos, et même assis dans une attitude dolente, il peut sans effort
apparent, faire subitement en hauteur un bond de *deux mètres !* De plus, sa

mâchoire, allongée en museau de chien, possède des crocs puissants qui apparaissent aux coins des lèvres et qui peuvent fournir des morsures non seulement dangereuses, mais parfois mortelles sous ces climats, à cause de leur profondeur et de la direction oblique des dents.

Or, si l'on songe que les quatre passagers de l'ex-*Aviator* avaient à tenir tête à une cinquantaine de ces redoutables assaillants, on peut facilement se figurer la dépense de force, de souplesse, d'énergie et d'adresse qu'ils avaient à déployer pour les tenir à distance.

Autour d'eux, en effet, les babouins formaient une masse grouillante, d'une si extrême mobilité, d'une fluctuation si imprévue, qu'on ne pouvait guère, à l'œil, noter les mouvements exacts de chaque animal.

C'était un bloc mouvant et bondissant, d'où sortaient des pattes griffues, où s'ouvraient des gueules aux mâchoires armées, sur lequel flottait une odeur forte et repoussante, et dont les cris se soudaient ensemble en un vacarme assourdissant.

Déjà huit bêtes gisaient à terre, tuées tant par les deux coups de feu, qu'à la hache et à coups de crosse. Seul, en effet, Jean Pierson avait en main une carabine ; mais le temps lui manquait pour recharger.

Or, la première seconde de stupeur passée, Faradel et Hugueville allaient s'élancer au secours de leurs amis. Déjà Gaëtan enjambait le bordage d'aluminium de la nacelle-chaland... quand Paul le retint par le bras.

— Attends ! dit-il. Ça ne servirait pas à grand chose d'aller nous colleter avec ces sales macaques... As-tu des allumettes sur toi ?

— Oui !... Pourquoi faire ?

— Prépare-les !... Tu vas voir !

Et l'ex-joyeux, empoignant à brassée des herbes et des roseaux séchés, en fit en quelques secondes une énorme botte.

Une liane souple qu'il arracha lui servit à la lier ; puis cassant un long roseau, il enfila le bout dans ce fagot.

— Comprends-tu maintenant ? dit-il.

— Oui. Je saisis !...

Alors, tenant en mains cette lance bizarre, Hugueville s'avança, suivi de Faradel.

Tous deux embarquèrent dans l'*Espérance* par l'arrière envahi ; et alors seulement, Faradel craquant une allumette mit le feu à la gerbe qui instantanément flamba largement. Puis Hugueville brandissant cette torche s'élança vers la troupe des singes.

Ce fut extraordinaire !

Il y eut parmi les quadrumanes un infiniment court instant de stupeur, et, immédiatement après, commença pour eux une fuite hurlante et terrifiée.

Le joyeux y allait de bon cœur, appliquant le foyer flambant sur les dos, sur les têtes, allumant les fourrures poilues, et provoquant des cris affreux chez les fuyards, qui, affolés maintenant, se bousculaient pour chercher une issue.

Leur terreur était si complète, si folle, que plusieurs d'entre eux — fait inouï ! — se jetèrent à l'eau malgré leur peur classique des crocodiles !

En trente secondes le pont fut dégagé.

Le dernier babouin hurlant de douleur — car il était environné de flammes — disparut par la brèche du velum, qu'il faillit incendier, et gagna la branche.

Il n'eut même pas la force d'atteindre la rive, il tomba lourdement dans l'eau.

— Ouf ! nous te devons une fière chandelle ! dit alors Spinelli en serrant la main du Parisien.

— Oh ! riposta Hugueville en prenant un air modeste, c'est tout à ton service, mon vieux Spinelli. Je te recommande mon procédé. Il est excellent !

Et se tournant vers Faradel :

— Hein ! Toi qui es le plus malin des malins ; toi qui connais toutes les nouveautés commerciales et industrielles ; toi qui as la prétention de savoir ton *Bottin* sur le bout de l'index! tu ne connaissais pas encore la Maison Hugueville et Cie : Appareils de chauffage pour *poils mobiles*... Ça te vexe? hein?

— C'est du pur génie que ton invention! répondit d'un air convaincu l'ex-voyageur de commerce. Et si tu veux, je suis ton représentant pour l'Afrique australe. De plus, retiens bien ceci : je ne te réclamerai pas la moindre commission, je travaille à l'*œil!*

— Ah! bah?...

— Sans doute! N'aurais-je pas mauvaise grâce à te demander une commission quelconque, puisque les clients ne pourront jamais payer qu'en *monnaie de singe!*

— Oh! monsieur Faradel!... monsieur Hugueville! déclara en riant Jacqueline Pierson, quand vous aurez l'intention de commettre d'aussi effroyables à-peu-près, vous serez bien aimables de prévenir.

Et comme Spinelli, se baissant vers le pont, faisait le geste de ramasser quelque chose qui n'existait pas.

— Qu'est-ce que tu cherches? questionna Hugueville.

— Les bras m'en étaient tombés, déclara l'Italien avec flegme. Je les ramasse!

Pendant ce colloque, Babet n'était pas restée les mains dans ses poches. Elle s'occupait à jeter aux alligators les cadavres qui gisaient sur le pont.

Elle les empoignait par la peau du cou, et... v'lan! les envoyait d'une secousse par dessus bord.

Il y en eut même un — le dernier — qui n'était qu'étourdi et qui, sous la poigne de Babet, reprit connaissance.

Brusquement il saisit de ses mains aux griffes dures le bras de la robuste fille, non sans faire une grimace féroce.

Sous le premier coup de la surprise, Babet lâcha prise, et le singe se dégageant fit un bond de côté; mais la digne servante l'avait de nouveau empoigné à deux mains par la queue.

Elle l'enleva, le balança largement, le fit tournoyer trois fois autour de sa tête et l'envoya au milieu du fleuve.

— Enfin !... Il n'en reste plus ! dit-elle. Ce n'est pas dommage !

— Mademoiselle Babet ! dit Hugueville en détachant un salut régence, vous êtes tout bonnement catapultueuse !

— Qu'est-ce que vous me chantez-là ?

— J'ai dit et je répète : Vous êtes catapultueuse.

HUGUEVILLE S'ÉLANÇA VERS LE GROUPE DE SINGES. (Page 123.)

— Qu'est-ce que c'est que cette bête-là ?

— Ce n'est pas une bête : la catapulte était un instrument employé par les anciens pour lancer des moellons au nez de ceux qui les gênaient... Vous remplacez cet antique instrument avec avantage et, si j'ose dire, avec une grâce caractérisée, voire même transcendante.

Sur cette explication, il pivota sur le talon en saluant à nouveau, au milieu des rires de l'assistance. Quant à Babet, elle se contenta de hausser les épaules en murmurant :

— C'est pas possible d'être si bête que M. Hugueville ! On dirait qu'il le fait exprès.

— Ce n'est pas le tout ! dit alors Gaëtan. Il s'agit de s'occuper maintenant, et de nous dégager pour continuer la route.

— Allons-y ?

Tous les hommes se mirent à l'ouvrage. Au reste la besogne n'exigea pas grand effort.

Grimpés sur l'armature métallique du velum ils scièrent la branche, la firent, avec précaution, basculer dans l'eau, et immédiatement l'*Espérance* reprit sa course sur le fleuve.

Une demi-heure plus tard, le bateau pénétrait dans l'étranglement rocheux reconnu par Faradel et Hugueville lors de leur exploration à terre.

A cet endroit, le courant était d'une violence extrême.

Gaëtan, qui tenait la barre, eut même beaucoup de difficulté à bien conserver sa direction dans le chenal : puis, peu à peu, les rives s'élargirent à nouveau, tout en conservant leur même aspect abrupt et rocheux. Leur hauteur ne variait plus ; mais on pouvait l'estimer à cent mètres au moins.

L'*Espérance* voguait donc dans une véritable tranchée taillée en plein roc ; mais soudain, il y eut dans le cours du fleuve un tournant brusque.

Vivement Gaëtan donna de la barre à bâbord. Le bateau évolua et, entre les berges formant cadre, une énorme étendue d'eau aux vagues moutonneuses apparut à 150 mètres environ, mais en contre-bas.

— La mer !... la mer ! clama joyeusement Paul Hugueville qui, posté à l'avant, surveillait l'éperon-sonde.

Il avait à peine lancé cette exclamation qu'un choc se produisit, mais si violent, si imprévu, que tous les passagers roulèrent sur le pont, tandis que, butée sur son éperon, l'*Espérance* demeurait immobile.

— Ah ! c'est trop fort ! dit Faradel en se redressant. Deux pannes en une heure, c'est au moins la deuxième de trop ! Qu'est-ce qui nous arrive encore ?

Ce qui leur arrivait ?... Le voici :

Juste à son embouchure, le fleuve était barré par une bande rocheuse, formant un récif qui allait d'une rive à l'autre, et se trouvait immergé à environ un mètre au-dessous du courant.

L'eau, assez claire à cet endroit, permit de le constater à l'œil. On put même se rendre compte que ce banc si malencontreux descendait en pente douce vers ce que Paul avait dénommé la mer. Cet obstacle créait donc une sorte de demi-cataracte, ou mieux, un rapide où se ruait un courant tumultueux.

Comment le franchir ?... On ne fera pas au *capitaine* Faradel la grave injure de croire qu'il fut — un seul instant — embarrassé.

— Ne vous désolez donc pas, dit-il à ses camarades, dont la mine s'était allongée. Ne prenez pas de ces figures d'enterrement. C'est simple comme bonjour de franchir cette infime barrière ! N'avons-nous pas nos roues toutes prêtes ?... Oui... nos roues à pneu !... Et allez donc ! A la manœuvre !

Il expliqua brièvement ce dont il s'agissait, puis on se mit à l'ouvrage.

On recula le bateau de cinquante centimètres à l'aide des gaffes. L'éperon fut ensuite redressé en l'air, à 45°, et fixé dans cette position à l'aide d'un filin.

Cela fait, on releva les gaffes. L'*Espérance* portée en avant par la violence du courant engagea son étrave au-dessus de la crête du récif, pendant que les roues d'avant venaient s'y appuyer.

En effet, ces roues avaient été adaptées au bateau de telle façon que le point le plus bas de leur circonférence se trouvât à quatre-vingts centimètres au-dessous du plan de la quille.

Ce résultat une fois obtenu, l'*Espérance* s'immobilisa de nouveau. La position oblique qu'elle venait de prendre faisait naturellement plonger légèrement son arrière.

Alors, lançant des cordages autour des aspérités rocheuses, tous les passagers halèrent vigoureusement. Leurs efforts réunis d'une part, la poussée du courant d'autre part, entraînèrent leur bateau en avant; et les roues d'avant franchirent le récif. Puis, pour éviter que la partie médiane de la quille ne touchât trop fortement, ce qui eût pu produire une voie d'eau néfaste, on laissa un instant l'*Espérance* dans cette position; et par le même procédé de halage, on souleva l'arrière qui, sous l'action du courant, fila soudain comme une flèche.

L'élan fut tel que les roues postérieures chevauchèrent d'une secousse le fâcheux récif et le petit bâtiment dévala vertigineusement la pente. A vrai dire, le fond grinça bien un peu sur la roche, mais néanmoins tint bon!

Le rapide fut franchi en cinquante secondes! Puis dans un large éclaboussement d'écume, l'*Espérance* bondit pour ainsi dire dans les petites vagues de la large étendue d'eau qu'on avait entrevue... Un cri d'espérance et de joie jaillit alors de toutes les lèvres, et Hugueville répéta à pleine voix:

— La mer!... Nous sommes sauvés!... Sauvés!

— Non, monsieur! Ce n'est point la mer. C'est un lac d'eau douce!

C'était Jean Pierson qui parlait ainsi; et s'il affirmait avec une telle certitude c'est qu'il venait de se rendre compte de ce qu'il avançait.

L'enfant — avec ce sens pratique qu'il tenait de l'éducation particulière à sa race — avait immédiatement puisé de l'eau dans un seau et, la goûtant, il l'avait reconnue potable..... Donc ce pseudo-océan n'était point « la mer », mais un lac.

Ce fut de prime abord, pour les navigateurs, une déception profonde; mais ils se remirent très vite.

— Ça! dit Faradel. C'est ennuyeux!...

— Je dirai plus! très ennuyeux!! ponctua Hugueville.

— Mais quand ce serait encore plus ennuyeux nous n'y pouvons rien! répliqua Spinelli.

— D'accord! mais enfin où sommes-nous?

— Dans le lac! gouailla le joyeux.

— Bon! Mais dans lequel? demanda Spinelli.

Hugueville réfléchit une minute et dit :

— Ce ne peut être que dans le lac Victoria-Nyanza ou dans le lac Tanganyika. Je fais du reste en ce moment une simple supposition !

— Qui doit être très près de la vérité, interrompit Jacqueline. Oui ! Pour moi ce lac doit être le Tanganyika.

— Je préférerais

ON JETA DES CORDAGES SUR LES ASPÉRITÉS DES ROCHES. (P. 127.)

le Victoria-Nyanza, reprit Faradel, car nous aurions un débouché direct vers le Nil.

— Nous tâcherons d'y arriver, reprit Hugueville, mais en tous cas nous saurons exactement où nous sommes d'ici peu.

— Comment ?

17

— Mais tout bonnement en demandant notre chemin aux aimables nègres qui habitent les rives de ces lacs, et même les îles situées en son milieu.

— Ah! ce qu'il est « *calé* », ce bachelier!

— Dame! Ce n'est pas ma faute si je le suis; mais enfin tu dois reconnaître qu'il est parfois utile de l'être. Au surplus je vais, mon brave Faradel, te compléter les renseignements sur la région, cela d'après les meilleurs auteurs. Specke, Grant, Burton et autres explorateurs donnent, sur les populations avec lesquelles nous allons nous lier, les plus mauvaises références.

— Ah! ah!

— Parfaitement! Ce sont des brutes infectes, douées d'une férocité remarquable. Il paraît même que, parmi ces tribus, il en est qui ne dédaignent point un faux-filet d'homme en daube, ou sur le gril.

— Aïe! Aïe!... Mes biftecks!... gare!

— Donc, il sera bon de n'entrer en relations avec eux qu'à longueur de carabine.

— Je te crois!... Mais, somme toute, nous avons notre bateau. C'est une espèce de fort flottant qui nous préserve.

— Sans doute! Mais si ce lac est le Tanganyika, nous serons forcés de l'abandonner, pour gagner le Nyanza... car les marais ne sont pas toujours navigables.

— Hum!

Faradel se gratta l'os frontal, non sans perplexité; puis :

— Ma foi! A la grâce du Bon Hasard! dit-il. Nous verrons plus tard. Pour le moment, occupons-nous du bateau, car il va falloir maintenant organiser des rames, puisque nous n'avons plus le courant pour nous porter.

— Sans doute, monsieur, dit Jacqueline. Mais en ce moment nous avons le vent pour nous. Tenez! Voyez comme il nous pousse!

Effectivement, l'*Espérance* filait très vite, emportée qu'elle était par un joli vent du Sud. Le velum de pongées tendu criait sous l'effort de la brise et sa vaste surface formait pour le moment une voile excellente.

Alors, dépliant la carte, Faradel et ses amis en profitèrent pour délibérer, tandis que Babet maintenait la barre dans le vent.

— En admettant que ce soit ici le Tanganyika, dit le capitaine Gaëtan, il me semble que nous serions, en tous cas, dans sa partie Sud.

— C'est mon avis, d'après la configuration de ces côtes en falaises.

— Bon !... Eh bien ! filons vers le Nord.

— Entendu, nous n'avons qu'à nous laisser porter.

Telle fut la conclusion de ce petit conseil de guerre.

Et, à partir de cet instant, on fila à l'aventure.

Déjà la côte était loin. On avait perdu complètement de vue l'estuaire du fleuve.

Seules, les crêtes de hautes falaises apparaissaient encore vers l'Ouest.

La surface du lac était coupée de vagues courtes qui n'imprimaient pas beaucoup de roulis à l'*Espérance*, mais qui, en revanche, faisaient fortement tanguer la nacelle à cause de son fond plat.

Au demeurant, la route se poursuivait dans de bonnes conditions.

L'eau était belle, assez claire, et laissait apercevoir dans sa masse glauque des bandes énormes de poissons de toute nature, depuis le goujon commun jusqu'à d'autres absolument ignorés de nos navigateurs. Il y en avait de bizarres comme coloration. D'autres affectaient un aspect repoussant, tel un énorme poisson à peau lisse marqueté de noir qui mesurait bien 1^m,50.

Au-dessus des eaux, des volatiles ressemblant à des mouettes passaient en criant et fuyaient à grands coups d'ailes devant ce bateau inconnu qui les effrayait.

D'autres oiseaux à corps brun, et dont la tête était d'un blanc de lys, apparurent aussi, volant au ras des lames.

— C'est l'aigle pêcheur décrit par Specke, déclara Hugueville qui faisait appel à ses souvenirs d'étude et de lecture.

Et il ajouta :

— Oui !... Alors il y a des chances sérieuses pour que ce soit ici le lac Tanganyika.

Quant aux crocodiles, on en rencontrait encore très fréquemment, mais moins nombreux que du côté des rives. En revanche, on ne voyait plus d'hippopotames.

Enfin, les crocodiles eux-mêmes disparurent tout à fait quand on eut entièrement perdu de vue la côte.

On poursuivit ainsi la navigation pendant toute la journée ; et au repas on mangea du poisson frais que Jean Pierson, toujours inventif, avait capturé avec des lignes improvisées. Mais pendant que Babet, qui avait été remplacée à la barre par Spinelli, faisait la cuisine sur le fourneau en tôle d'aluminium organisé sur le pont :

— Ah ! diable ! dit Gaëtan. Nous n'avons pas songé à nous approvisionner en bois de chauffage. Il ne va pas falloir trop s'éloigner des côtes, afin de pouvoir y faire nos provisions.

— En effet, dit Jacqueline, car ce lac est une véritable petite mer.

Néanmoins, comme il y avait à bord du bois pour deux jours, on conserva la direction suivie jusqu'alors, quitte à obliquer le lendemain.

Sur ces entrefaites, la nuit vint et l'ordre fut donné de jeter l'ancre : mais une grosse déception attendait l'équipage de l'*Espérance*.

Les ancres ne mordirent pas !... Les chaines étaient trop courtes pour atteindre le fond du lac !

Ce contretemps était fâcheux, car il obligeait tout le monde à continuer le service, dans les mêmes conditions que pendant le jour.

Heureusement la lune était belle et on pouvait se guider sans crainte de donner dans la côte, qu'on se mit du reste en devoir d'essayer de regagner, quand, soudain, le vent tomba brusquement, et l'*Espérance* ne courut plus sur les flots. Le petit bateau, doucement bercé, flottait à la dérive.

— Allons! ordonna Faradel, puisque nous voilà immobilisés, profitons-en au moins pour dormir un peu.

On prit alors le service de nuit avec un seul homme de veille: Le gouvernail fut arrimé, et Hugueville prit la garde, tandis que ses camarades et les deux femmes allaient se reposer.

AUTOUR DE LA CLARTÉ ENTREVUE, DES OMBRES S'AGITAIENT... (Page 135.)

Le joyeux, qui avait commencé sa faction à neuf heures, ne devait être relevé qu'à minuit.

Comme il était fatigué, il ne voulut pas risquer de succomber au sommeil. Au lieu de s'asseoir, il alluma une pipe, et la carabine à l'épaule, il fit les cent pas sur le pont tout en rêvant.

Or, vers onze heures, un brouillard léger s'éleva, qui voila le ciel bleu et masqua la clarté lunaire.

C'est embêtant! murmura Paul. On n'y voit plus clair. Pourvu que nous n'aillions pas nous envaser quelque part, ou nous cogner sur la falaise.

Alors, pris d'une inquiétude, il s'installa au-dessus de la tranche de l'étrave, et se mit à fouiller le mystère du brouillard.

— Tiens! dit-il tout à coup. Voilà les roseaux. C'est donc que nous approchons de la terre.

.   .   .   .

— Oui! ma foi oui! continua-t-il. Voilà les croco qui par leur présence annoncent eux aussi l'approche des rives. Attention à nous!

Puis, empoigné d'une idée subite :

— Mais... pensa-t-il, il doit y avoir un fond suffisant pour pouvoir lâcher les ancres. Voyons un peu !

Déjà il se dirigeait vers l'arrière pour procéder à cet essai, quand un bruit, encore assourdi, lui parvint à travers le brouillard.

Le joyeux écouta, tout en empoignant sa carabine.

— C'est le coassement des grenouilles ! dit-il.

Il ne se trompait pas. C'était bien cela ; mais, dominant par moments ce grand murmure, des éclats plus vibrants lui parvinrent.

— Tiens!... On dirait un chant comme en psalmodient les Arabes, monologua-t-il... Et puis?... Mais oui! c'est de la grosse caisse!... Et puis du tam-tam !... Ah ! par exemple, est-ce que nous arriverions au milieu d'une noce de négros?

Et tout à coup, perçant la buée opaline, une lueur apparut rougeoyante, en même temps que le bruit devenait très distinct.

— Bon sang ! cria Hugueville. Ça y est! Nous accostons chez des moricauds! Ah bigre ! Pas de bêtises !... Il faut connaître son monde avant de lier conversation !

Tout en parlant ainsi, il courut aux treuils, déclancha les griffes et laissa courir. Les ancres filèrent dans l'eau, tâtèrent le fond, et s'accrochant soudain, donnèrent à l'*Espérance* une très légère secousse.

— Il était temps ! murmura le joyeux. Mâtin de mâtin !... J'en ai chaud.

Retirant sa cape il s'essuya le front, et, revenant vers l'avant, il put, à travers le rideau de brume, constater qu'il ne s'était point trompé.

En-effet, autour de la clarté entrevue tout à l'heure, et maintenant plus nette, plus lumineuse, se mouvaient des ombres qui s'agitaient frénétiquement dans des poses heurtées et violentes. Le son du gong, des cymbales, était maintenant parfaitement net. Des cris gutturaux traversaient l'espace en même temps qu'une mélopée traînante déroulait sa gamme monotone.

Il n'y avait plus de doute à avoir. C'était une fête nègre, dans laquelle l'*Espérance* avait failli arriver sans crier gare !

Hugueville resta un instant à contempler ce spectacle qui, ainsi présenté en ombres chinoises, prenait un aspect de fantasmagorie.

Puis, se reprenant :

— Allons ! dit-il, allons réveiller les dormeurs.

Et le joyeux se dirigea vers les hamacs où ses trois amis ronflaient comme des orgues.

CHAPITRE IX

Où l' « Espérance » embarque deux nouveaux passagers.

En un clin d'œil, tout le monde fut sur pied. Chacun s'arma d'une carabine et se passa en sautoir une ceinture à cartouches bien garnie. C'était là, en effet, la plus élémentaire en même temps que la plus indispensable des mesures à prendre, tout d'abord.

Puis, sans bruit, ne parlant même qu'à voix basse pour ne pas décéler leur présence, les passagers de l'*Espérance* se portèrent à l'avant du bateau pour observer.

Le brouillard s'était encore épaissi ; et la scène entrevue par Hugueville se présentait maintenant au regard d'une façon moins nette. Les ombres gesticulantes étaient bien encore visibles, mais elles affectaient une forme très vague, comme celle d'une apparition de rêve. La lueur du foyer ne se voyait plus que sous l'aspect d'un point rougeâtre dont l'éclat se fondait en rose éteint dans le gris du brouillard.

Pourtant les cris et les chants continuaient, vibrants. Ils s'accéléraient même et prenaient de la violence ; et dans leur intonation sauvage passait un

18

je ne sais quoi de bestial et d'ignoble qui donnait à la fois le frisson et la nausée !

On pouvait se demander si ces onomatopées et ces vocables barbares étaient une production de la voix humaine, ou bien le cri hideux d'une bande d'animaux bâtardés de démons, tels que ceux qui jaillirent du crayon de Callot.

Pendant un long moment les six navigateurs écoutèrent. Tous étaient si vivement impressionnés qu'un masque de pâleur avait envahi leurs visages.

Hugueville, le premier, essaya de réagir contre cette impression de malaise indéfinissable qui les étreignait.

— Bon sang ! murmura-t-il avec un rire forcé et une intonation gouailleuse qui sonnait faux. Bon sang ! Pour un concert à la mode, c'en est un ; ou bien alors je veux être changé en machine à coudre ! Entends ça ! Gaëtan. Et dis-moi un peu si on trouvera jamais l'équivalent dans les music-halls parisiens ? Sûrement il y a parmi ces honnêtes bamboulas quelques premiers prix du Conservatoire.

— C'est un palabre, ou encore, comme ils disent une « bamba », dit Faradel, sans répondre à la faconde du joyeux. Oui ! ce ne peut être que cela. Seulement, il serait, je crois, prudent de ne pas faire, pour le quart d'heure, la connaissance de ces indigènes.

— Parfaitement raisonné, déclara Jacqueline. Car, en ces moments-là, et qu'il s'agisse de Cafres ou de nègres du centre, on se trouve face à face, non pas seulement avec des anticivilisés, mais avec de véritables brutes, rendues plus brutes encore par l'alcool absorbé.

— L'alcool ? questionna Hugueville.

— Oui ! que ce soit l'alcool de canne, le vin de palme ou bien, comme c'est probablement le cas ici, l'alcool d'*élaïs*, le résultat est toujours le même : l'ivresse immonde, centuplant la férocité native et l'animalité atavique... Il vaudrait mieux nous éloigner.

— C'est mon avis ! opina Gaëtan. Seulement ce n'est pas commode, puisque nous avons, hélas ! négligé d'organiser des rames. Nous avons trop compté sur le courant.

— Essayons avec les gaffes. Nous pourrons toujours bien nous éloigner de la rive. Peut-être alors trouverons-nous un autre courant qui nous emportera loin de cette saturnale.

— Allons-y ! »

Les gaffes furent plantées solidement à l'avant, puis on releva les ancres ; et alors on poussa vers le large.

Ce fut une opération très dure, en raison du poids considérable de l'embarcation. Pourtant on avait gagné quelques brasses, et la profondeur du fond s'accentuait un peu. Déjà les ombres dansantes de l'orgie nègre s'estompaient, devenaient presques invisibles... quand soudain un cri déchirant, surhumain, abominable, traversa les volutes du brouillard et vint, par l'horreur qui s'en dégageait, figer le sang aux veines des passagers de l'*Espérance !*

C'était là, évidemment, un cri de souffrance indicible, un de ces hurlements qu'on n'entend que dans les hôpitaux et les géhennes. Et encore !... Celui-là ne dépassait-il pas en horreur tous ceux qui furent lancés dans l'enfer humain, vers les voûtes des cachots des anciens âges ?... Il contenait l'intraduisible mais certaine évocation de tout ce que la chair pantelante et torturée d'un homme peut endurer de douleur physique. Le Dante, écrivant son *Enfer,* dut en entendre de semblables au cours des rêves où chevauchait son imagination tourmentée.

Le cri atroce vibra longuement, dominant tout : et les gaffes demeurèrent inertes au poing des matelots improvisés de l'*Espérance.*

Leur précédent effort en fut annihilé ; car la dérive, assez forte, les rapprocha de la côte.

Les ombres surgirent à nouveau, plus nettement ; mais à l'agitation frénétique qui les possédait tout à l'heure, succédait un calme relatif. Les plus

apparentes d'entre elles semblaient même des silhouettes d'hommes portant
une attention extrême à quelque chose qui se passait plus loin.

— Gare! cria malgré lui Hugueville. Nous rappliquons! Vite! Poussons!...
Poussons ferme !!

— Tais-toi ! gronda Faradel. Tu vas dénoncer notre présence ! »

Le reproche de Gaëtan était des plus justes, mais malheureusement
inutile, car la voix du joyeux venait d'attirer l'attention des nègres.

Une agitation se produisit parmi eux ; et à la vivacité, à la direction de leurs
gestes, il devint évident qu'ils désignaient le point où se trouvait le bateau.

Heureusement, le joyeux et Spinelli, arc-boutés de l'épaule au manche de
leurs gaffes, empêchaient momentanément l'*Espérance* de filer vers la berge ;
du reste Faradel, Babet et Jean Pierson arrivaient à la rescousse pour faire
reculer de nouveau l'embarcation.

Mais, à cette seconde, surgit du camp des nègres cet appel en français :

— A moi !... Au secours !... au secours !!...

Nous n'essaierons pas de décrire les sensations que cet appel fit surgir,
en un dixième de seconde, en l'âme de chacun de nos amis.

Ce fut de la stupeur, de l'angoisse, de la pitié, de l'horreur et de la rage !
Oui ! ce fut tout cela qui sollicita leurs cerveaux ! Et non pas chacun de ces
sentiments successivement ! Non ! toutes ces sensations mêlées, au fond
d'eux-mêmes, n'en formèrent qu'une, dont la résultante et la conclusion
furent un élan instinctif, impulsif, généreux et irraisonné vers cet inconnu
qui clamait sa détresse dans la nuit brumeuse.

Il n'y eut pas la moindre hésitation chez aucun d'entre eux.

Ce fut tout naturellement qu'ils lâchèrent leurs gaffes, et plus naturellement encore qu'ils empoignèrent leurs fusils, auxquels ils adaptèrent la
baïonnette.

Faradel poussa un : « En avant! » énergique et sonore, sans même y penser,
sans que le raisonnement fût pour que ce soit dans l'émission de cet ordre.

Il le lança parce qu'il y était inconsciemment forcé en l'occurrence ; parce que, étant donnés sa nature à lui-même et le tempérament de ses compagnons, il ne pouvait pas se faire qu'une autre idée leur vint, sinon celle-ci : se jeter — quand même ! — au secours de ce compatriote qui les implorait.

L'*Espérance*, abandonnée à elle-même, avançait lentement en couchant

CE FUT UN COMBAT COURT, MAIS TERRIBLE... (Page 142.)

les roseaux : et tout l'équipage, y compris Jacqueline, empoigné du désir d'arriver vite, s'était jeté contre le bordage, prêt à sauter à terre.

Mais on n'était pas aussi rapproché du rivage qu'on l'avait cru tout d'abord ; et une impatience rageuse les saisit, en face de cette lenteur dans la marche. Du reste, un nouvel appel leur parvint de la terre, que maintenant on apercevait nettement.

— Ah ! le malheureux ! gronda Gaëtan. Nous n'arriverons donc jamais !

Il bondit vers un croc; et s'arc-boutant des jambes et des reins sur le long bâton, il donna un effort violent de tout son être. Le bateau, obéissant, fila, et, engageant, au bout d'une dizaine de mètres, son étrave dans un banc vaseux. Il s'arrêta enfin !

Déjà, sans souci de l'eau qui leur arrivait au-dessus des chevilles, tous avaient enjambé le bord. Faradel les suivit au pas gymnastique; d'un élan il sauta sur le bordage, puis sur la berge, et alors il se trouva en plein combat.

Car ce fut un combat, un combat court, mais terrible, qui, sans préparation aucune de part et d'autre, s'engagea aussitôt.

Les nègres, après un instant de stupeur, avaient saisi leurs armes pour résister à cet ennemi qui leur arrivait dans le dos de façon si imprévue, au milieu de la joie d'une fête.

Beaucoup d'entre eux, complètement ivres, demeurèrent pourtant sur le sol, hébétés, les yeux hagards, sans comprendre.

Les autres, armés de sagaies, d'arcs, ou de vieux fusils, ripostèrent de suite, non sans pousser des cris sauvages, à la décharge des martinis et des winchesters.

Puis un corps à corps d'une violence inouïe eut lieu.

Ce fut quelque chose d'atroce, de sauvage et de magnifique.... et ce fut aussi extraordinairement rapide.

Un observateur qui eût pu assister à cette scène de carnage en consultant son chronomètre, n'eût pas eu le temps de voir l'aiguille des secondes faire un tour complet, que déjà les noirs s'enfuyaient sous bois.

Ils étaient pourtant nombreux !... au moins une centaine !... Les blancs n'étaient que six, dont deux femmes et un enfant !... Mais le résultat fut immédiat et superbe; car, après cette minute infernale, au cours de laquelle chacun d'eux n'avait eu qu'un objectif: tuer! nos amis se trouvèrent les maîtres du champ de bataille !... Ils n'avaient, de leur côté, ni morts ni blessés, tandis que l'ennemi laissait sur le terrain huit morts et quatre blessés, sans compter les ivrognes.

Alors, par prudence, Spinelli envoya ces derniers *ad patres,* à coups de baïonnette, car dans ces pays-là, et avec des populations pareilles, il ne faut pas faire de sentimentalisme. C'est la lutte pour la vie, dans toute sa rigueur. Il faut supprimer... sous peine d'être supprimé. C'est la loi fatale du désert ou de la brousse!

Et pendant que l'Italien s'occupait ainsi de garantir la sécurité ultérieure de tous, ses camarades se portèrent vivement vers une sorte de place, entourée de cases coniques en paillotes; et là, ils demeurèrent pétrifiés d'horreur!

. . . .

Au milieu, un foyer s'éteignait dans le crépuscule du matin naissant. Des pieux à fourche, à demi carbonisés, supportaient encore, appendus à des crocs, des quartiers informes de viande grillée, parmi lesquels les arrivants reconnurent avec épouvante... un avant-bras d'homme... muni de sa main, à laquelle étincelait encore une bague!

« Des cannibales! hurla Hugueville. Ah! les brigands! »

Mais ils ne s'attardèrent pas à contempler les reliefs de cet affreux festin.

Enjambant les débris, les calebasses, les poteries grossières abandonnées par la tribu en fuite, ils coururent jusqu'à l'angle de la place,... car on les appelait.

— Messieurs!... Messieurs!... A moi!... Ah! Dieu soit loué!

Cette voix, déjà deux fois entendue, était celle d'un homme d'environ quarante ans!

A peine vêtu des lambeaux d'un pantalon de toile, il était lié étroitement à un poteau, fiché sous une espèce de hangar, dont les piliers de soutènement étaient garnis d'affreux trophées.

En effet, dans ces pieux mêmes, des piquets de bois étaient enfoncés: chacun d'eux supportait un crâne vide et démuni de sa mâchoire inférieure.

Le prisonnier était déjà atrocement mutilé. Les sauvages lui avaient

affreusement taillardé le crâne et les épaules. Le sang qui s'échappait de ses
blessures avait zébré son buste de longs filets rouges. C'était épouvantable!

On trancha ses liens; Babet et Spinelli, formant un fauteuil avec leurs
mains entrelacées, l'emportèrent dans l'*Espérance*, suivis par Jacqueline qui
lui soutenait la tête.

— Merci!... Oh! merci! dit-il faiblement. Et il s'évanouit.

Cependant, parant au plus pressé, Faradel et ses compagnons s'occupaient à reconnaître le village.

Ils le trouvèrent vide, sauf pourtant une case, où une très vieille négresse
était restée, faute de pouvoir s'enfuir avec la tribu, attendu qu'elle avait les
jambes paralysées.

Près d'elle, un négrillon d'une dizaine d'années, à figure éveillée, était
accroupi comme un jeune singe. Il accourut vers Gaëtan dès que celui-ci eut
ouvert la porte, et lui prodigua les marques les plus démonstratives d'une joie
sans mélange.

— Bono! Bono! glapit-il. Cé missié lés blancs! Ci moi sira pas manzé!

— Ah! par exemple! dit Faradel. Tu parles français, toi?

— Fi! ci moi prisonnier zavec missié l'docteur!

— Quel est ce missié l'docteur?

— Ci l'missié za du sang bezef! bezef!

— Ah! bon, c'est un missionnaire.

— Non! médecin!

— C'est bon!... Arrive!... Nous causerons tout à l'heure. Viens avec
nous.

Cette invite était bien superflue! Le jeune moricaud ne les eût pas lâchés
pour un empire. Il s'était accroché des deux mains à la culotte de Jean Pierson
et lui emboîtait le pas, non sans lancer à la vieille des regards à la fois
craintifs et haineux.

— Eh bien! mes enfants, déclara Faradel, quand ils furent revenus sur
la place, voilà une petite aventure qui ne manque pas d'intérêt.

— Sans doute! dit Spinelli. Mais c'est égal! Il ne faudrait pas que ça recommence tous les jours.

— C'est très intéressant, au contraire! répartit Hugueville. Très empoignant! Seulement, c'est malheureux que nous ne soyons pas arrivés un peu plus tôt!

En même temps, il dési-
gnait du doigt les lamentables débris de l'atroce festin des cannibales.

— Oui, reprit Faradel. Enfin nous en avons toujours sauvé un.

— Non pas!... deux! fit Spinelli, en montrant le négrillon.

— C'est juste! Mais main-
tenant, mon avis est qu'il faut réembarquer et lâcher le coude à cette vermine.

— Nous n'y voyons aucun inconvénient. Mais, dis donc, profitons de l'occasion pour embarquer du bois et des vivres. De plus, emportons de quoi tailler des rames. Et, comme j'aperçois là-bas, dans cette

IL ÉTAIT LIÉ A UN POTEAU .. (Page 143.)

petite crique, des pirogues, empruntons-en deux ou trois à ces ignobles nègres.

— On le peut!... En même temps, nous leur emprunterons également quelques poules et un cochon. J'en ai vu dans les cases.

10

— Parfaitement! Eh bien! dépêchons-nous, pendant que nous sommes à peu près tranquilles, car ces satanés gredins pourraient nous retomber bientôt sur le dos.

Ils se mirent à l'ouvrage. Le négrillon les aida sans se faire prier, et pendant qu'ils travaillaient Jacqueline Pierson apparut.

— Eh bien? Mademoiselle, questionna Gaëtan, et notre blessé?

— Il a repris connaissance; mais le pauvre homme est dans un abominable état, dit-elle tristement. Je viens chercher des feuilles d'ache, d'arnica et de sauge pour lui faire un pansement afin d'adoucir ses souffrances.

— on!... Mais surtout ne vous écartez pas! Vous savez que nous ne sommes pas ici sur le boulevard des Italiens, et que...

— Soyez tranquille, monsieur Faradel, répliqua la jeune fille avec un doux sourire. Je ne crains rien avec ceci.

Elle désignait sa carabine.

— Oui! oui! C'est bel et bon, riposta Gaëtan. Mais n'importe! Il ne faut pas vous écarter de notre rayon visuel.

— Entendu!... Entendu.

Jacqueline s'éloigna, tout en cherchant dans les herbes; mais comme elle ne trouvait pas les plantes qu'elle désirait, la jeune fille prit le parti de contourner les cases afin d'explorer la lisière des bois. Elle disparut au détour des paillottes.

En ce moment Faradel et ses compagnons étaient occupés à embarquer du bois dans l'*Espérance*, que, pour plus de commodité, ils avaient tirée en partie sur la rive.

Un quart d'heure plus tard, cette opération terminée, ils redescendirent à terre pour s'occuper des rames. Mais, au préalable, Faradel enjamba le bordage de l'*Espérance* pour aller prendre des nouvelles du blessé. Or, en pénétrant là, sa première impression fut de l'étonnement; car Babet veillait seule le malade. Jacqueline Pierson n'était pas là!

— Mais... mais... balbutia Gaëtan. Mademoiselle?... où est-elle?... Elle n'est donc pas encore revenue?... Dites... Babet?

— Non! monsieur. Et cela m'ennuie bien, dit-elle en désignant le blessé, car monsieur souffre beaucoup!

Mais malgré l'humanité ordinaire de ses sentiments, Faradel n'attarda pas même pendant un dixième de seconde sa pensée vers le malheureux qui, étendu sur un lit de camp, se plaignait faiblement.

Sans répondre à abet, il s'élança au dehors et courut vers ses compagnons.

— Vite!... Vite! cria-t-il. Partons! Dépêchons-nous! Mlle Jacqueline n'est pas revenue!... Où peut-elle être? Grands dieux!... Dépêchons!... Alerte! Courons la chercher.

Agité, saccadant ses paroles, Gaëtan Faradel était transfiguré!

Dans sa face, où l'émotion intense qui l'étreignait avait mis un masque de pâleur, ses yeux brillaient d'un étrange éclat. On pouvait lire dans son regard ses sentiments intimes, où dominaient un désespoir amer... et une infinie tendresse.

— Mon Dieu! murmura-t-il. Pourvu qu'il ne soit pas arrivé un malheur! Mon Dieu! mon Dieu!

— Non!... Mais non! riposta Hugueville. Que veux-tu qui soit survenu de si grave?

— Est-ce qu'on sait?... Dans ce chien de pays, tout est à craindre! dit Spinelli.

— Marchons! marchons! interrompit Gaëtan.

— Oui, marchons! accentua le petit Jean, avec une nervosité qui ne lui était pas coutumière.

— Spinelli, ordonna Faradel, reste ici avec le petit négro. Il faut une carabine pour protéger au besoin le blessé, Babet et les embarcations.

Alors, l'arme en arrêt, les deux hommes et l'enfant se dirigèrent rapidement vers le point où pour la dernière fois ils avaient aperçu Jacqueline.

Trois minutes plus tard, ils entraient sous bois, et, tout en suivant un sentier d'herbes, foulées selon toute évidence, par la jeune femme, ils avancèrent de cent mètres environ.

A cet endroit, le sentier s'élargissait, ou, pour mieux dire, il formait une véritable clairière dont le sol, garni d'une épaisse couche de phrinium, avait été violemment piétiné.

Puis, en rentrant sous la haute futaie, des traces de pas s'en allaient dans toutes les directions.

Un doute affreux envahit les trois compagnons !

— Est-ce que ?...

Faradel n'acheva pas sa question ; mais une larme de désespoir roula sur sa joue.

— Oui ! dit alors Hugueville. Les nègres devaient être revenus par ici !... Ah ! misère !... Et sans doute...

Mais Jean Pierson, les sourcils froncés, l'œil mauvais, coupa la phrase du joyeux ; car, les deux mains en porte-voix, il poussait énergiquement cet appel, qui vibrait sous la voûte sombre des bois :

— Jacqueline !... Jacqueline !... Réponds !... Nous te cherchons !

La voix était vigoureuse, mais calme d'intonation. L'enfant se possédait entièrement. Chez lui l'inquiétude était — par volonté — reléguée au second plan ; toutefois une colère froide et raisonnée l'empoignait.

Par trois fois il renouvela sans succès ses appels, en les entremêlant d'un coup de sifflet particulier — strident et prolongé — qui dut s'entendre de fort loin.

Et, à ce coup de sifflet, répondit une rumeur assourdie qui, du fond de la forêt sombre, arriva jusqu'à la clairière.

Que signifiait cette rumeur ? Quelles étaient la ou les voix qui l'avaient jetée à l'écho ? Quel en était le sens ?... Aucun des trois compagnons n'eût pu le dire : mais ce qu'ils perçurent nettement, c'est qu'elle leur arrivait du côté droit !

Et ils se précipitèrent dans cette direction, en profitant des sentiers foulés !

Une frénésie les emportait, et aussi cet instinct particulier qui, se développant inconsciemment chez l'homme lancé au milieu de la sauvage Nature, le guide par une sorte d'intuition. Ils couraient ainsi, sans échanger une parole : seulement, de temps à autre, Jean Pierson renouvelait son coup de sifflet, auquel répondait chaque fois la même rumeur, maintenant plus distincte.

Après quelques minutes d'une course folle, ils se trouvèrent tout à coup sur l'extrême lisière de la forêt.

Devant eux s'étendait une plaine en partie cultivée : et au-dessus des tiges d'un champ de maïs et de sorgho, ils aperçurent à deux cents mètres les cases d'un village nègre. C'est de là que partait la rumeur déjà entendue, et qui maintenant se percevait avec netteté. Cela semblait être le murmure d'une foule.

— Attention ! dit alors Hugueville, en arrêtant Faradel par la manche. Reprends ton sang-froid, Gaëtan !... Je comprends très bien ton énervement ; mais une minute de réflexion n'est jamais du temps perdu, en pareille occurrence.

— Parle et commande ! répliqua l'interpellé en se passant avec fièvre la main sur le front. Aussi bien la raison m'abandonne, car... il n'y a pas de doute possible... ELLE a été enlevée ! ELLE est là !!

Il prononça ces mots très bas, mais avec une poignante impression de désespérance.

— M. Hugueville a raison, déclara Jean Pierson. Jacqueline est là-bas, c'est certain ! Il faut la reprendre ; et pour cela agir avec calme et méthode.

Le sang-froid de l'enfant était si extraordinaire que le joyeux ne put s'empêcher de murmurer en aparté :

— Il est extraordinaire, ce gamin-là !

Puis :

— Nous allons avancer à couvert, comme à l'école de tirailleurs, dit-il, et quand nous serons à portée d'observer, je prendrai les dispositions définitives. Alors... advienne que pourra ! Il faudra donner un féroce coup de collier... En route !

Peu après, masqués par le rideau des hautes tiges de maïs, ils pouvaient apercevoir distinctement la scène qui se déroulait en avant du village nègre.

Comme cela se rencontre fréquemment chez ces peuplades, les cases, coniques, étaient entourées d'une haute palissade en pieux et torchis.

Devant et à gauche de l'entrée s'ouvrait une grande place où se dressaient quatre poteaux, ornés de trophées sinistres : ossements et crânes humains.

Tout autour, une centaine de nègres formaient cercle. La plupart étaient complètement nus : mais certains portaient au contraire un costume bizarre, composé, en plus du pagne, d'une peau de singe noir à longue queue. Des amulettes en dents humaines ou en verroteries pendaient à leur cou, à leurs poignets, à leurs chevilles. Dans la toison crêpue de leurs cheveux, des cornes d'antilopes ou de buffles formaient une coiffure guerrière impressionnante.

Tous étaient assis en rond. Appuyés sur leurs sagaies ou leurs vieux mousquets, accroupis sur leurs talons, ils écoutaient un grand nègre aux cheveux blancs, au visage ridé et féroce, qui leur parlait avec de grands gestes.

Celui-là était enveloppé d'une gandourah rouge, sur laquelle tranchait la moucheture d'une peau de panthère. Son couvre-chef, composé d'un bonnet rouge orné de plumes, indiquait non seulement un chef, mais un « griot », c'est-à dire un « sorcier », qualité qui, chez ces peuplades, implique une autorité considérable et quasi surnaturelle.

Son geste désignait avec fréquence une direction que les trois blancs reconnurent être celle de la crique où ils avaient atterri : et souvent, de la foule attentive, montait, comme une réponse approbative au discours du griot, un murmure bourdonnant qu'accentuaient, chez les plus excités des nègres, des cris féroces.

— Où est-elle ?... mon Dieu ! où est-elle ? murmura Gaëtan. Hugueville ! je t'en supplie, en route ! Courons !... Allons la reprendre !

Mais, sans répondre à son ami, le joyeux se tourna vers Jean Pierson.

— Mon enfant, dit-il avec une douceur qui contrastait avec son ironie habituelle, mon enfant tu es certainement le meilleur tireur d'entre nous. Mais, en cet instant... peut-être... l'émotion fera-t-elle trembler ta main ?

— Non ! riposta l'enfant d'une voix presque rude.

— Tu en es bien sûr ?

— Oui !

— Bon !... Eh bien ! il faut frapper ici un grand coup !... Il faut stupéfier cette bande en tuant son chef !... Tu entends bien : il faut le tuer net !... Peux-tu faire cela ?

— Oui !

— Attends !... Attends un instant, fit Hugueville en voyant le jeune Boer apprêter sa carabine. Attends, et écoute ! Dès que l'homme sera mort, tu continueras à vider ton magasin... A propos, est-il plein ?

— Oui ! J'ai neuf cartouches.

— Bien ! Tu tireras donc en visant bien, et sans bouger d'ici. Nous autres, nous courrons dessus, et, pendant la débandade que j'espère voir se produire, nous tâcherons d'enlever la prisonnière.

Déjà, entre deux touffes de sorgho, Jean s'était placé un genou en terre ; puis, ajustant lentement :

— J'y suis ! dit-il. Je vise la tête.

— Feu !... ordonna Hugueville, tout en reportant son regard vers le village.

Jean Pierson avait visé juste. En pleine période oratoire, le chef « griot », touché à la tempe, s'effondra comme un bœuf sous la massue !!... Et subitement... instantanément... il y eut dans la masse nègre un bondissement général.

Mais un second coup de feu partit du champ de maïs... puis un troisième... et trois nègres basculèrent, car une des balles en avait ramassé deux. Alors, pendant que Jean Pierson vidait le magasin de son winchester, Faradel et Hugueville s'élancèrent vers l'entrée du village, où déjà s'engouffrait la masse hurlante des peaux noires.

Ils s'y jetèrent baïonnette en avant, comme des fous, ou, mieux encore, comme des Français emballés par la charge ; et bien qu'ils ne fussent que deux contre cent, ou peut-être même à cause de l'audace insensée d'un pareil acte, leur arrivée en trombe produisit sur les nègres un effet inouï !

Une terreur les empoigna malgré leur férocité innée ; et les deux assaillants les virent disparaître avec prestesse, par les portes basses des cases.

Il ne resta plus dans la rue principale que deux gaillards, recouverts de peaux de singe. Ils fuyaient, certes, mais moins vite, à cause d'un fardeau qui, leur pesant aux poings, retardait sensiblement leur allure. Et dans ce fardeau Faradel reconnut... Jacqueline Pierson... inerte... immobilisée par des cordes de raphia qui l'enserraient... rendue muette par le bâillon qui lui enveloppait une partie du visage.

A cette vue, Gaëtan poussa un rugissement et bondit en avant !! Il courait si vite qu'il devança d'une cinquantaine de mètres son camarade, lequel savait pourtant — lui aussi — jouer des jarrets ! Gagnant de vitesse les ravisseurs, Faradel envoya un vigoureux coup-lancé entre les deux omoplates du premier noir qui se trouva à sa portée. Le nègre s'abattit, en lâchant Jacqueline qu'il tenait par les épaules ; et le buste de la jeune fille roula sur le sol ! Alors, sous la secousse, l'autre nègre abandonnant sa proie, arracha de sa ceinture un « ouassé », sorte de poignard terrible en forme de croc, fort en usage chez les peuplades du centre ; puis il fit face à Faradel.

. . . .

Le corps-à-corps fut terrible ! Les deux adversaires se valaient comme muscles ; mais Gaëtan gardait de son stage à Joinville une élasticité sans égale. Ce fut heureux pour lui , car, dès le début, il avait dû abandonner son fusil, pour écarter de ses deux poings l'attaque du sauvage.

Mais, soudain, il le lâcha, fit une volte que n'eût pas désavouée un clown, et sautant sur le dos du noir, il lui étreignit les bras et le buste, — tout en cherchant à le renverser en avant.

En ces quelques minutes terribles, le brave garçon perdit entièrement la conception de ce qui se passait autour de lui. Hypnotisé par cette seule pensée : « annihiler son adversaire en le tuant », son cerveau conserva juste assez de lucidité pour songer encore à Jacqueline. C'est une loi fatale de la lutte, qu'elle fait parfois — dans sa phase aiguë — tout oublier !

Gaëtan se souvint seulement d'une douleur physique aiguë, lancinante, atroce, qu'il ressentit en roulant sur le sol. Son ennemi renversé ayant réussi à dégager son bras droit lui avait enfoncé le croc de fer dans le cou. Puis, comme il allait défaillir sous la surprise et la douleur, Faradel vit au-dessus de lui la silhouette d'Hugueville. La face furieuse de celui-ci se penche dans un raccourci violent du buste et des épaules... Sa baïonnette file comme une flèche d'acier, et Faradel sent un jet de sang tiède lui jaillir à la face, tandis que le corps noir, qu'il étreint encore, sursaute en râlant.

— Vite ! clame alors le joyeux. Bon sang ! Relève-toi, vieux ! Les voilà qui montrent leurs vilaines têtes... Oh ! Tu es blessé ?

20

— Ça ne sera rien ! répond Gaëtan, qui se redresse couvert de sang.

A leurs pieds, gît, côte à côte avec les cadavres des noirs, la pauvre Jacqueline.

Elle a tout vu, sans pouvoir bouger ni pousser un cri ; mais ses yeux en disent long sur son émotion et sur sa reconnaissance infinie. Dix secondes s'écoulent !... Le temps de trancher ses liens et de lui arracher son bâillon. La voilà debout... et sans blessure !

— Merci ! dit-elle simplement, merci, et vite... en retraite !

Il est temps, en effet !

Après ce court répit, les noirs ont repris de l'assurance. Deux, puis trois... puis dix d'entre eux sont sortis des cases.

Des cris hostiles s'élèvent ; et pendant que le groupe des blancs regagne au pas de course les champs de maïs, quelques flèches sifflent et viennent se ficher en terre dans leur direction.

Puis ce sont deux coups de mousquet qui saluent leur fuite, sans les atteindre.

Du reste, une fois hors des palissades, la foule hurlante qui les poursuit s'arrête net ; car des coups de feu bien ajustés couchent successivement cinq, six, puis sept nègres sur le sol.

C'est Jean Pierson qui, ayant eu le temps de recharger le magasin de sa carabine, protège efficacement la retraite de ses amis.

Ah ! quel soupir de soulagement a poussé le brave petit gars, en voyant revenir sa Jacqueline saine et sauve ! Et comme il ajuste avec soin ! comme il cherche à ne pas perdre de plomb, à faire coup double, même, avec chaque cartouche.

Il va presser une dernière fois la détente... Inutile ! Le dernier nègre a disparu derrière la clôture de bambou.

— Par ici ! Jacqueline !... Par ici, mes amis !

Sa voix guide les fugitifs. Ils arrivent, dans un bruit de tiges froissées.

Vivement, Jean prend la main de Jacqueline, la serre, l'embrasse ; puis, sans perdre une seconde en de vaines paroles, tous continuent leur course précipitée et regagnent la forêt ! Trois quarts d'heure plus tard, ils rentraient sains et saufs à bord de l'*Espérance*, pour la plus grande joie de Babet et de Spinelli qui commençaient à trouver le temps terriblement long.

. . . .

Le premier ouvrage à faire, c'était de panser Faradel.

Le brave garçon avait reçu dans la partie gauche du cou une estafilade profonde, et qui eût très bien pu être mortelle, car... deux centimètres de plus !... et la carotide était tranchée !

Heureusement, il n'y avait là qu'une plaie normale, qu'on pourrait sans doute guérir avec des soins.

Or si, réduits à leurs propres ressources, nos amis eussent pu être fort empêchés, il en était autrement depuis une demi-heure à peine, grâce au pauvre docteur qu'ils avaient si miraculeusement pu arracher aux cannibales.

En effet, un léger mieux s'était produit dans l'état de cet homme miraculeusement arraché à la mort, et il en avait profité pour remercier ses sauveurs, en la personne de Babet et de Spinelli.

Puis, soudain, le petit négrillon entrant dans la paillotte s'était jeté au pied de la couchette où gisait le blessé, en criant :

— Ah ! Missi l'dotteur ! Li pas mort ! Quelle chance !

Le médecin avait alors brièvement raconté son histoire. Il se nommait M. d'Arvil.

Parti d'Obock avec deux guides blancs, et son frère, ancien officier de cavalerie, ils avaient traversé le pays des Derviches, contourné le Victoria-Nyanza, puis gagné le Tanganyika.

— Ce lac est donc bien le Tanganyika, monsieur ? avait demandé Spinelli.

— Oui, nous sommes sur sa côte Ouest, et la féroce tribu où nous sommes tombés est la peuplade des nègres Vouambebé.

— C'est bon à savoir, monsieur, avait repris Spinelli, car nous ignorions absolument en quel point du globe la Providence nous avait jetés.

— Vraiment ?... Vous n'êtes donc pas des explorateurs ?

— Si ! mais malgré nous... Faradel vous racontera tout cela... quand il sera de retour.

— Il est parti ?

— Oui, monsieur !

Et l'Italien raconta la disparition de Jacqueline Pierson.

— Pauvre jeune fille ! murmura le docteur en pâlissant. Pourvu que...

Il s'arrêta, puis, reprenant son récit :

— Ah ! l'Afrique ! dit-il. Quel terrible continent ! Si je guéris, je vous dirai combien elle me fut cruelle ; mais pour en revenir à mon négrillon, à mon petit « Réglisse ».

— Réglisse ?

— Oui ! C'est le surnom que, par plaisanterie, lui avait donné un de mes guides. Je l'ai acheté à un négrier rencontré près des limites du pays Galla, et je suis au désespoir de n'avoir pas su que votre compagne allait chercher des simples pour me soigner, je lui aurais épargné un danger grave à courir... par suite du voisinage des cannibales.

— Et comment ?

— Le pillage de nos bagages n'a guère porté que sur les étoffes, la bimbeloterie, et les vivres. Les caisses d'instruments, et ma pharmacie sont, — j'en suis sûr — dans une case proche du hangar de torture où vous m'avez trouvé.

— Fi ! missié l'dotteur, déclara Réglisse.

— C'est précieux, en effet ! s'écria Spinelli. Guide-moi, nous allons aller les chercher.

C'est ainsi que l'*Espérance* se trouva munie d'une pharmacie bien garnie en quinine, antipyrine, iodoforme, acide phénique, teinture d'iode, arsenic..., etc. De plus, le navire improvisé posséda du même coup : cartes, sextant, boussole, et des jumelles marines.

Immédiatement pansé par Babet et Spinelli, à l'aide de compresses en coton hydrophile imbibé d'eau phéniquée, le malade absorba ensuite une dose d'antipyrine, et un engourdissement l'envahit.

Il dormait d'un sommeil assez calme, lorsque Gaëtan, Hugueville, Jean et Jacqueline rentrèrent à bord.

Alors, pendant que les femmes soignaient Gaëtan, les hommes relevèrent les ancres. L'*Espérance* fut poussée au large, et on stoppa à cent mètres envi-

FARADEL ENTREVIT, AU-DESSUS DE LUI, LA SILHOUETTE D'HUGUEVILLE. (Page 153.)

ron de la rive. De la sorte, on n'avait plus à craindre un envahissement de la part de l'ennemi.

Peu après, Faradel, étendu dans la paillote transformée en ambulance, s'endormait d'un sommeil lourd, provoqué par la fièvre qui montait ardente à son cerveau, tandis que Jacqueline Pierson, bien que brisée par la fatigue, la courbature et l'émotion, demeurait auprès des blessés. Elle les veillait d'un regard attentif, épiant le souffle qui soulevait leurs poitrines. Le médecin l'intéressait, — oh certes ! Mais pourquoi ses yeux humides se fixaient-ils avec plus de fréquence sur le visage de Gaëtan ?

Pourquoi ?... Par reconnaissance, sans doute, puisqu'à plusieurs reprises on eût pu l'entendre murmurer : « Pauvre garçon ! C'est pourtant pour moi... pour me sauver... qu'il a risqué sa vie ! » Mais, sans qu'elle s'en rendît bien compte, Jacqueline Pierson subissait aussi le charme magnétique, enveloppant et communicatif d'un sentiment plus vif, plus profond, plus ardent!...

CHAPITRE X

Où Faradel avoue, sans même s'en douter, son amour à Jacqueline.

Depuis quarante-huit heures l'*Espérance* avait repris le large ; depuis ces deux jours Jacqueline Pierson était triste !

Dans son regard si pur, et d'ordinaire si calme, une rêverie un peu maladive transparaissait nettement.

Au surplus, l'inquiétude était générale à bord, car l'état des deux blessés s'était sensiblement aggravé. Faradel, en particulier, avait perdu la notion des choses extérieures ; il vivait dans un état fiévreux où le coma et la surexcitation délirante alternaient avec une égale intensité.

Quant à M. d'Arvil, si la fièvre le terrassait parfois en des crises frissonnantes, du moins n'avait-elle pas attaqué son cerveau, et le docteur gardait toute sa lucidité d'esprit. En revanche, ses plaies prenaient un mauvais aspect, malgré les soins constants dont on l'entourait.

. . . .

Était-ce donc la préoccupation... la crainte d'un malheur qui attristait ainsi le doux visage de Jacqueline ? Sans doute ! mais son trouble était d'une nature plus complexe, et provenait aussi des sentiments intimes et tout personnels qu'elle avait brusquement senti surgir dans son âme.

Oui ! Ce trouble... c'était l'amour naissant qui en était la cause profonde. L'éclosion violente, nette et absolue de ce sentiment ne datait que de deux journées à peine ; mais la jeune fille s'était de suite rendu compte que — sans se l'avouer — elle aimait déjà Faradel auparavant... depuis le début de leurs relations, dans le camp anglais.

En cette âme neuve, et pourtant forte, cette constatation amena un bouleversement ; et Jacqueline voulait encore se forcer elle-même à douter, lorsqu'elle avait pris auprès des blessés la garde de nuit.

Accoudée à la table éclairée par la lueur tremblante d'une petite lampe — organisée par Spinelli, et qu'alimentait la provision d'alcool condensé — Jacqueline Pierson rêvait donc, tout en surveillant le sommeil des deux malades.

Elle revivait le passé, reportant surtout son souvenir vers les faits les plus récents et les plus terribles : sa surprise dans la brousse, son enlèvement par les nègres embusqués, toute cette scène sauvage et rapide — si rapide même qu'elle n'avait eu le temps ni de lutter ni de pousser un cri.

Puis, sa terreur pendant qu'on l'emportait, et enfin sa résignation terrifiée mais définitive quand, déposée sur le sol de la place du village noir, elle avait compris que c'était fini !... qu'aucun secours ne pouvait la sauver !... qu'elle allait mourir loin de tous !... d'une mort abominable !

Elle se rappelait nettement toutes ses sensations ; et même elle avait un sourire nerveux en se souvenant qu'à cette tragique minute, sa pensée s'en était allée tout d'abord vers deux personnes : Gaëtan et son frère Jean.

Pourquoi Faradel avait-il été évoqué le premier ? A cette pensée, Jacqueline s'était redressée toute pâle, juste comme Faradel venait de se mettre à parler, tout en délirant.

D'un coup d'œil instinctif, la jeune fille s'assura que le docteur dormait toujours profondément, et, tout en prenant les mains de Gaëtan dans les siennes afin de maintenir l'exaspération de son geste, elle écouta, pâle, frémissante, énervée à un degré qu'elle ignorait encore, les mots inconscients prononcés par le blessé, mots qui passèrent sur son cœur en y jetant le lancinement déchirant d'une torture, en même temps que la douce sensation d'une caresse.

Dans sa fièvre, Gaëtan revivait, lui aussi, mais avec incohérence, la phase de la poursuite et de la lutte pour reprendre Jacqueline aux cannibales. Il la revoyait, surprise par ces êtres horribles, terrassée, liée, emportée!...

Et les paroles jaillissaient sourdement de ses lèvres en flot désordonné :

« ... On me la prend!... Ah! mon Dieu!... Où l'ont-ils emmenée!... Laissez-la... brigands!... misérables!!... Elle est à moi!... Je vous défends d'y toucher!!... Oh!! quelle horreur! Ils vont la martyriser!... Ils vont supplicier ce corps frêle et délicat!... Oh! c'est affreux!... Prenez-moi!... Tenez!!... Voici mon cœur, arrachez-le!!... Brûlez-le!!... Faites-en ce que voudrez! mais n'y touchez pas... à ELLE!! »

Puis, après un silence oppressé, cet aveu murmurant sortit, comme un souffle douloureux, des lèvres du malade.

« Oh! comme on souffre pour ceux qu'on aime!... Jacqueline!... Oh! mademoiselle Jacqueline!!... Elle est perdue!!... Je ne la verrai plus!!... Jamais!!... Jamais!!... Oh! mon Dieu!! »

Des larmes lourdes et brûlantes débordaient de ses cils. Ce fut une détente à son exaspération : un calme relatif se produisit. Les muscles crispés du malade se décontractèrent... il retomba en arrière comme mort.

Alors, Jacqueline, tout en conservant dans ses mains les doigts de Gaëtan, contempla longuement son visage légèrement amaigri mais plus calme ; puis — soudain elle s'agenouilla près de la couchette, et sembla, pendant une minute, prier avec ferveur.

Absorbée dans une sorte d'extase, elle ne s'aperçut point que M. d'Arvil, ouvrant les yeux, faisait un léger mouvement de tête de son côté, le médecin eut, dans le regard, un étonnement, en voyant la jeune fille se redresser soudain, puis — presque pieusement — déposer un baiser à la fois ardent et chaste sur le front du malade.

21

Immédiatement, le docteur détourna la tête.

En galant homme, il comprit qu'il venait de surprendre un secret d'âme, et, voulant n'avoir rien vu, il parut se rendormir.

.   .   .   .

C'est ainsi qu'un doux serment d'amour, inconscient et tacite, lia pour toujours, en cette chaude nuit d'Afrique, les deux cœurs de Jacqueline et de Gaëtan !

.   .   .   .

Quelle en serait jamais la sanction ?... Jacqueline ne se le demandait même pas. Elle avait subi la contagion d'un amour naissant, exalté par une reconnaissance infinie, tout simplement ! Mais il lui demeura en l'âme une sensation très neuve, insoupçonnée jusqu'alors, faite de joie, de tristesse et d'une résignation un peu fataliste.

.   .   .   .

Cependant, l'*Espérance* voguait maintenant assez vite sur les flots du Tanganyika ; et ce n'était point sous la poussée des rames. En effet, dès qu'ils eurent pris le large, Spinelli, Hugueville et Jean avaient organisé une voilure pour leur bateau.

Découpant en triangle deux voiles latines dans la partie arrière du velum supérieur, ils les avaient adaptées aux montants d'aluminium ; puis, à l'aide de deux perches, horizontales et mobiles autour d'un pivot, ces deux voiles furent fixées et maintenues des deux côtés de l'embarcation.

Le vent s'engouffrait dans le velum ainsi évidé, et gonflait en même temps les deux voiles latines, qui semblaient de la sorte être les ailes éployées du gros oiseau aquatique que représentait à présent l'*Espérance*.

La disposition adoptée était parfaite ; car en ramenant contre le bordage l'une ou l'autre des voiles, on pouvait, en s'aidant de la barre, virer très facilement, prendre le vent, et par suite courir des bordées lorsque le besoin s'en faisait sentir.

De plus, maintenant que nos camarades possédaient une boussole, ils étaient capables de fixer la direction qui, sous les indications de M. d'Arvil, fut maintenue rigoureusement vers le Nord.

En effet, malgré sa faiblesse et la fièvre qui le terrassait parfois, M. d'Arvil avait, nous l'avons dit, conservé toute sa lucidité d'esprit; et ce fut lui qui, de sa couchette, fut le véritable commandant du bord. Sa compétence sa connaissance de ces régions le désignaient comme le chef moral de la troupe, et voici quelles avaient été ses instructions :

Marcher au Nord en se tenant toujours en vue de la côte Est du Tanganyika. Éviter le plus possible d'atterrir; car la peuplade nègre qui avait failli être si fatale aux passagers de l'*Espérance* n'était pas, dans ces parages, la seule en son genre, hélas! Ceux-ci étaient de la tribu cannibale des Vouambebé; mais ils avaient dans les îles du lac et sur les rives de nombreux confrères en anthropophagie.

Au surplus, même en défalquant les cannibales proprement dits, les autres tribus n'étaient guère plus sociables; et il eût été imprudent de risquer une entrée en relations avec elles.

Mais dans le Nord du lac, M. d'Arvil avait des amis parmi les noirs, entre autres les Ourondis, où il avait résidé quelque temps, et chez lesquels il avait eu le bonheur de semer quelques germes de civilisation. Cette tribu, dont le roi Nioroh avait été l'hôte hospitalier du docteur, habitait de vastes territoires situés entre la pointe nord du Tanganyika et la rive du lac Victoria-Nyanza.

— C'est là qu'il faut nous diriger, avait déclaré M. d'Arvil.

— C'est parfait, monsieur, riposta Hugueville, mais une fois chez ce M. Nioroh, il nous reste encore du chemin à faire pour arriver en pays civilisé. Or, si je m'en rapporte à la carte, nous nous trouverions alors à cheval sur la limite de l'Afrique Orientale allemande et de la Colonie anglaise de l'Est-Africain. Que faudra-t-il choisir?

— Nous tâcherons de gagner Zanzibar par l'Afrique allemande.

— Bon... Mais comment?

— En caravane.

— Alors nous lâcherions l'*Espérance*.

— Cela me paraît, en effet, indispensable.

— Enfin! nous verrons plus tard. L'important c'est d'arriver chez messieurs les Ourondis. En route!

Dès lors, la marche du bateau fut réglée dans ce sens; elle se poursuivit avec une rapidité relative et sans incident malheureux. On atterrissait très rarement et seulement pour se procurer le bois de cuisine ou quelque gibier. Pour cela on se servait de deux pirogues en peau d'hippopotame prises chez les Vouambebé et emmenées en remorque. Mais la plupart du temps on se contentait de poissons ou encore d'oiseaux divers que Jean Pierson abattait avec son adresse coutumière. Comme pain, on possédait un stock suffisant de maïs, enlevé dans le village cannibale. Quant aux boissons, elles se faisaient plus rares. La réserve primitive en porto était faible, et on en conservait les quelques bouteilles pour les deux malades.

Néanmoins, si, la plupart du temps, on buvait de l'eau bouillie, il arriva parfois qu'aux descentes à terre on put emmagasiner un peu de vin de palme.

Somme toute, il n'y avait pas à maudire le Destin; car le voyage se poursuivait dans des conditions de régularité et de sécurité suffisantes.

Mais, si un bateau bien construit, aménagé selon les règles scientifiques, peut donner — même à la voile — des vitesses relativement considérables, il n'en allait pas de même pour l'*Espérance*.

Certes, c'était là, en tant qu'embarcation, un petit chef-d'œuvre d'ingéniosité, et même de stabilité : malheureusement sa coupe, sa dimension, la nécessité d'un fort lestage, et la disposition très primitive de sa voilure s'opposaient à une marche rapide.

Avec vent arrière, on n'avait pas encore trop à se plaindre; mais dans les sautes de vent, la manœuvre de louvoyage était pleine de difficultés. L'équipage s'en consolait du reste assez facilement, par cette raison que maintenant on savait où on était et où on allait.

Bref, sans l'inquiétude en ce qui concernait les deux malades, tout eût été pour le mieux dans le meilleur des bateaux, sur le meilleur des lacs.

On navigua ainsi pendant huit jours sans avancer beaucoup, à cause des énormes zigzags qu'on dut faire en raison du vent; et pendant cette semaine, aucune modification notable ne se réalisa dans l'état des blessés.

Mais le neuvième jour, un mieux sensible se produisit chez Faradel.

Certes, il était méconnaissable! Fondues, ses joues si pleines!... Envolées, ses couleurs!

Ses yeux, cernés d'un cercle de bistre, s'enfonçaient sous les sourcils bruns. Le nez s'était pincé. La barbe foncée, qui avait poussé dru, envahissait les joues et faisait ressortir le ton jaune mat de la peau. Mais son cerveau était intact et sa blessure fermée!

La fièvre, vaincue par le bromhydrate de quinine, avait cessé de marteler le crâne du brave garçon.

Il ne lui restait, outre l'amaigrissement, qu'une immense faiblesse; et, chose bizarre! son tempérament un peu hâbleur, sa faconde parisienne reparurent chez lui presque immédiatement... mais seulement hors la présence de Jacqueline Pierson; car dès que la jeune fille apparaissait, un sourire mélancolique venait brider le coin des lèvres pâles du convalescent. L'ironie éternelle de son regard se muait alors en une douceur étrangement triste. Mais il réagissait sur ses sentiments intimes. N'osant pas risquer un aveu, le pauvre garçon se forçait à reprendre l'attitude rieuse qui formait le fond même de sa nature.

Quant à M. d'Arvil, son état restait stationnaire. Il n'allait pas plus mal, mais ses effroyables plaies ne se fermaient pas.

Il fallait que cet homme, plutôt frêle, anémié par l'Afrique, possédât une dose d'énergie incroyable pour conserver une si pleine possession de lui-même.

Il ne se plaignait jamais, supportait la douleur et les crises fiévreuses avec un stoïcisme de martyr; et quand l'accalmie venait ensuite, il trouvait le moyen d'être le guide éclairé de l'expédition, à laquelle ses conseils pratiques permirent, au bout de douze nouvelles journées d'une navigation ardue, d'apercevoir le but final.

Faradel se levait depuis deux jours déjà, mais il n'avait pas encore mis le pied hors de la paillotte.

Assis dans un fauteuil (l'ex-fauteuil de ce pauvre sir William Kennedy) il demeurait auprès de M. d'Arvil, tandis que ses camarades s'occupaient de la manœuvre et que Jacqueline et Babet vaquaient aux soins des repas.

Entre les deux hommes des causeries s'engageaient, au cours desquelles Gaëtan, attentif, apprenait du docteur une foule de détails scientifiques ou géographiques utiles à la conduite d'une exploration.

— Je tiens à vous renseigner sur toutes ces choses, lui disait le blessé, car, je le sens bien, mes jours sont comptés.

— Oh! monsieur, que dites-vous là?

— La vérité, monsieur Faradel. Je ne survivrai pas et je veux que vous soyez fort et bien documenté pour ramener vos amis — nos bons amis — à Zanzibar.

— C'est donc là notre objectif définitif?

— Oui, car du Victoria-Nyanza à la côte règnent de nombreux passages de caravanes. Nous allons, sous peu, aborder chez Nioroh. Je souhaite ardemment vivre jusqu'à ce que j'aie pu — par mon influence — le décider à vous fournir une escorte et des porteurs.

Alors M. d'Arvil expliqua tout ce qu'il est utile de prévoir et de faire au cours d'un pareil voyage; il entra dans tous les détails, et conclut :

— De la sorte, il y a des chances d'arriver à bon port, sauf accident ou mauvaises rencontres.

— Mauvaises rencontres ?... Nous aurons nos armes !

— Sans doute! Mais cela, c'est l'inconnu. Et parfois les caravanes de traitants arabes qui viennent s'approvisionner d'esclaves sont plus redoutables que les tribus nègres elles-mêmes. Parfois aussi, je le reconnais, on peut s'arranger avec eux ; mais il faut de l'argent... Or nous n'en avons pas, nous n'avons même plus ce qui le remplace en ces régions : les objets d'échange, la poudre d'or et l'ivoire. C'est à une de ces caravanes que j'ai pu acheter mon petit nègre... le petit Jules.

— Ah ! il a nom : Jules ?

— Oui, du nom d'un de mes guides qui fut son parrain. Eh bien ! je l'ai acheté, alors qu'il se cramponnait au pagne de sa mère agonisante. Je l'ai payé 20 douros, plus une pièce de « guinée » bleue.

M. d'Arvil s'arrêta, réfléchit ; puis :

— Je vais même, monsieur Faradel, vous demander quelque chose.

— Tout ce que vous voudrez, monsieur.

— Promettez-moi de ne jamais abandonner cet enfant, de l'emmener avec vous et de vous en occuper... quand je ne serai plus.

Gaëtan se força à rire.

— Chassez cette pensée !... Quand vous ne serez plus, dites-vous ? Mais vous reviendrez avec nous et le jeune Jules conservera son protecteur.

— Hélas !

— Mais oui !... En tout cas, soyez sûr que jamais ni moi ni mes amis n'abandonnerons l'enfant.

— Merci !

A ce moment la voix de Paul Hugueville parvint jusqu'aux deux hommes. L'ex-joyeux commandait :

— Lâchez les ancres !... Allons ! .. ho !... Veux-tu te dépêcher, Jus-de-Réglisse !

Cette invite s'adressait, on le devine, au petit nègre, car, mû par la fantaisie ordinaire de son esprit, Paul accolant ensemble le prénom et le surnom de l'enfant, Jules et Réglisse, avait transformé le tout en un détestable à-peu-près.

Jus-de-Réglisse obtempéra donc à l'ordre de « *Missié Higueville* » l'*Espérance,* crochant sur ses ancres, demeura immobile, et, peu après, la face du joyeux apparut.

— Nous sommes en vue de terre, dit-il, nous avons stoppé dans une sorte de baie boisée en ses rives ; et au fond on distingue un village dont les moricauds ont l'air très étonnés de nous voir.

Faradel sourit.

— Comment diable sais-tu que ces braves noirs sont étonnés ? demanda-t-il.

— Oh ! ça se voit tout de suite, rien qu'au geste.

— Nous sommes donc tout près ?

— Non pas !... J'ai fait stopper à environ 3 ou 400 mètres. Mais, grâce à la jumelle que nous possédons, on les voit comme s'ils étaient à dix pas.

M. d'Arvil s'était redressé sur le coude.

— Il faut que je me lève, dit-il, non sans que, sur son visage, on pût lire une réelle souffrance. Oui, ma présence est indispensable pour entrer en pourparlers ; car il me semble, d'après la seule description de la baie où nous sommes, que nous devons être en vue du village de Nioroh, roi des *Ouroudis.*

— Ne bougez pas, monsieur ! déclara Hugueville. Nous allons vous porter sur le pont.

Il appela ses amis, qui, soulevant avec précaution le lit de camp, transportèrent le malade.

— Oui, dit le docteur, nous sommes bien chez Nioroh !... Ah ! Voilà un grand pas de fait vers la délivrance.

— Pardon ! interrompit Faradel, qui en s'appuyant sur deux bâtons, était venu s'accouder au bordage. Pardon, monsieur, mais en quelle langue allons-nous engager conversation ?

— A l'aide de ce petit vocabulaire manuscrit que vous avez sauvé en même temps que mes instruments. En y ajoutant quelques mots d'arabe et d'anglais...

— D'anglais !

— Parfaitement. L'anglais est utilisable partout. C'est la langue du

JE L'AI ACHETÉ AU MOMENT OÙ SA MÈRE AGONISAIT (PAGE 167.)

globe !... Donc, avec ces trois idiomes et en y ajoutant quelques mots français et... latins...

— Ah ! par exemple !

— Sans doute !... Car je ne suis pas le premier explorateur qui sois venu

22

ici. D'autres — missionnaires de toutes les religions — y ont passé, y laissant quelques traces de cette langue qu'on appelle à tort une langue morte et qu'on devrait dénommer, selon un mot célèbre, *la langue immortelle*.

— Donc, — reprit, après une pause, M. d'Arvil, — j'estime que nous sommes maintenant à peu près en sûreté. Seulement, il faut absolument que je m'abouche avec Nioroh lui-même.

— Pas commode! déclara Hugueville.

— Si fait! je vais descendre à terre.

— Ah! Mais non !

— Jamais de la vie.

— Vous n'y pensez pas !

Ces diverses exclamations jaillirent en même temps de toutes les lèvres ; mais, souriant avec douceur, le blessé reprit :

— N'ayez aucune crainte ! D'ailleurs, deux de vous, messieurs, m'accompagneront. La seule précaution à prendre, c'est de fabriquer avec n'importe quelle étoffe, un drapeau...

— Français ? s'écria Faradel.

— Français ! répondit le docteur. Depuis mon passage ici, notre pavillon y est considéré comme une sorte de fétiche.

Déjà Jacqueline et Babet avaient couru au magasin. Elles en revinrent avec un fanion grossièrement cousu mais suffisant comme indication de nationalité : et pendant qu'elles s'occupaient de cette indispensable opération, les hommes avaient, à l'aide des palans, déposé le blessé dans une des pirogues sans le déplacer de son matelas.

Faradel, malgré sa faiblesse, tint à honneur de l'accompagner. Hugueville se porta à l'arrière, pour pouvoir, avec la pagaie, propulser et guider l'embarcation.

Quant au drapeau, c'était Jus-de-Réglisse qui, debout auprès de M. d'Arvil, portait les trois couleurs.

Hugueville et Faradel s'étaient — bien entendu — munis de carabines :

et du bord, Spinelli, Jean Pierson, Jacqueline et Babet, surveillaient le mouvement... le doigt sur la détente.

Au cours de ces divers préparatifs, la population nègre s'était accrue de minute en minute. Tout ce que le village contenait d'habitants avait envahi la rive, et tous avaient d'abord contemplé ce bateau bizarre autant qu'inconnu, avec une curiosité plutôt craintive, mais silencieuse.

Puis, le roi Nioroh, était arrivé en personne, monté sur une mule blanche. Entouré de ses guerriers et de ses femmes, il s'était campé, grave et digne, face au navire inconnu ; tandis qu'autour de lui la foule compacte de ses sujets se livrait à des commentaires dont le bruit, s'accentuant à chaque seconde, formait maintenant un murmure confus et bourdonnant.

Mais lorsqu'on vit la pirogue se détacher, puis se diriger rapidement vers la rive ; quand on aperçut le fanion tricolore dont le vent déployait les trois couleurs, les conversations s'arrêtèrent net.

Il y eut un moment de profond silence qui, brusquement, cessa pour faire place à un charivari d'enfer.

Les hommes poussaient une sorte de hurlement grave — presque lugubre — tout en agitant les mains en l'air, tels les enfants qui « font les marionnettes ». Les femmes lançaient un cri aigu, monotone mais strident, rappelant un peu le « You ! you ! » des femmes arabes dans les fêtes des Douars.

Puis ce fut un indescriptible remue-ménage dont le bruit devint tonitruant, grâce à des instruments — sans doute ignorés au Conservatoire National de Musique — mais fort en honneur, paraît-il chez Nioroh.

Devant cette manifestation étrange, Faradel n'était qu'à demi rassuré. « Chat échaudé craint même l'eau froide » dit le proverbe. Or, notre camarade venait d'être si chaudement étrillé, au cours de sa première rencontre avec les noirs du Centre africain, qu'il se sentait plutôt en méfiance.

— Hum ! dit-il en s'adressant directement à M. d'Arvil ; ce palabre ne me dit rien de bon !... Si nous rentrions à bord ?...

— Non pas ! non pas !... C'est un chant de fête ! reprit doucement le blessé. Ne craignez rien, monsieur Faradel.

— Diable ! fit Hugueville tout en pagayant. Si c'est là un chant de fête ? Eh bien ! Il ne me rappelle que de très loin les chœurs de l'Opéra ! Et ma foi ! il n'y a qu'un seul endroit où j'aie jamais entendu pareille musique !

— Où donc ça ?

— A la Chambre des Députés.

— Satané blagueur !

— Non ! je ne blague pas !... C'était un jour d'interpellation, et je suis persuadé qu'il n'aurait pas fait bon, à cette séance-là, de s'amuser à descendre dans l'hémicycle.

— Rassurez-vous, monsieur Hugueville, répliqua, en souriant le blessé. Ici c'est beaucoup moins dangereux.

Cependant la pirogue avait marché vite, et la terre ne se trouvant plus qu'à 50 mètres environ de Faradel :

— Stop ! ordonna-t-il. Et maintenons-nous à cette distance.

Alors, pendant que le joyeux exécutait l'ordre, Gaëtan, tout faible qu'il fût, aida M. d'Arvil à se dresser sur sa couche ; puis le jeune Réglisse, agitant son fanion de droite et de gauche se mit à hurler à pleins poumons, en les répétant mot pour mot, les phrases qu'énonçait le blessé, dont la voix affaiblie n'eût pu se faire entendre au milieu du vacarme... Et le silence se fit — immédiat et complet — sur un simple geste du roi Nioroh.

— Nioroh !... Et vous tous braves Ourondis ! clamait Jus-de-Réglisse. Vous avez tous souvenance du grand docteur Soleil ! Vous savez qu'il est déjà venu ici pour calmer vos souffrances !... Que beaucoup parmi vous — très malades depuis fort longtemps — ont été guéris de tous leurs maux par le grand docteur Soleil ! Vous savez qu'il possède tous les philtres, bien mieux encore que le plus fameux des Griots ! Que le grand docteur Soleil est le plus savant de tous les sorciers blancs ! Toi-même Nioroh ! Bien que puissant monarque, tu allais perdre la vue... Tu souffrais ! lorsque le grand docteur

Soleil est venu te soulager. Il t'a guéri et t'a donné une nouvelle vue en te prêtant deux yeux de verre ?...
Est-ce vrai, ce que je dis là ?

Jus-de-Réglisse arrêta ce flot d'éloquence pour permettre aux populations de répondre ; et la

réponse fut un long murmure approbatif. Le roi lui-même eut un balancement de la tête qui fit onduler les plumes d'autruche de sa coiffure,

NIOROH ARRIVA, MONTÉ SUR UNE MULE. (Page 171.)

— Eh bien ! reprit Jus-de-Réglisse, lorsque le silence fut rétabli, Réjouis-toi, Nioroh ! réjouissez-vous, Ourondis ! Le docteur Soleil est de retour parmi vous !... Le voici ! De méchants noirs l'ont blessé. Ils ont voulu le mettre à mort, comme ils l'ont fait pour ses amis que vous avez connus : mais sa science l'a sauvé. Il revient vers vous. Que les malades se réjouissent car ils vont guérir. Nioroh, grand roi des Ourondis, prépare un festin de grand palabre pour ton ami le docteur Soleil !...

La manifestation qui suivit cette emphatique entrée en matière fut si carrément sympathique que Faradel perdit toute appréhension. Il était en effet, évident, indéniable, que si tous ces gens hurlaient, c'était pour exprimer la plus intense des joies.

Le roi, lui-même, perdant toute dignité de commande, sautait d'une fesse sur l'autre sur la housse multicolore de sa mule ; et ses bras noirs tatoués sortant des plis de la gandourah rayée se livrèrent à une débauche de gestes sur lesquels un acteur jouant le rôle d'un fou furieux eût pu prendre modèle, mais qui étaient simplement destinés à faire comprendre la joie extrême qui l'avait envahi.

Sur ce, Hugueville, heureux comme un roi se mit à pagayer avec fureur, pour aller atterrir un peu plus loin, vers un embarcadère primitif, en pieux, installé devant le village lui-même.

Tout en voguant, M. d'Arvil expliqua brièvement à ses compagnons le sens de son petit discours, ajoutant qu'en effet il avait conquis l'estime et l'amitié de tous ces gens grâce aux soins médicaux et pharmaceutiques qu'il leur avait donnés.

Dans de telles conditions, la réception ne pouvait qu'être chaude. Elle le fut !

Débarqué avec les plus grands ménagements, M. d'Arvil fut transporté dans une case voisine du palais de Nioroh ; et c'est là qu'eut lieu la première entrevue et la présentation.

Nioroh était un vieillard très vigoureux, dont les rides seules et les sourcils blancs indiquaient l'âge. Il ne portait ni barbe ni cheveux. En revanche, une paire de lunettes chevauchait la truffe aplatie de son nez.

Ah! ces lunettes!... Elles constituaient pour lui un objet plus précieux que tout au monde. C'était un cadeau de M. d'Arvil; le roi nègre ne s'en séparait jamais, et pour cause, car sans elles, il n'eût pu, tant était grande sa myopie, distinguer un saucisson d'un violoncelle.

Guéri d'abord d'une ophtalmie infectieuse par des soins intelligents, — puis de sa myopie grâce aux lunettes, il considérait le docteur comme un envoyé du dieu Soleil et lui en avait même donné le nom.

Il offrit donc le kwass, le café et le vin d'élaïs aux amis du blessé, tout en leur prodiguant les marques de l'amitié la plus vive. Il les contraignit même — attention délicate — à tirer quelques bouffées de sa propre pipe.

Puis, après ces premiers épanchements, M. d'Arvil lui raconta sa triste odyssée, et lui déclara qu'il avait compté sur lui pour l'aider à regagner la côte.

Très démonstratif au cours de la première partie du récit. Nioroh fit une grimace en entendant la péroraison.

Perplexe, il se gratta l'oreille, puis le nez, et enfin la plante des deux pieds — car il était assis, les jambes en croix, sur une natte posée sur un socle.

— Écoute, docteur, dit-il enfin. Nioroh aime mieux que tu restes ici pour soigner Nioroh, ses femmes et ses guerriers. Toi content. Tes amis aussi. Nioroh leur donner case, poules, cochons, bœufs et tout le reste. Tous très contents de rester ici.

— Sans doute! Mais plus tard! Nous reviendrons habiter avec toi. Il faut auparavant ramener à la côte d'autres amis qui sont sur le bateau. — Ensuite nous reviendrons, je te le promets.

— Ah! Il y a d'autres blancs sur votre grande pirogue... Il y en a beaucoup?

— Non! Deux hommes et deux femmes!

— Deux femmes... blanches? demanda le noir en arrondissant les yeux.

— Mais oui!... riposta M. d'Arvil un peu interloqué.

— Eh bien ! Pas besoin de les emmener. Nioroh bien content au contraire si toi vouloir lui vendre les deux femmes. Nioroh jamais encore acheté femmes blanches. Il te donnera cent noires pour l'échange, et toi rester ici avec tes amis. Tous !... tous !

Cette proposition bizarre amena d'abord sur le visage du docteur d'Arvil un sourire qui disparut aussitôt. Puis un froncement léger des sourcils indiqua chez lui une préoccupation inquiète, et plantant son regard sur celui de Faradel :

— Savez-vous ce que me propose Nioroh ? demanda-t-il.

— Non ! Je n'ai saisi que quelques mots par ci par là.

— Eh bien ! il me demande, tout bonnement, de lui vendre Mlle Pierson et cette brave Babet.

— Hein !!! s'écria Gaëtan, qui s'était redressé d'un effort.

Hugueville l'avait imité et vint soutenir son ami dont les jambes fléchissaient autant d'émotion que de faiblesse.

— Allons-nous-en !... Allons-nous-en ! balbutia Faradel envahi par un sentiment impossible à analyser. Oh ! oui... allons-nous-en !

En même temps, il jetait vers le vieux roi nègre un regard où la haine, le dégoût... et aussi une sorte de crainte étincelaient avec une douloureuse évidence.

— En voilà un moricaud qui a de l'audace !... gronda de son côté le joyeux.

— Calmez-vous, mes amis, reprit M. d'Arvil, et rasseyez-vous !... N'ayez l'air ni surpris, ni furieux, ni même offusqués, je vais arranger les choses.

Se tournant alors vers Nioroh.

— Nioroh, dit-il, ces deux femmes ne m'appartiennent pas. Ce sont les femmes de mes deux amis... Ils ne veulent pas les vendre car ils y tiennent beaucoup, les ayant achetées fort cher.

— Nioroh les payer tout ce que tu voudras ! répliqua le noir.

— Sans doute ! Mais, je te le répète ils y tiennent. Seulement, si tu veux nous aider... je sais où en trouver de bien plus belles, que j'achèterai pour toi, et dont je te ferai cadeau !

Le docteur ne put réprimer un sourire, et pour donner à sa promesse plus de force, il jugea utile d'avoir l'air de prendre à témoin ses deux compagnons.

— Ne riez pas ! N'ayez pas l'air étonnés de ce que je viens de dire leur dit-il. Ayez au contraire l'air d'acquiescer vivement, car vous ne vous douteriez guère, messieurs, de la bizarre promesse que je viens de faire à mon ami Nioroh. Je lui déclare que s'il nous aide et nous fournit le moyen de gagner Zanzibar, je reviendrai lui amener... des femmes blanches !

— Ah ! par exemple ! s'exclama Hugueville, qui eut toutes les peines du monde à garder son sérieux.

Quant à Faradel, il ne broncha pas :

— Ouf ! murmura-t-il. Je respire !

Et hochant gravement la tête, faisant des bras de grands gestes bénisseurs :

— Docteur ! dit-il avec un sérieux étonnant, dites à cet animal que j'acquiesce des deux mains à votre proposition ; et que bien que je n'aie jamais voyagé pour cet article, je m'engage à le lui fournir... dans les prix doux, à la seule condition qu'il veuille bien ne pas s'occuper de nos compagnes de route.

— Bien ! riposta en pontifiant M. d'Arvil, qui reprit avec Nioroh la conversation.

A dire vrai, il y eut bien un peu de tirage pour convaincre le roi nègre ; mais comme il ressentait dans l'œil droit quelque picotement qui lui faisait craindre une rechute, il ne pouvait rien refuser au grand guérisseur.

C'est ainsi qu'il fut convenu que les femmes blanches demeureraient en la possession de leurs deux maris de circonstance, qu'en conséquence elles continueraient à habiter la nuit à bord de l'*Espérance* sous la garde de leurs époux jusqu'au départ dont on fixerait ultérieurement la date.

23

Quant au reste de l'équipage, Nioroh lui offrait l'hospitalité la plus large.

Elle était complète, plus complète même que ne la donnent, paraît-il, les montagnards écossais dans la *Dame blanche;* car les hôtes de Nioroh recevaient du roi : bon souper, bon gîte et même douze jeunes nègres qu'il mettait à leur entière disposition en qualité de domestiques.

Sur ce, on prit momentanément congé du roi.

Il fallait, en effet, rentrer à bord : 1° pour rassurer les camarades ; 2° pour exécuter à la gaffe une manœuvre destinée à faire approcher davantage l'*Espérance* de la rive, afin d'éviter les trop longs parcours en pirogue.

Seul, le docteur d'Arvil, brisé par la fatigue de l'effort donné et par la fièvre qui montait en ses veines, demeura dans la case, en tête à tête avec le roi noir.

— Vous êtes bien sûr qu'il n'y a pas de danger à vous laisser seul ? demanda Faradel en se levant avec effort.

— Du tout !... Du tout !... Allez, mes braves amis, et installez l'*Espérance* à cinq ou six mètres de l'embarcadère de façon à pouvoir établir, de son bordage à la terre, un pont volant mobile... Allez !... A tout à l'heure !...

.   .   .   .

Une heure plus tard, l'*Espérance* arrivait majestueusement, et stoppait à l'endroit indiqué, devant la foule noire qui l'accueillait avec une joie curieuse et bruyante.

La nacelle-chaland fut, ainsi que les pirogues, bordée au bateau du côté opposé à la rive ; puis, à l'aide de pontons que posèrent les noirs, une passerelle fut improvisée et, sauf Hugueville et Jus-de-Réglisse qui restèrent de garde à bord, Spinelli, Faradel, Jean, Jacqueline et Babet descendirent en armes pour rendre à leur hôte une visite officielle.

CHAPITRE XI

La capitale du royaume de Nioroh se nommait Loukomba.

Située dans une position très bien choisie, en plein fond de la baie, cette ville nègre était fort bien construite, en tant que ville nègre.

Une grande régularité avait présidé à l'organisation et au tracé des rues, qui se coupaient toutes à angle droit.

Les habitations, elles-mêmes, ne ressemblaient pas aux huttes informes de la plupart des peuplades du centre africain. Presque toutes, au lieu d'être coniques, affectaient la forme rectangulaire. Les murs se composaient d'un aggloméré de paille et de filature de jute mélangé à la terre glaise séchée. Les toitures de bambou étaient revêtues de jonc tressé ou recouvertes de chaume de maïs.

Quant au *palais* de Nioroh, il était élevé sur pieux. On y accédait par une sorte de perron de bois. Cet édifice était situé au milieu d'une grande place centrale autour de laquelle d'autres bâtiments, dépendant du palais, servaient de logis aux serviteurs, aux gardes, aux femmes, aux griots et aux animaux appartenant au chef.

Le mot « appartenant » est même improprement appliqué ici ; car, à vrai dire, non seulement ces gens et ces bêtes, tout, absolument tout, appartenait à Nioroh ; la ville, les terrains environnants, trois villages situés plus loin, avec la population que le pays renfermait. Mais les bâtisses voisines du palais étaient plus spécialement destinées à ceux, qu'en langage de cour, on dénomme les « gens de la suite » et « les gens de maison ».

Un mur en pisé entourait la ville. Il était fort bien construit pour la défense ; car on l'avait percé de meurtrières et chacun de ses angles comportait un bastion d'où on pouvait battre les faces latérales.

Vauban n'y était pour rien ; et si le savant ingénieur eût eu la possibilité de venir faire un tour de ce côté-là, il eût été fort surpris de constater l'ingéniosité qui peut germer dans les cervelles les moins polies par la civilisation et les mathématiques : ce qui, par parenthèse, prouve qu'entre l'instinct proprement dit et l'intelligence cultivée, il existe moins de distance qu'on ne le croit généralement.

Quant à la propreté des rues, elle était plutôt douteuse, aucun Conseil Supérieur d'Hygiène n'existant à Loukomba, et le Tout à l'Égout y étant totalement inconnu.

Les poules, les cochons, les chiens et les enfants s'y ébattaient, unis dans une fraternité touchante, au milieu des détritus les plus variés.

Il y avait aussi des petits bœufs gris sans cornes qui se promenaient dans les rues sans songer à mal.

En résumé, c'était là un village à l'aspect tout à fait patriarcal.

En sortant de Loukomba par la porte Nord, on trouvait un chemin assez bon qui filait sous la voûte verdoyante des fucus, des palmiers et des grandes fougères et vous amenait au bout d'un kilomètre jusqu'à une vaste plaine fort bien cultivée, et dans laquelle se dressaient les trois forts villages qui, avec Loukomba, constituaient le royaume de Nioroh.

Car les Ourondis étaient un peuple d'agriculteurs. Ils cultivaient les légumes, le maïs, la cassave, le sagoutier, le mil et le tabac en grande quantité. Le sol, d'une merveilleuse fécondité, leur donnait sans peine deux récoltes annuelles.

Ils possédaient comme animaux de trait, des ânes, de rares chevaux — mauvais en général — des mules, mais surtout des bœufs et des buffles qu'ils attelaient à des charrues très rudimentaires ou à des claies sur lesquelles ils transportaient leurs récoltes.

A cette branche d'industrie se joignaient la chasse et la pêche ; mais ce dernier mode d'alimentation était peu en honneur chez Nioroh. A peine une dizaine de mauvaises pirogues étaient-elles amarrées à l'embarcadère.

La raison ? C'est que, trouvant dans la culture et la chasse un moyen suffisant d'alimentation, ces braves gens ne tenaient pas beaucoup à fréquenter les crocodiles dont tous les nègres ont une peur atroce.

Au surplus, la chasse elle-même était l'apanage d'une caste particulière, celle des guerriers.

Ils étaient deux cents environ qui formaient en quelque sorte l'armée permanente de Nioroh, et conservaient constamment par devers eux leurs fusils. Mais au besoin le roi pouvait armer également une partie de la population avec des armes qu'il tenait en réserve dans son palais même. Le reste des nègres possédait des lances, des sagaies et des arcs.

Ceci posé, on pouvait croire que ce doux pays jouissait d'une tranquillité parfaite et que la poudre des vieux mousquets ne servait qu'à abattre du gibier. Ce serait faire une supposition hasardée, et l'aspect même de l'enceinte bastionnée, créée pour la défense, indiquait très clairement que, là aussi, la guerre avait dû souvent passer.

Certes ! Il est peu de points sur le globe où ce fléau ne sévisse avec fréquence ; mais dans l'Afrique centrale, c'est là un élément journalier avec lequel il faut toujours compter. Les nègres sont, comme tous les hommes, jaloux du bien d'autrui, et ce mauvais sentiment fait naître des rivalités entre les tribus, puis les conflits et les luttes homicides.

Mais, l'élément prépondérant de discorde et de guerre entre peuplades noires, c'est la « traite des noirs ».

Qu'on le sache bien, il y a, malgré l'occupation européenne de la presque totalité de la côte africaine, il y a, disons-nous, dans tout le continent noir, un trafic énorme et constant de cette marchandise humaine : le nègre.

Les lois humaines n'y font rien ! Les croiseurs de guerre de tous les peuples n'empêchent rien !

On embarque partout la classique cargaison de « bois d'ébène », à destination d'Amérique, d'Australie ou d'ailleurs. L'Afrique a beau avoir été, nominalement et géographiquement, partagée en zones d'influence par les peuples d'Europe, les trafiquants arabes, les marchands d'esclaves, n'en continuent pas moins à faire des affaires d'or; et leurs caravanes armées sillonnent l'Afrique, du Nord au Sud et de l'Est à l'Ouest.

Ce sont ces gens-là qui, par l'appât du lucre, ont déchaîné chez les noirs les appétits les plus féroces et leur ont appris la guerre âpre et sauvage.

Bien mieux, ils les ont armés, de façon à n'avoir plus à guerroyer eux-mêmes pour se procurer la marchandise.

C'est ainsi que des peuples doux (il en est parmi les noirs) ont été tout d'abord victimes des razzias opérées sur eux par leurs voisins plus forts et mieux armés.

Après s'être ainsi vu enlever une partie de leur population que le vainqueur emmenait pour la vendre aux marchands d'esclaves, ils ont songé d'abord à se défendre, et pour cela ils se sont procuré des armes. Ils ont ensuite pensé à tirer vengeance de l'affront. Puis, insensiblement, l'exemple les a gagnés, et ils ont guerroyé à leur tour pour voler au voisin des provisions d'esclaves destinées au premier chef de caravane qui doit passer.

Ceci explique l'enceinte bastionnée construite autour de Loukomba, et disons de suite à l'honneur de Nioroh que s'il s'était constitué un petit arsenal, il en usait pour la chasse et pour la défense, mais jamais pour voler ses voisins.

C'était un bon nègre que Nioroh! Sa pipe et son eau-de-vie de grain!
Son horizon mental se bornait à ces deux sujets. Jamais il ne lui serait venu
à l'idée d'attaquer qui que ce soit ; mais comme il avait été lui-même victime
des attaques de son voisin, Nyassa, roi des Okongous, il lui avait bien fallu
se défendre.

Pour l'instant il était à peu près tranquille ; Nyassa, qui l'avait
attaqué l'année précédente, n'avait pas reparu, étrillé qu'il avait été sous
les murs de Loukomba par le feu des carabines Minié des guerriers de
Nioroh.

Car c'étaient des carabines Minié (carabines à piston dont, avant 1867
étaient armés nos chasseurs à pied) qui composaient l'armement de la petite
armée Ourondi.

Nioroh les avait échangées à un traitant arabe contre un lot de gomme et
d'ivoire ; car les Ourondis habitant une région très riche en éléphants, pratiquaient couramment cette chasse, autant pour conquérir de l'ivoire que pour
protéger leurs plantations.

Tel était le peuple chez lequel la Providence avait amené l'*Espérance* et
son équipage. On peut avouer qu'ils eussent pu tomber beaucoup plus mal.

Pourtant, malgré l'accueil ultra cordial de Nioroh, Faradel demeura
pendant plusieurs jours sur une très grande réserve.

Si nous disons ultra cordial, c'est que ce brave Nioroh avait même failli
aller un peu loin, lors de la présentation qui lui fut faite de Jacqueline et de
Babet.

Lorsque les deux femmes se trouvèrent en sa présence, il les avait d'abord
examinées en silence ; puis son choix en esthétique s'était fixé !... Chose
bizarre, ce fut Babet qui l'emporta ! Mais il est juste de faire remarquer que
peut-être osa-t-il moins dévisager Jacqueline, parce qu'elle était au bras de
Faradel qui la serrait contre lui avec un air plutôt rébarbatif.

En tout cas Nioroh se levant, vint galamment s'asseoir auprès de la brave
servante.

Il riait d'un large rire tout en se frottant les cuisses à tour de bras, signe manifeste d'une admiration sans bornes.

— En voilà un drôle de bonhomme, déclara Babet en le regardant bien en face ; qu'est-ce qu'il veut, celui-là ?

Le docteur, allongé sur son matelas, intervint.

— Ne vous offusquez pas, mademoiselle, et ne...

Il n'eut pas le temps d'en dire plus long, car en même temps qu'il parlait la scène suivante se joua en dix secondes entre Babet et Nioroh.

Le roi prenant sans doute pour une gracieuseté la phrase de Babet, lui saisit la main, mais... v'lan ! une gifle magistrale lui arriva en plein sur le nez ! Ses lunettes tombèrent, il voulut les rattraper et bascula en arrière, jambes en l'air.

Malgré le comique du spectacle, personne ne broncha, pas un rire ne fusa, car M. d'Arvil avait fait un geste énergique pour rappeler à tout le monde la gravité de la situation.

Spinelli s'était même élancé au secours du roi. Il aida Nioroh à se remettre sur pied ; lui ramassa ses lunettes qui, heureusement, n'étaient pas cassées, et le nègre, tout en les rajustant sur son nez, considérait Babet avec un visible étonnement.

— Ça pas être femme, dit-il enfin au docteur, ça être un homme. Une femme pas si forte que ça.

— Non, Nioroh ! C'est bien une femme, mais ça n'est pas une femme commode. Elle est forte comme le plus fort de tes guerriers.

— Ah !

— Oui !... Et l'autre aussi. Celle-là qui est, ainsi que je te l'ai dit, la femme de mon ami Faradel. De plus, elle est tellement adroite à la carabine qu'à cent mètres elle logerait une balle dans l'œil d'un sanglier.

— Oh !!

— Tu vois donc que ce ne sont pas là des femmes... comme tu le comprends. Ce sont de véritables guerriers.

— Est-ce que celles que tu me ramèneras sont comme celle-ci?

— Non! déclara en souriant le docteur. Je te les choisirai... plus douces.

SPINELLI S'ÉTAIT PRÉCIPITÉ AU SECOURS DU ROI. (Page 184.)

Cette explication eut un résultat excellent; elle doubla la force de l'argument présenté tout d'abord à bout de bras par Babet. Nioroh manifesta

24

désormais une sorte de respect admiratif pour la force et l'adresse des deux femmes; si bien que Faradel finit au bout de quelques jours par être complètement rassuré sur les intentions du roi; il consentit même à venir loger à Loukomba.

Or il habitait à côté de M. d'Arvil qui lui dit un beau matin :

— Savez-vous que j'ai commis à votre sujet un léger mensonge, mon cher monsieur Faradel?

— Comment cela?

— J'ai dit à Nioroh que Mlle Jacqueline était... votre femme !

— Ma femme!... Mlle Jacqueline Pierson!... Oh! docteur !

Gaëtan venait, en lançant ces exclamations, de passer par toutes les couleurs de l'arc-en-ciel.

Puis, gêné, les yeux baissés, un peu pâle maintenant, il reprit :

— Oh! docteur! Vous avez dit cela?

— Oui, mon ami! Est-ce que cela vous déplaît?

— Non!... Bien sûr que non! riposta Gaëtan après une hésitation... Oh!... Je ne puis pas m'en fâcher!... Bien sûr! Mais elle... Si elle savait cela?

— Elle le sait !

— Hein !

— Et j'ajoute qu'après avoir eu, comme vous un moment de surprise étonnée elle a... souri.

— Elle a souri! répéta comme en rêve le pauvre Faradel.

— Qu'y aurait-il d'étonnant à ce que Mlle Pierson fût votre femme, puisque tous deux... vous vous aimez?

— Docteur !

— Certainement. Et personne ne le sait mieux que moi.

M. d'Arvil fit alors à Faradel le récit de la scène nocturne, où, délirant, il avait avoué son amour. Il raconta l'attitude de Jacqueline, et deux grosses larmes — bien douces, certes, — s'échappèrent des cils de Gaëtan.

— Oui, conclut le docteur. Et comme de part et d'autre, un sentiment bien compréhensible de pudeur d'une part, de bon ton de l'autre, a empêché un aveu réel, la Providence a voulu sans doute (car elle l'a voulu, n'est-ce pas?) me faire surprendre ce secret, pour que je sois le trait d'union entre vous deux, pour que mon intervention... Mais voilà Mlle Jacqueline !

Jacqueline entrait, en effet. Elle apportait des bandes de toile pour renouveler le pansement du docteur qui, du reste, allait un peu mieux depuis quelques jours.

A sa vue — (ah ! qu'un amoureux est donc bête !) — à sa vue, Faradel voulut fuir. Tel un collégien, pris en faute, il fit mine de gagner furtivement la porte. Son embarras était visible et un peu comique. Mais les femmes sont, dans de telles circonstances, bien plus logiques que les hommes et plus audacieuses aussi.

Toute rose, un peu émue pourtant, Jacqueline se prit à sourire.

— Je vous fais donc peur, Monsieur Gaëtan, demanda-t-elle, que vous vous sauvez quand j'arrive ?

— Non !... Du tout !... Mademoiselle... mais...

— Restez donc. J'ai entendu tout ce que ce bon docteur disait, tandis que dans la pièce voisine je préparais le pansement.

— Eh bien alors ! intervint d'Arvil, ce jeu de cache-cache ne peut pas durer éternellement ! Je ne suis malheureusement pas maire de la commune de Loukomba, sans quoi je vous inviterais à passer à la mairie. Néanmoins, si vous le voulez bien, je remplirai pour l'un comme pour l'autre le rôle de père de famille ou tout au moins de parent.

Il prit un temps, puis :

— Monsieur Gaëtan Faradel, je vous accorde la main de ma fille Jacqueline !... Mademoiselle Jacqueline, mon... neveu Gaëtan est agréé comme votre fiancé, en attendant que le consul français de Zanzibar puisse enregistrer l'acte officiel du mariage.

Puis, plaisamment :

— Faites donc un peu mieux votre cour, monsieur le capitaine de l'*Espérance*.

Alors Gaëtan se laissa tomber à genoux ; il saisit les mains de la jeune fille et les baisa follement, tout en sanglotant d'émotion et de bonheur, pendant que Jacqueline pleurait, elle aussi !

.   .   .   .

— A la bonne heure !... Et ce n'est pas pour dire, mais c'est pas trop tôt !

Cette phrase, lancée par Hugueville qui entra inopinément, les ramena tous deux au sentiment du réel. Gaëtan se redressa, un peu vexé, mais sans pourtant lâcher les mains de Jacqueline.

— Bonjour, madame et monsieur ! dit gaiement l'ex-joyeux. Je ne vous cacherai pas une minute que j'attendais cela tous les jours ; car, vous savez, je n'ai pas encore, comme ce brave Nioroh, besoin de lunettes pour y voir clair ! J'espère donc que dorénavant Gaëtan ne fera plus sa tête d'enterrement, ni ses yeux de « mater dolorosa », et que mademoiselle ne restera plus, toute seule, à rêver avec des mines attristées... Pour quand la noce ?

— Oh ! nous n'en sommes pas là, dit en riant Jacqueline. Rallions d'abord Zanzibar.

— Bon ! Bon !... C'est égal, mon vieux ! reprit le joyeux garçon. Tu as de la chance, toi ; ce n'est pas comme moi ! J'offrirais bien ma main à Babet, mais j'ai peur qu'elle me réponde comme elle a répondu à Nioroh.

— Tais-toi ! éternel blagueur !

A dater de ce jour, il n'y eut rien de changé dans la vie de nos camarades, sinon que Faradel et Jacqueline, au lieu d'être tristes, furent heureux ; joli résultat qu'on devait au brave docteur d'Arvil.

Faradel et Jean Pierson habitaient ensemble le rez-de-chaussée d'une grande case carrée, dans une pièce mitoyenne de celle où habitait d'Arvil ; les deux femmes avaient pour elles deux pièces au premier étage. Jus-de-Réglisse demeurait avec son maître, ou vaguait à travers les rues. Quant à

Spinelli et Hugueville, ils se trouvaient parfaitement logés non loin de là, tout contre le palais de Nioroh.

L'*Espérance* était maintenant, ainsi que la nacelle, accotée au quai. Une garde de douze noirs y était installée et relevée tous les jours, afin d'éviter l'envahissement curieux de la population Ourondi et peut-être aussi le pillage; et les quinze premières journées s'écoulèrent pour nos amis dans une inaction presque complète.

Or, le climat étant relativement sain et la chaleur supportable, grâce à la fraîcheur du lac et de la forêt; ce repos fut excellent pour les deux malades et aussi pour leurs amis. Le calme succédant au roulis du bateau et aux inquiétudes constantes, amenèrent ainsi une guérison rapide chez Faradel et même chez M. d'Arvil.

Gaëtan, au bout de cette quinzaine, avait repris son teint et ses forces. Quant au docteur, il ne pouvait encore se lever, mais il comptait si bien pouvoir le faire sous peu, qu'il commençait à agiter avec Faradel la question du départ.

Nioroh, auquel le docteur, tout malade qu'il fût, avait de nouveau soigné son œil, était dans les meilleures dispositions; il fallait donc en profiter.

Or, au cours d'une de ces conversations, Faradel émit cette proposition :

— Mon cher docteur, je ne demanderais qu'à m'en aller, vous n'en doutez pas ! Mais vous le savez, puisque je vous ai raconté mon aventure, je suis sans le sou !

— Qu'est-ce que cela peut faire? dit le docteur avec étonnement. Bien au contraire, plus tôt vous serez hors d'Afrique...

— Vous n'y êtes pas ! Me voyez-vous, arrivant en France sans argent, sans situation et... avec une femme ! Ah ! mais non !... Je ne veux pas que Mlle Jacqueline manque de ça !

Il fit claquer son ongle sur ses incisives et continua :

— Bien mieux ! Je me considère comme le père de famille de l'expédition ; or, ce n'est pas seulement une fiancée, mais une famille que je possède. J'ai un beau-frère, Jean, une cousine, Babet, et deux grands gosses de frères, Orlando et Paul. Vous êtes donc parfaitement étonnant de vouloir me faire rentrer là-bas avec tout ce monde-là sur les bras !

— Ah ça ! Où voulez-vous en venir ?

— A ceci : Restons à Loukomba.

— Définitivement ?

— Non pas ! Mais assez pour avoir le temps d'y ramasser une fortune.

— Une fortune ? Et comment...

— En récoltant un fort stock d'ivoire.

— Tiens !... Ce n'est pas bête ! déclara le docteur après un silence.

— Vous êtes bien bon de me faire un compliment, mon cher ami. Mais j'ai toujours eu la réputation d'être un gaillard très fort sur les questions commerciales. Je ne veux pas vous raconter toutes mes prouesses en cette branche ; je me bornerai à vous signaler le détail de la dernière commande que j'ai prise.

— Où ça ?

— Eh !... Ici donc ! à Loukomba !

Le docteur se redressa légèrement en s'appuyant aux bras de son fauteuil. Il hocha la tête et déclara en scandant les syllabes :

— Vous êtes ren–ver–sant !

— Renversant est le mot, cher monsieur ! Voyez plutôt !

Gaëtan tira de la poche de son veston son calepin et le brandit triomphalement.

— J'ai là, déclara-t-il, la plus belle commande de toute ma carrière !... Mais au préalable il faut que je vous dise que, grâce à notre vocabulaire manuscrit, nous sommes tous devenus, en quinze jours, très ferrés sur le dialecte Ourondi. C'est d'autant plus commode à apprendre que, lorsqu'on est embarrassé, on fait des signes, et on finit toujours par s'entendre. Donc, votre serviteur Gaëtan Faradel a vendu au roi Nioroh cent paires de lunettes.

— Cent paires ?

— Pas une de moins !

— Bon, dit le docteur, cent paires c'est peut-être beaucoup. Mais il ne sait même pas le numéro qui convient à sa myopie.

— Moi non plus ?

— Ah !

— Parfaitement ! Car ce n'est pas pour lui qu'il m'a commandé ce lot ; c'est pour ses cent femmes !

— Elle est bien bonne !

— Assez bonne, en effet ! Mais c'est ainsi ! J'ai eu, moi Faradel, assez de génie pour lui faire comprendre : 1° que ces dames seraient incomparablement plus belles avec un ornement pareil ; 2° que ces lunettes, ou mieux ces « yeux de verre » les garantiraient à jamais du mal dont lui, Nioroh, a tant souffert.

— Vous êtes un génial fumiste, monsieur Faradel.

— Non ! docteur. Un grand commerçant !

— Et vous lui vendez ces lunettes ?...

— Pour rien !... Pour moins que rien !... Cent défenses d'éléphant.

— Hein ! s'exclama le docteur en se dressant debout, sous le coup d'un immense ahurissement.

— Cent défenses ! répéta Faradel. Et je vous prie de remarquer qu'il n'y a là que les éléments d'un marché essentiellement loyal. C'est, dans toute sa splendeur, la liberté de l'offre et de la demande.

— Oui !... Oui !... reprit le docteur en se rasseyant. Pourtant voulez-vous me permettre une petite objection ?

— Parfaitement.

— Eh bien ! vous lui « montez le cou » d'une façon outrancière, et je le prouve. Vous prétendez, en effet, conserver les beaux yeux de ces dames, et vous allez leur abîmer la vue.

— Jamais de la vie ! Ce serait une vilaine action. Je ne fournis que des lunettes en verre ordinaire — entendez bien, docteur — en-verre-or-di-naire !

Et s'il me paie avec *défenses d'ivoire*, je fournis, moi, des lunettes avec *permission d'y voir !*

— Oh !!! Si vieux que soit le calembour, vous devriez, cher monsieur, ménager un convalescent. Mais enfin, passons ! Qu'avez-vous encore vendu à notre brave amphytrion ?

— Des chaussettes de laine. Une grosse !

— Pour?...

— Pour passer le café ! payables en ivoire : douze défenses.

— Diable ! C'est cher.

— Du tout, du tout!... Puis... des cure-oreilles en celluloïd, des tabatières. Trois cents chapeaux de gendarme (pour la garde particulière). Cinq cents kilos de poudre insecticide.

— Ça... c'est bon ! cela peut lui être utile.

— Attendez donc ! Cinquante corsets, un orgue de barbarie, une automobile, 1.000 kilos de bougie, etc. Je vous fais grâce du reste. Bref, Nioroh m'en achète pour trois cent douze défenses d'ivoire.

— Joli denier ! Mais le tout est de lui fournir la marchandise, sans quoi il ne vous paiera pas.

— Erreur! Il a confiance et paie d'avance. Quant à moi, je traite livrable dans un délai indéterminé, sur quai, à Zanzibar.

— Nioroh fait là une mauvaise spéculation.

— Vous croyez?

— J'en suis sûr ! et je suis même persuadé que de votre part, mon cher, c'est là une simple boutade. Vous vous êtes laissé emporter par votre imagination et par l'amour de votre métier, mais, au fond, vous seriez incapable, tout à fait incapable, de prendre l'argent, autrement dit l'ivoire de Nioroh, avec la certitude voulue de ne rien lui donner en échange. Ce serait mal reconnaître le service rendu.

Faradel ne répondit pas tout de suite. Il se grattait la tête avec une persistance qui indiquait chez lui une grande perplexité.

Enfin il dit :

— Docteur, vous avez raison ! Ce ne serait vraiment pas... honnête d'agir ainsi. Et j'en étais bien persuadé, même avant que vous mettiez le doigt sur la plaie !... Ah !... si ce n'était pas Nioroh, je vous garantis que je ferais taire tous mes scrupules ; mais avec lui je serai gentilhomme, et je ne veux pas de son ivoire. C'est même pour cela que je vous ai fait la première proposition dont nous avons parlé.

— De chasser pour notre compte personnel l'éléphant, et d'emporter l'ivoire ainsi récolté.

— Oui.

— A cela, rien à objecter. Je vais même plus loin. Il nous serait peut-être plus commode de le vendre au lieu de l'emporter.

— A qui ?

— A la première caravane de traitants qui passera dans la région.

— Docteur, pour un équatorial, vous raisonnez mal, et je le prouve. Les traitants paient fort peu en argent, mais en nature. Or, j'aime mieux m'embarrasser de mon ivoire plutôt que de toile de Guinée, de bimbeloterie, de verroterie, de vieux fusils ou de chapeaux haut de forme.

— C'est juste ! Organisez donc la chasse.

La décision prise par les deux chefs reconnus de l'expédition causa chez tous une grande joie. Indépendamment du profit qu'on en pouvait tirer, cette chasse allait rompre pour eux la monotonie de la vie placide qu'ils menaient depuis leur arrivée.

On s'aboucha donc avec Nioroh pour qu'il consentît à prêter aux blancs des guerriers tireurs, des rabatteurs, et surtout des guides.

On s'enquit aussi des méthodes employées par les Ourondis pour chasser ce dangereux gibier qu'est l'éléphant d'Afrique.

Cet animal vit — on le sait — en troupes très bien policées, qu'on nomme des hardes. Au fond, l'éléphant serait plutôt inoffensif. Il n'attaque pas par férocité naturelle, mais seulement pour défendre soit

25

sa vie à lui-même, soit celles des animaux du troupeau dont il fait partie.

Il est néanmoins imprudent d'approcher de trop près une harde ; car le vieil éléphant qui en est le chef prend de suite une attitude belliqueuse. Aussi, lorsqu'on chasse l'éléphant au fusil, doit-on pratiquer ce sport à cheval.

A défaut de montures, on le guette à l'affût ; mais dans ce cas, comme pour la chasse à cheval, il faut se munir de balles explosibles spécialement fabriquées pour la chasse des grands fauves.

Or, si nos camarades possédaient des armes excellentes, ils n'avaient, dans leur réserve de munitions, que des cartouches normales, et non de ces cartouches dum-dum, si usitées pourtant dans l'armée anglaise. Cette raison péremptoire fit abandonner le projet de la chasse en battue, et, du reste, les Ourondis, armés de vieux fusils, ne la pratiquaient jamais.

Ils se procuraient l'ivoire au moyen de deux procédés particulièrement barbares, mais très sûrs : l'assommoir, la chausse-trappe.

L'assommoir consiste en ceci : sur la passée ordinaire des éléphants, on place un bloc de bois pesant, armé en son extrémité inférieure d'une pointe de fer acérée. A l'aide d'une corde passée sur une forte branche, on la hisse en l'air. Elle reste alors suspendue, car la corde est rattachée à un pieu fixé en terre et masqué par des broussailles. Ce pieu est enfoncé juste assez pour soutenir le bloc ferré, mais pas suffisamment pour résister à la forte secousse provoquée par le passage d'une masse aussi pesante que celle d'un éléphant.

Or, trouvant son chemin obstrué, l'animal, à l'aide de ses défenses et de sa trompe, bouleverse l'obstacle. Le pieu se trouve déraciné, et l'assommoir est libre. Entraîné par son poids, il tombe perpendiculairement avec une violence qu'aggrave la vitesse acquise. Le fer s'enfonce dans la nuque ou dans le garot du pachyderme qui, parfois, tombe foudroyé. Mais s'il n'est que blessé, il l'est, en tout cas, dans des conditions telles qu'il n'a jamais la force d'aller bien loin. Les nègres surviennent alors et l'achèvent.

La chausse-trappe est, en plus grand, la chausse-trappe classique employée par le génie militaire en matière de fortification.

Un vaste trou est creusé dans le sol sur le passage des éléphants. Dans le fond est planté un pieu acéré en bois de fer. L'ouverture du piège est recouverte de branchages et de gazon. L'énorme animal, sans défiance, arrive pesamment, met le pied sur le gazon traîtreusement disposé, et tombe. Il s'enferre au fond du trou, où il reste à râler jusqu'à ce qu'on l'achève.

Ces deux méthodes, particulièrement cruelles, ont l'inconvénient de donner des résultats peu productifs. En effet, avec ces deux systèmes, on ne peut capturer qu'un seul animal à la fois, c'est-à-dire, au maximum, quatre défenses. Encore est-il qu'on tombe parfois sur une jeune bête dont la dentition n'est pas très avancée.

Il existe un autre moyen : le corral, avec lequel on arrive à prendre des hardes entières d'éléphants. Pour cela, on prépare une vaste enclôture en forts madriers. Une ligne de traqueurs cerne la bande, l'effraye, la pousse vers l'ouverture laissée libre. La harde affolée par les cris, les coups de feu, le son du gong, s'engouffre dans l'ouverture laissée libre.

Les hommes apostés tout près ferment la barrière derrière le dernier éléphant, et alors c'est un massacre, parfois horrible et répugnant à cause de l'insuffisance des munitions. Il arrive, en effet, que de malheureuses bêtes, atrocement blessées, survivent plusieurs jours, et ne finissent leur martyre que terrassées par la faim et la perte de sang.

Or, les Ourondis n'avaient jamais employé le corral. Pourquoi?... Pour deux raisons, dont la première est la fainéantise. Cette chasse est, en effet, longue, laborieuse. Il faut parfois chercher au loin les hardes pendant plusieurs semaines. Pour cela, on est forcé de quitter le village, d'y laisser les femmes, d'abandonner la quiétude journalière, et les sujets du roi Nioroh étaient plutôt des sybarites. En second lieu, le rabat des éléphants n'est pas sans danger. Il arrive parfois que la fuite des hardes se transforme en attaque, et les Ourondis, gens très paisibles, tenaient beaucoup à leur peau.

Il en résulta que Nioroh lui-même écouta la demande du docteur avec une froideur marquée. Il préféra même offrir le stock d'ivoire qu'il avait amassé plutôt que de faire affronter pareils périls à son monde.

— Du tout! riposta le docteur. Je ne veux pas te priver de ta réserve, mais il y a un moyen.

— Lequel ?

— Voici. Pour préserver les récoltes de tes villages des incursions des éléphants, tu as fait entourer la totalité de la plaine cultivée à l'aide d'une haute palissade en troncs d'arbres.

— Oui.

— Eh bien! pour m'être agréable, veux-tu sacrifier deux ou trois champs de tabac?

— Je veux bien, déclara Nioroh après une courte hésitation.

— Merci. Et tu vas voir si nous en prendrons de l'ivoire. Je vais t'apprendre un procédé que tu ignorais.

Et le docteur s'expliqua.

L'éléphant est friand de toutes les cultures faites à main d'homme; mais il a un faible particulier pour le tabac. Pour lui, c'est un vice, comme pour l'homme, du reste ; mais l'homme subit moins que l'animal les effets de ce narcotique violent qu'est la nicotine, parce qu'il n'en absorbe qu'une quantité très minime.

L'éléphant, au contraire, se gorge de la tige et de la feuille de tabac. Il le fait non seulement avec avidité, mais avec gloutonnerie : il s'en gave!

En procédant de la sorte, il absorbe tout le suc contenu dans la plante, et ce suc dissous dans l'estomac enivre d'abord l'animal. Il est réellement gris, on pourrait même dire ivre, car son allure dénote alors tous les symptômes d'une ivresse profonde. Titubant, secouant les oreilles et la trompe, il trébuche ainsi que le fait un ivrogne humain zigzaguant. Puis, toujours comme son confrère humain, il s'abat en soufflant, bat ensuite l'air des quatre pieds et de la trompe, et finit par ne plus bouger ni pieds ni pattes. Il dort! Le narcotique a fait de ce mastodonte redoutable une masse inerte, sans force, sans volonté, sans pensée. Ce n'est plus un être vivant! le narcotique infusé en ses veines l'a transformé en une chose morte qu'on peut ou capturer ou tuer sans danger et sans lui imposer une douleur inutile.

Nioroh avait écouté très attentivement. Il reprit la parole pour s'expliquer à son tour.

Certes, il savait tout cela. Mais jamais il n'avait songé à en tirer parti. Bien mieux! La clôture qu'il avait fait installer autour de ses champs n'avait été mise en place qu'après qu'un champ de tabac avait

PARFOIS LA FUITE DES ÉLÉPHANTS SE TRANSFORME EN ATTAQUE. (Page 195.)

été dévasté par une invasion d'éléphants. On avait, il est vrai, tué sur place les six pachydermes maraudeurs! mais on n'avait pas songé à utiliser la constatation faite pour en capturer d'autres. Le salut des champs avait été le seul souci du roi et de ses sujets.

— Mais maintenant, conclut-il, moi bien content! Moi faire défricher exprès pour planter du tabac, et faire comme tu viens de dire. Tu es un bien savant griot, docteur Soleil!

Devant cet acquiescement royal, on se mit à l'œuvre.

Un immense champ de tabac était situé tout contre la forêt. Il était en pleine maturité, c'est-à-dire arrivé au meilleur degré pour provoquer chez les pachydermes une ivresse rapide. On compléta donc son enclôture, et on sépara à l'aide de pieux le clos ainsi obtenu en six fractions, dont chacune représentait environ deux hectares. L'ouvrage représentait donc en quelque sorte six paddocks ou corrals contigus, remplis de plants de tabac en pleine végétation. Dans chacun d'eux on ouvrit une porte à barrière du côté de la forêt, mais on n'en laissa qu'une seule ouverte.

Ceci fait, on se mit à la recherche des éléphants qui, depuis quelques semaines, avaient semblé abandonner la région.

Six des guerriers noirs de Nioroh consentirent à accompagner dans cette expédition Faradel et ses amis.

La troupe des chasseurs comprenait, outre les noirs, Faradel, Hugueville, Jean Pierson et... Jacqueline, qui n'avait pas voulu quitter Gaëtan, et que Gaëtan n'eût pas — pour un empire — laissée seule à Loukomba.

On partit, bien équipés, bien armés, et avec deux jours de vivres. Cela était suffisant au dire des noirs, car les éléphants ne pouvaient être bien éloignés.

Ce fut, du reste, une véritable promenade, car on côtoyait la rive; et la voûte verdoyante des arbres tamisait la chaleur torride du soleil équatorial.

Les incidents de marche étaient pour ainsi dire nuls, puisqu'on suivait un sentier battu de longue date par les nègres, et les chasseurs étaient blasés sur la faune et la flore de la région.

Pourtant, ils avaient parfois des étonnements brusques à la vue du type nouveau d'oiseau, de fleur et d'arbuste.

C'est ainsi qu'à une halte, Hugueville, se trouvant fatigué, s'assit dans la fourche basse d'un arbre; mais le camarade avait à peine pris contact avec l'écorce, que le tronc sur lequel il appuyait ce qu'on nomme le « séant », le tronc, disons-nous, s'effrita, se rompit, et la fourche, craquant, abattit ses deux rameaux à droite et à gauche du joyeux, qui se trouva, du coup, assis par terre.

Il demeura d'abord ahuri, et il y avait de quoi!

Les deux fortes branches étaient tombées en poussière, et, dans les fragments épars, des milliers de petits trous apparurent, symétriques et d'un ovale très régulier.

— C'est pas un arbre ça! ricana Paul. C'est du gruyère trop sec...

Mais il s'interrompit pour pousser un « aïe! » de douleur.

Il avait été piqué ou plutôt pincé à la main.

Prestement, il se releva, et put, ainsi que ses compagnons, constater que parmi les débris grouillaient des fourmis blanches.

— Pouih! dit-il. Allons-nous en de là! Ce sont des termites. Enchanté d'en avoir vu, mais je ne tiens pas à ce qu'ils me grimpent sur la peau.

— Oh! ce sont des petits! déclara Jacqueline, tandis qu'on reprenait la marche. J'en ai vu de plus gros chez nous. C'est même ennuyeux comme tout lorsqu'ils viennent loger dans les poutres des maisons. Jamais ils ne percent un trou à l'extérieur. Toujours ils travaillent cachés. De cela il résulte que parfois une solive s'effrite tout d'un coup, sans qu'on ait pu le prévoir!

— Délicieuses petites bêtes!

— Parfois aussi, ils construisent dans la brousse des monticules coniques qui atteignent jusqu'à trois mètres. Ils les alignent, telles des cases d'un village noir et...

— Silence!... Silence! dit Jean Pierson, qui interrompit brusquement sa sœur. Je viens d'entendre le léger coup de sifflet d'un de nos guides de tête.

L'enfant ne s'était pas trompé. Les trois guerriers apparurent au détour d'un bouquet d'arbousiers.

Ces hommes marchaient vite, mais en évitant de froisser les branches. De la main, ils indiquaient la forêt, et le doigt sur la lèvre imposait le silence.

— Qu'y a-t-il ? demanda Faradel.

— Éléphants, répondit l'un d'eux. Là... tout près... Pas de bruit !

— Bon ! ça, murmura Hugueville, notre expédition sera de moins longue durée. C'est parfait !

— Guide-nous, ordonna Faradel au nègre qui avait parlé. Je veux voir ça.

— Oui, mais pas les attaquer, tu sais ! Ou bien je me sauve et puis les autres aussi.

— C'est bon ! Marche ! Et que pas un de vous ne bronche, ou je vous fais couper le cou par Nioroh.

La petite troupe avança doucement. Au bout de deux cents mètres, on aperçut la lisière de la forêt, et alors, tapis derrière le rideau des arbustes, Faradel et ses compagnons purent examiner un spectacle tel que le Jardin des Plantes n'en a jamais présenté aux bonnes d'enfant et aux militaires.

Dans une plaine verdoyante, bordée d'un côté par le lac, et dans le fond par de hautes montagnes bleues, des éléphants paissaient paisiblement.

C'étaient de beaux spécimens de la race africaine. Faradel put compter à peu près leur nombre. Ils étaient une soixantaine d'individus de tailles diverses, divisés en cinq hardes.

La plus proche des chasseurs broutait en ordre dispersé, et Hugueville s'étonna de voir de petits éléphants aller et venir d'une femelle à l'autre, s'allaitant non pas spécialement à la mamelle de leur mère, mais auprès de la première femelle venue.

— C'est ainsi, dit l'un des guides.

— Il y a du bon alors !... Dis donc, Faradel, ces bêtes-là sont bien plus avancées que nous autres ! Elles font du socialisme pratique : la mise en commun de l'élevage des enfants. C'est cela qui aurait du succès à Paris ! Vois-tu la concierge d'en bas montant son petit à la duchesse, sa locataire du premier, et lui disant : « Madame la *Dusèche*, donnez-y à téter, siouplaît. J'ai une course à faire ! » Ce serait vraiment drôle !

— Silence donc! satané farceur. Regarde plutôt! Et tu verras que si l'allaitement est collectif, les femelles ne le sont pas pour les mâles.

En effet, la harde en question comprenait seulement six femelles. Le chef était un mâle admirable, un géant de l'espèce. Les défenses, longues et recourbées, mesuraient certainement deux mètres cinquante. Or, le mastodonte n'était pas content. Il paraissait du moins ne pas l'être, car, tourné vers une autre harde, il dévisageait, la trompe haute, un éléphant qui, à son gré, s'approchait trop de ses compagnes.

L'autre ne paraissait pas s'en émouvoir; et tout en ayant l'air de brouter, il avançait sournoisement, malgré les rappels à l'ordre que lui lançait son confrère.

En effet, ce dernier, la trompe retroussée en cor de chasse, la tête haute et ses larges oreilles ouvertes, poussait des cris tour à tour aigus et grondants : et comme cette menace restait sans effet, il prit le parti d'agir.

D'un trot relevé, plus rapide qu'on ne l'eût attendu d'une pareille masse, le vieux mâle s'élança. En un clin d'œil il eut atteint son adversaire qui, devant l'évidence de l'attaque, s'était mis en garde.

De tous côtés, les femelles et les autres mâles avaient interrompu leur repas. Ils considéraient la scène avec une attention manifeste; mais les spectateurs les plus attentifs étaient, sans contredit, les chasseurs blancs et noirs.

Ils purent en effet assister à un spectacle que bien peu d'hommes ont eu la chance de contempler : un combat d'éléphants en pleine brousse d'Afrique.

Le choc fut rude. Le géant lancé heurta son ennemi, qui faillit rouler dans les herbes; mais emporté par son élan il trébucha et fléchit sur les genoux. L'autre, après une seconde de surprise, s'était remis d'aplomb, et se retournant avec prestesse, il empoigna de sa trompe la trompe de son ennemi.

On sait combien chez l'éléphant cet organe est admirablement disposé. C'est à la fois un bras et une main humaine perfectionnés, en ce sens qu'aux facultés de la main et du bras de l'homme, la trompe joint une vigueur cent

26

fois plus grande unie à une malléabilité, à une souplesse que ne possèdent ni le bras ni la main. En même temps qu'elle est un organe de toucher, la trompe est un lien, une corde « *intelligente* » qui prend à volonté toutes les formes ; qui, tel un constrictor, se glisse, enlace, serre, étreint, écrase, étouffe !

C'est ainsi que les trompes des deux combattants se nouèrent, se soudèrent l'une à l'autre, dans une complication de nœuds étonnante. Sous leurs tractions puissantes les nœuds s'étiraient, semblaient prêts de craquer ; tandis qu'arcboutés sur leurs membres en forme de piliers, les deux mastodontes tendaient, en soufflant, leurs muscles puissants et cherchaient l'un et l'autre à s'attaquer à l'aide des défenses.

Au loin, les autres pachydermes claironnaient bruyamment, et semblaient, par des cris bizarres et discordants, exciter les lutteurs.

Le gros, malgré sa taille, ne paraissait pas devoir être vainqueur ; et c'était justement la longueur de ses défenses qui constituait pour lui un désavantage.

Ses deux armes allaient en effet en s'élargissant ; et comme les adversaires se trouvaient face à face, elles encadraient le cou du plus faible des deux sans que le vieux mâle pût réussir à en faire obliquer suffisament les pointes pour s'en servir normalement. L'autre avait, au contraire, des défenses assez courtes, qui, justement pour cette raison, lui donnaient un sérieux avantage, attendu qu'il pouvait les engager sous le menton de son ennemi.

La lutte dura ainsi quelques minutes ; et soudain, profitant d'un court instant d'hésitation du vieux mâle, l'autre porta vivement le menton en avant !...

Un coup sec !... Et l'une de ses défenses disparut dans la gorge de l'autre !

Un jet de sang bouillonna, fusa, teintant de pourpre la tête et les épaules du vainqueur ! Et le blessé poussa un rauquement étranglé, délia sa trompe, qui secouée de frissons convulsifs retomba vers le sol. Puis, pendant que l'autre se rejetait en arrière, le géant s'écroula en soufflant ! On ne vit plus, dans les herbes, qu'une masse s'agitant follement, par des secousses nerveuses... qui s'espacèrent... puis cessèrent tout à fait !

Le colosse était mort ! Et alors le bramement des hardes s'arrêta. Seules, les femelles du mort vinrent flairer le cadavre, et demeurèrent là, inquiètes, avec leurs petits autour d'elles, tandis que le vainqueur s'éloignait, la trompe haute, avec un air triomphant.

. . . .

— C'est empoignant ! dit Hugueville. Il n'y a pas à dire !... Dommage qu'on n'ait pas eu un appareil photo-instantané ou mieux un cinémato. Vois-tu ce cliché ! Quel succès à notre rentrée en Europe !

— Occupons-nous de choses pratiques, riposta Gaëtan. Qu'allons-nous faire ?... Car l'important serait de pouvoir amener cette belle troupe vers la plantation de tabac.

Et s'adressant au chef des guides :

— Comment faut-il s'y prendre ?

— Facile ! répondit l'autre. Du feu : voilà ce qu'il faut !

Il expliqua alors son plan en détail.

Connaissant à fond la région, il fit remarquer qu'en coupant le chemin aux pachydermes du côté opposé à la forêt, ils n'auraient plus qu'une seule voie disponible, attendu que les montagnes étaient, pour eux, impraticables. Cette voie, c'était la plaine qui longeait la forêt et les amenait directement aux pièges préparés.

Sur ce, il donna des ordres à ses noirs qui le suivirent. Faradel partit avec eux.

Ils contournèrent alors la prairie, et quand ils en eurent gagné l'extrémité Est, les éléphants se trouvèrent pris entre les montagnes d'une part, les deux troupes de chasseurs de l'autre.

Et tout à coup, Hugueville, Jacqueline et Jean Pierson virent s'élever au loin une épaisse colonne de fumée ; puis, en l'espace d'une demi-minute, une longue ligne de flammes rayonna sur les confins de la brousse. Cet incendie était l'œuvre de Faradel et des chasseurs Ourondis.

A la vue du feu, les hardes un instant étonnées se mirent à pousser des cris stridents : puis après un très court moment d'hésitation elles se groupèrent toutes ensemble et, trompe haute, les pachydermes partirent au grand trot dans la direction de l'Ouest.

Quelques bandes d'antilopes, chassées par le feu, prirent le même chemin. Il y eut des passages rapides de menus animaux, de petits rongeurs qui s'enfuirent vivement le long de la lisière boisée : et soudain Hugueville cria :

— Attention ! gare à nous !

L'invite était inutile, car ses camarades avaient — aussi bien que lui — aperçu le danger.

Un léopard de forte taille, affolé par la flamme, arrivait de leur côté en bondissant.

C'était un superbe animal ; mais, caché la plupart du temps par les herbes, on n'apercevait guère sa magnifique fourrure jaune mouchetée de noir, que lorsque son élan le portait au-dessus des tiges.

Il arriva ainsi tout près de l'éléphant mort ; et quand il fut auprès de cette masse sanglante, il s'arrêta en proie à deux instincts diamétralement opposés : la férocité et la peur.

Il y eut chez le félin une lutte entre ces deux sensations. Le feu l'affolait, certes ! mais l'odeur du sang l'alléchait aussi. Son geste en fut du reste la démonstration évidente, car d'un bond gracieux, souple et fort, il s'élança. Puis, une fois retombé sur le vaste flanc du cadavre, il s'accroupit ; et les oreilles couchées, sa lèvre retroussée découvrant une admirable rangée de crocs d'ivoire, le léopard, accoufflé, considéra en miaulant sourdement l'incendie lointain. S'allongeant ensuite, le cou tendu, il s'apprêtait, cédant à son amour du sang, à sauter au milieu de la flaque rouge qui formait sur le sol une petite mare, quand une détonation éclata !

Le fauve roula sur lui-même, demeura un instant sur le dos, pattes en l'air. Un rauquement âpre et rude s'exhala de sa gueule grande ouverte : puis les pattes se détendirent mollement, la queue eut quelques frissons serpentins, et le léopard demeura inerte, la tête pendante, le long du flanc de l'éléphant mort.

— Bien tiré ! mon petit frère, dit Jacqueline.

LES TROMPES S'ENLACÈRENT. (Page 202.)

— Pour sûr ! déclara Hugueville. Tu peux dire que tu as le tour, mon petit Jean ! Tu m'as brûlé la politesse. J'allais épauler.

— Je ne sais trop, si j'ai réellement bien tiré, dit avec simplicité l'enfant. J'ai bien visé l'œil gauche, mais je crois que j'ai touché entre l'œil et l'oreille.

— Oh ! à ça près !... Cela n'a qu'une importance relative...

— Si ! dit Jean, car cela gâte une fourrure !

— Ah ! interrompit tout à coup Jacqueline. Le feu semble éteint !

— Tant mieux ! riposta Hugueville. Car cela m'agaçait de le voir aller si vite. S'il nous avait gagnés, c'eût été grand dommage !

— Oui, dit Jean Pierson, car il eût pu gagner la forêt.

— Ce n'est pas tant à cause de cela, reprit le joyeux. C'est à cause du gibier. Ç'aurait été regrettable de voir rôtir notre éléphant et transformer notre léopard en grillade.

— Sans doute, dit Jacqueline. Nous y aurions perdu deux beaux trophées : les défenses et la fourrure.

L'incendie était éteint en effet, et pour cause. Afin d'éviter de le voir se propager trop loin, Faradel, fort malin comme on sait, l'avait fait allumer dans une sorte de delta formé par les branches d'un ruisselet affluent du lac. De la sorte, le feu avait pu produire son effet moral de façon suffisante ; et en même temps il s'était arrêté de lui-même faute d'aliment en arrivant au ruisseau.

Peu après, Gaëtan et son monde étaient de retour.

Après de vifs compliments adressés à Jean Pierson pour son joli coup de fusil, on s'occupa des deux morts.

Le léopard fut dépouillé. Quant à l'éléphant, les guides déchaussèrent les défenses à coups de hache, enlevèrent la plante des quatre pieds — régal estimé des nègres, — et aussi la trompe qui — paraît-il — est également un mets fort recherché.

— Allons ! ordonna ensuite Faradel. En route pour Loukomba ! Et au moins nous ne revenons pas « bredouille ».

— Ah ! ça non ! dit Hugueville. On peut même dire que nous avons fait une belle chasse. Pour combien avons-nous d'ivoire dans ces deux défenses ?

— A vue d'œil, déclara Jean Pierson, elles pèsent bien — chacune — dans les 50 kilos. Je n'en ai jamais encore vu d'aussi belles.

— De sorte que nous en avons là, sur les épaules des guides, pour une centaine de kilos environ ?

— Oui.

— Combien ça vaut-il, hein, Faradel, toi qui sais tout, le kilogramme d'ivoire ?

— Le cours varie, déclara Gaëtan. J'en ai acheté et vendu pas mal dans ma vie, notamment pour cette damnée Société Coloniale.

— Combien le payais-tu ?

— Le moins cher possible.

— Sans doute ! Et je te reconnais bien là. Mais encore ?

— Dans les postes avancés du Niger, j'ai acheté des lots de 200 kilos pour une pièce d'andrinople.

— C'est-à-dire pour ?...

— La pièce de 50 mètres à 8 sous le mètre ; cela fait ?

— 400 sous ! 20 francs !!... Tu veux rire ?

— Je ne ris jamais en affaires !

— 200 kilos d'ivoire pour 20 francs ! Ah ! par exemple !

— Et je l'ai revendu à Anvers de 12 à 15 francs le kilogramme.

— Eh bien ! mon vieux, tu n'as pas peur !

— C'est le commerce, déclara Faradel avec bonhomie. On fait ce qu'on peut dans la vie.

— Quel fumiste !... Alors si ces deux défenses pèsent 100 kilos ?

— Nous avons gagné notre journée, puisqu'au cours moyen elles valent — étant donné leur beau grain, fin et serré — environ 1,400 francs.

— Du coup, je vais mettre de l'argent à la caisse d'épargne ! Et si ça continue, je m'achète des valeurs !

Tout en causant, on avait fait du chemin, et, bientôt, comme la nuit tombait on aperçut les toits de chaume de Loukomba.

Nos chasseurs y firent — on le conçoit — une entrée triomphale.

Il y eut, ce soir-là, grand palabre en l'honneur de Jean Pierson le héros du jour qui dut, pour se conformer à la coutume, boire le kwass avec Nioroh en costume approprié.

L'habitude reçue voulait en effet que l'heureux chasseur se présentât devant tous les guerriers, torse nu, revêtu seulement de la peau de sa victime.

Malgré son dégoût de sentir la dépouille sanglante sur sa peau, Jean, pour se conformer aux usages, y consentit.

Ce palabre, comme tous les palabres nègres, aurait volontiers, en ce qui concerne les noirs et le roi Nioroh lui-même, versé dans l'orgie : mais le docteur d'Arvil intervint.

Il allait décidément mieux, le docteur d'Arvil, car il avait pu assister à la fête. Il conservait, il est vrai, de ses souffrances passées un amaigrissement général, et une grande faiblesse. Son front et ses épaules étaient toujours entourés d'un pansement antiseptique ; mais enfin il pouvait marcher appuyé sur une canne.

Il prit donc — sur le coup de 9 heures du soir — la parole pour enrayer la joie générale et faire taire les vociférations accompagnées du bruit d'une musique barbare.

— Il faut, dit-il, songer que ce tapage et ces lumières risquent fort d'éloigner le gibier que nous convoitons. Donc, mon bon ami Nioroh, sois assez aimable pour faire taire ces braillards. Donne des ordres, afin que chacun rentre chez soi et ne se livre à aucune manifestation bruyante.

— Bon ! dit le roi. Tu as raison.

Nioroh donna donc ses ordres, défendant, sous peine de bastonnade, à quiconque de sortir de chez lui.

Seuls, les guerriers commandés de service aux corrals, eurent le droit et aussi le devoir de se mettre à la disposition de Faradel qui prit de concert avec le docteur les dispositions utiles.

Etant donné le nombre des éléphants signalés (une cinquantaine environ !) il y avait lieu d'ouvrir plusieurs enclôtures.

— Ouvrons-les toutes, proposa Gaëtan.

— Soit ! répliqua le docteur. Pourtant la moitié pourrait suffire ; tandis qu'en les livrant toutes au pillage des éléphants nous perdons la moitié de nos appâts.

— Eh bien ! va pour la moitié, consentit Faradel.

On ouvrit trois paddocks sur six, mais en alternant ; c'est-à-dire qu'entre deux enclôtures ouvertes il s'en trouvait une fermée. C'est dans cette dernière qu'à l'abri de tout danger s'installerait le guetteur, chargé de refermer la barrière voisine.

Comment devait-il opérer ? De la façon la plus simple !

Chaque barrière installée sur des gonds bien graissés s'ouvrait en dedans et se refermait à l'aide d'une forte gâche à déclic. Il n'y avait donc qu'à pousser un peu fortement ; et pour cela une longue tige de bois de fer y était fixée. Cette tige, le guetteur la maniait facilement en arrière des pieux de séparation et n'aurait qu'à la pousser pour emprisonner les porteurs de défenses.

Nos amis postés non loin de là dans les branches fourchues d'un arbre observaient ; et, à vrai dire, la nuit leur parut longue, car ce fut seulement vers deux heures du matin que les éléphants firent leur apparition. Encore est-il qu'ils ne se montrèrent pas tout de suite.

Dans le grand silence nocturne, on entendit soudain une lointaine rumeur. Le foulage et le craquement des tiges sous leur marche pesante signala d'abord de loin, les pachydermes.

Puis, un bruit d'eau remuée, de clapotement dans la vase et les joncs indiqua qu'ils s'étaient d'abord livrés à leur baignade coutumière. Ensuite la marche de la lourde colonne avait ébranlé à nouveau le sol de la brousse ; et enfin de significatifs craquements indiquèrent nettement que l'avant-garde s'engageait sous bois, dans la partie de la forêt la plus rapprochée des chasseurs.

Ce ne fut pas sans une intense émotion que Faradel et ses amis virent soudain à une cinquantaine de mètres d'eux, un grand palmier, tout enche-vêtré de lianes, s'infléchir brusquement ; puis une tête géante émerger du fourré.

27

— Les voilà !... Les voilà ! souffla Spinelli.

— Silence !

C'était bien en effet leur troupe imposante qui éventrait la forêt.

On les vit sortir un par un, des branchages verdoyants ; et se ranger en un vaste cercle face aux corrals dont les portes s'ouvraient devant eux à moins de cent mètres.

Les magnifiques animaux demeurèrent là, pendant au moins un quart d'heure. Immobiles, ils semblaient hésiter. Serrés les uns contre les autres, ils composaient un vaste bloc sombre et silencieux, inquiétant aussi : car au-dessus de cette masse pointaient les trompes levées qui aspiraient, flairaient, prenaient le vent.

Cet ensemble était bizarre. Cela évoquait l'idée d'un grouillement de serpents jaillissant au-dessus d'une muraille.

— Pourvu qu'ils ne rebroussent pas chemin ? murmura Hugueville avec un soupir.

— Tais-toi donc, bon sang !

Certes, l'objection du joyeux ne manquait pas de justesse. L'hésitation des pachydermes était, en effet, évidente. On voyait bien qu'ils sentaient « l'homme ».

Pourtant, de la masse confuse, la forte silhouette d'un mâle se détacha.

Il avança, dans une attitude mi-craintive, mi belliqueuse ; s'arrêta dix fois en l'espace de cent mètres et finit par atteindre l'entrée d'un des corrals.

Alors, la gourmandise fut la plus forte. L'odeur des plants de tabac lui arriva en plein, et sa trompe, se baissant brusquement, s'allongea vers le champ tentateur.

L'animal demeura pourtant encore un moment dans cette position, partagé qu'il était entre la méfiance et le désir, mais le désir fut plus fort que la méfiance. Il entra brusquement dans le paddock : et, à cette vue, toute hésitation disparut dans le gros de la troupe.

Ce fut une ruée, une charge en désordre. Il y eut même bataille (ou, pour mieux dire, contestations) à l'entrée du premier corral. Il n'y avait plus de place, et les derniers arrivés furent chassés par les premiers installés.

En une minute, les trois corrals libres furent envahis, et la « saoulerie » commença pour les pachydermes.

Ils se gavaient gloutonnement. On entendait le bruit sourd et puissant de leur mastication. Les tiges pleines du jus âcre saturé de nicotine éclataient sous la pression des mâchoires : et en même temps un grand souffle grognant de satisfaction s'élevait dans la nuit.

— Les voilà qui font les ivrognes ! dit à mi-voix Hugueville. Tu parles s'ils en prennent... ces messieurs !... Et ces dames aussi.

— Vas-tu te taire, espèce d'animal, gronda Faradel.

— Va donc ! Ils sont trop occupés maintenant. Ils se moquent pas mal de nous.

— Silence, te dis-je ! Il n'est pas encore temps de donner le signal.

— Oui, la griserie de ces messieurs n'est pas encore suffisante.

— Assez ! bon sang !

— C'est bon ! Ne te fâche pas !... On ferme ! Mais c'est égal ! Ce qu'on est mal assis sur cette sale branche ! j'en ai mal aux...

— Tonnerre ! Un mot de plus et je te jette en bas.

— Faut pas ! Faut pas !... Je me ferais bobo !... Là ! C'est fini ! Je fais la carpe ! Me voilà muet !

Cependant, l'ivresse tabagique commençait à agir chez les éléphants.

Plusieurs avaient trébuché lourdement en marchant ; et soudain l'un d'eux s'agenouilla, coucha ensuite le train de derrière, et demeura immobile, la trompe repliée sous le poitrail et les défenses piquées dans le sol.

— Est-ce bête un homme ivre ! reprit l'ex-joyeux... Vilain pochard, va !

Cette fois, Gaëtan ne jugea plus utile de morigéner le bavard ; car le résultat cherché semblait être atteint.

Un second éléphant venait en effet de s'asseoir sur son derrière, et restait là, hébété, balançant bêtement sa trompe comme un pendule d'horloge.

Sur ce, Gaëtan prit son revolver et brûla en l'air une cartouche.

Au bruit de la détonation, il y eut bien chez les éléphants les moins ivres un mouvement d'affolement, mais en même temps le grincement des gonds, le cliquètement du déclic et le bruit sec des barrières s'abattant sur le pieu d'enclôture annoncèrent que les guetteurs avaient compris.

La bande était prise et les guetteurs escaladèrent vivement l'enclôture.

— Aïe donc! Ça y est! Ce n'est pas malheureux! clama Hugueville en dégringolant prestement de son perchoir.

Ses camarades l'imitèrent et, de suite, on se dirigea vers les corrals.

Il était six heures du matin. Le soleil sortait radieux de l'horizon, et dans le léger brouillard, qui subitement s'éleva, on put admirer le magnifique résultat obtenu.

Quarante-sept individus, dont trente-deux adultes, étaient prisonniers.

Tous étaient ivres à des degrés différents; mais pas un seul ne demeurait en possession de ses moyens de défense ou d'action.

Ceux qui avaient été le moins « pincés » — selon le mot pittoresque de Hugueville — ceux-là même, étaient incapables de se mouvoir. Ils restaient là, accouffiés dans des poses baroques, dodelinant bêtement de la trompe et des oreilles, l'œil égaré, la bouche baveuse. Deux jeunes éléphanteaux, tout petits, étaient morts. Quant aux autres, s'ils ne l'étaient pas, ils n'en valaient guère mieux. C'éaient autant de masses inertes, chez lesquelles la vie ne se manifestait que par le battement haletant du flanc.

— Ce n'est pas le tout! dit alors Faradel, mais la besogne n'est pas terminée! Il va falloir abattre tout ça.

— Oh! la vilaine besogne! s'écria Jacqueline qui venait d'arriver, car, de même que Babet, elle n'avait pas fait partie de l'affût nocturne. Oh! oui! c'est une besogne de boucher! Ce n'est plus là de la chasse.

— Sans doute!... Sans doute! chère mademoiselle Jacqueline. Mais... comment faire?

— Demandez des nègres à Nioroh. C'est leur affaire et non la nôtre.

Certes, je tuerai bien un animal libre, à la chasse ; mais assassiner des bêtes endormies... ah ! non ! Et je ne voudrais pas vous voir faire cela, monsieur Faradel.

— Oh ! je vous jure que je ne l'aurais pas fait par plaisir.

La proposition de la jeune fille eut, du reste, l'assentiment général ; car, au fond, elle coïncidait avec l'état d'âme de tous.

On s'en fut donc réveiller Nioroh, qui ne cacha pas son enthousiasme pour le résultat obtenu. Il consentit à tout ce qu'on voulut et, séance tenante, on procéda à l'abatage.

Des guerriers de Nioroh pénétrèrent, non sans quelque hésitation, auprès des prisonniers.

Ils déchargèrent deux coups de feu dans l'œil de chaque bête et se sauvèrent comme si le diable eût été à leurs trousses.

Pourtant, comme on allait procéder à l'exécution dans le dernier corral, Jacqueline Pierson intervint.

— Monsieur Faradel, dit-elle, voulez-vous me faire un plaisir ?

— Pouvez-vous me le demander ?... Et ne savez-vous pas que je suis votre humble esclave ?... Que vos désirs...

— Eh bien ! j'ai envie de garder vivantes ces deux jeunes femelles.

— Ah ! vraiment ?...

— Oui ! Je sais bien que les naturalistes prétendent que l'éléphant africain se domestique mal et même pas du tout. N'importe ! Essayons toujours !

— C'est vrai, on dit que la race africaine est réfractaire à tout dressage et que...

— Mais, interrompit à son tour Hugueville, j'ai, il me semble, ouï dire dans le temps, par mon professeur d'histoire, que les Carthaginois utilisaient l'éléphant comme animal de guerre. Or, en scrutant les souvenirs de ma prime éducation, les Carthaginois habitaient, sauf erreur, le littoral tunisien actuel.

— Que c'est beau d'être savant ! clama ironiquement Faradel.

— Parfaitement !... Or, si les Carthaginois, peuple africain, avaient des éléphants dressés, ce n'étaient sans doute pas des proboscidiens d'Amérique qu'ils employaient.

— Des probo... quoi ?

— Scidiens ! Pro-bos-ci-diens ! Qu'est-ce qu'on t'a donc appris au régiment pour que tu ignores que les éléphants sont des pachydermes du genre proboscidien ?

— Hugueville, je te nomme professeur à la chaire d'Histoire naturelle, encore vacante et sans titulaire, de l'Université de Loukomba !

— Merci, mon vieux camarade, riposta Hugueville qui, après un salut baroque à la façon des clowns, continua :

— Bref ! Je propose à mademoiselle Jacqueline de lui dresser « *en haute école* » ces deux petites femelles, auxquelles sa bienveillance fait grâce de la vie.

— Oh ! merci, monsieur Hugueville, vous êtes bien gentil...

— Pardon, mademoiselle, ne me remerciez pas d'avance ; car ce sera pour moi un début, et je n'affirme pas que je réussirai. En tous cas, j'essaierai, et, ma foi ! cela peut m'être très utile dans la vie.

Sans doute ! poursuivit-il en constatant le muet étonnement de ses interlocuteurs. Vous verrez peut-être — par la suite — mon nom en vedette sur les affiches d'un cirque quelconque ou d'un music-hall en vogue avec cette mention : « Les éléphants dressés et présentés en liberté par le célèbre prrrofesseur Paul Hugueville ! »

— Fichu farceur !... Blagueur éternel !

— Si tu veux ! J'aime mieux cela que d'être triste. N'est-ce pas, mademoiselle ?

— Évidemment.

Les tueurs épargnèrent donc deux jeunes femelles qui, tout en étant de petite taille, mesuraient néanmoins 2^m,50 au garrot.

Profitant de leur hébétude, on leur riva aux deux chevilles des chaînes solides, reliées entre elles par une autre chaîne assez longue pour leur permettre de marcher au pas.

On leur perça le bout de la trompe. Dans l'ouverture on passa un anneau, muni lui aussi d'une chaîne dont l'autre extrémité se rattachait à un nouvel anneau passé dans l'oreille gauche. Enfin, on leur scia le bout des défenses et la section fut, de plus, arrondie à la lime.

Cela fait, on les lia solidement par l'entrave à un fort pieu fiché dans le sol.

Quant aux éléphants morts, une fois leur ivoire enlevé, les nègres dépecèrent les morceaux de choix qu'on fuma pour être mis en réserve : puis on traîna les cadavres jusqu'au lac, où ils furent immergés, pour la plus grande satisfaction des crocodiles.

La récolte en ivoire était bonne, puisque l'équipage de l'*Espérance* possédait (y compris les deux premières défenses capturées sur l'éléphant de la brousse) 95 paires de défenses.

Il fallut en étalonner le poids, ce qui n'était pas commode, attendu qu'on ne possédait ni poids ni balance.

Mais Faradel ne s'embarrassait pas pour si peu. On possédait à bord une dizaine de litres qui, une fois remplis d'eau, représentaient chacun un kilogramme, plus le verre.

Une balance en cordes et plateaux fut rudimentairement, mais exactement, installée. D'un côté on plaça cinq litres vides ; de l'autre cinq litres pleins d'eau. Des pierres firent l'appoint. On avait ainsi l'étalon désiré. On put donc, par apports successifs, établir dans un plateau un tas de pierres représentant 50 kilos. Les litres pleins et vides formèrent l'appoint de surcharge et la tare.

Certes, le vérificateur des poids et mesures eût fait un procès aux explorateurs assez osés pour utiliser pareille machine : mais il ne passait jamais à Loukomba. Nos camarades purent donc opérer en toute tranquillité et connaître à peu près le chiffre de leur fortune actuelle. Leurs 190 défenses pesaient en bloc 7,030 kilogrammes, soit une moyenne de 37 kilos par défense : à raison de 14 francs le kilo, l'expédition possédait en propre 98,420 francs environ !

— Joli denier ! déclara Faradel, car, divisé par 7, cela donne à chacun de nous près de 15,000 francs !

— Ce n'est pas suffisant ! opina Hugueville. Il faudra tâcher d'arriver à 50,000 pour chacun.

— Heu ! Ce sera dur ! déclara M. d'Arvil, car on ne saurait espérer prendre indéfiniment des éléphants au même endroit et dans le même piège. Il nous faudrait pour cela changer de région. Or, nous ne le pouvons pas.

— Pourquoi ?

— Parce que ce serait risquer de nouveaux dangers, nous lancer dans de nouvelles aventures. Or, ce n'est pas là notre but, puisque — bien au contraire — nous voulons gagner la côte dans les conditions les meilleures au point de vue de la sécurité. Estimons-nous donc heureux, si quelques hardes nouvelles viennent se prendre encore dans nos paddocks.

— Le docteur a raison, dit alors Jacqueline. Ne soyons pas insatiables. Somme toute, si, en arrivant en Europe, chacun de nous possède une dizaine de mille francs, tous frais défalqués, il n'y aurait qu'à bénir la Providence de nous avoir sauvés de tant de périls en nous donnant en même temps le moyen de...

— ... Faire du commerce ! interrompit Faradel.

— Ah ! mademoiselle ! s'exclama l'ex-joyeux. Vous aurez là un mari peu ordinaire.

Jacqueline sourit, tout en rougissant un peu.

— Oui, mademoiselle. Si avec celui-là vous ne faites pas fortune, je veux être changé en bec de gaz.

Le docteur avait vu juste. Son expérience de l'Afrique ne l'avait pas trompé.

En effet, six semaines s'écoulèrent, sans qu'on signalât la présence d'aucune troupe d'éléphants. Il ne s'en présenta même aucun isolé.

Néanmoins, les reconnaissances opérées dans ce but furent, pour les chasseurs, une distraction merveilleuse. Ils tuèrent de nombreuses variétés d'antilopes et de gazelles : ce qui leur apporta sinon un bénéfice pécuniaire, du moins des trophées intéressants ; car les cornes de ces animaux varient à l'infini, comme les variétés elles-mêmes de l'espèce.

Hugueville tua aussi une sorte de chat-tigre à belle fourrure striée, et Faradel abattit aux confins des montagnes une forte lionne dont, malheureusement, la fourrure était mangée de gale à tel point qu'on dut l'abandonner. Gaëtan n'emporta que les griffes, pour — déclara-t-il — les faire monter en breloques et en épingles.

Bref, le temps passait assez agréablement pour tous, même pour Nioroh et son peuple ; car le docteur d'Arvil, entièrement rétabli, donnait maintenant des consultations et des soins journaliers aux malades, et, entre temps, Hugueville avait commencé le dressage de ses deux élèves.

Son premier soin avait été de les baptiser. Il dénomma l'une Bobette et l'autre Fanoche. Pourquoi ?... Mystère et fantaisie !

En tous cas, Bobette et Fanoche paraissaient devoir faire mentir les naturalistes ; car elles commençaient à prendre des attitudes plus civilisées.

Pourtant, le début avait été plutôt dur. Lorsqu'elles s'étaient réveillées de leur ivresse comateuse, les deux pauvres bêtes, d'abord surprises de se voir immobilisées et enchaînées dans une enclôture qui leur masquait l'horizon, les deux bêtes, disons-nous, avaient tout d'abord obéi à leur instinct de liberté sauvage.

Il avait fallu que les chaînes fussent bonnes et les pieux solides car, pendant deux longues heures, elles se débattirent follement. Mais, comme d'autre part, leurs trompes étaient fixées à l'anneau, et à l'oreille par la chaîne, Bobette et Fanoche ne purent utiliser ces précieux organes, chaque mouvement tenté dans ce sens leur procurant une très vive douleur.

A la fin, la fatigue les dompta. Elles demeurèrent immobiles ; mais leur

28

œil, sournoisement plissé, démontrait qu'elles n'étaient point rendues à merci.

Ce fut la faim qui eut raison d'elles. Après avoir difficilement tondu le peu d'herbe qui restait autour d'elles, les deux bêtes s'affolèrent de soif et de faim.

Hugueville, alors, se frotta les mains, car cette souffrance, qu'il imposait à ses « élèves », était le seul moyen dont il disposât pour les réduire. Il les laissa donc quatre jours sans manger ni boire, et peu à peu un abattement général se manifesta chez les deux prisonnières. On les vit rester de longues heures sans faire un mouvement. Mornes et tristes, elles semblaient des statues plutôt que des êtres vivants.

Alors, l'ex-joyeux pénétra dans le corral, mais sans approcher les captives : Bobette et Fanoche ne firent pas un mouvement. La stupeur physiologique de la faim leur interdisait même l'étonnement.

— Ça va bien ! pensa Paul Hugueville qui sortit, puis revint avec une longue fourche à laquelle il avait fixé une botte de fourrage frais. Jean, porteur d'un fardeau analogue, le suivait.

Hugueville se dirigea vers Fanoche, et Jean vers Bobette. Tous deux tendaient la fourche devant eux de toute sa longueur, de manière à demeurer à distance respectueuse : et dès que les pauvres animaux aperçurent la provende, une agitation extrême les empoigna.

Sitôt que la nourriture fut à leur portée, leurs trompes, maintenant à peu près cicatrisées, s'avancèrent, saisirent le fourrage qui, en une demi-minute, disparut dans le gouffre de leur gueule.

Ensuite deux tonnelets, montés sur roues et poussés en avant à l'aide d'une longue perche, furent amenés par les deux cornacs improvisés. Bobette et Fanoche burent avidement, et... s'endormirent !

Le procédé, pour classique qu'il fût, était excellent. Après huit jours de ce manège Jean Pierson et Hugueville réussirent à aborder les deux éléphants. Progressivement ils s'étaient chaque jour approchés davantage, en ayant soin d'alterner à chaque repas dans leur service de cornac, c'est-à-dire qu'un jour c'était Bobette à laquelle Hugueville donnait la provende, et le lendemain il alimentait Fanoche. Les deux éléphants connaissaient donc également les deux hommes.

A dire vrai, les « dompteurs » n'étaient qu'à demi rassurés en approchant, à telle enseigne que chacun d'eux tenait à la main une barre de fer rougie au feu, pour la plonger au besoin dans la gueule ou même dans l'œil de « l'élève » si cela devenait nécessaire. Mais ils n'eurent pas à user de ce moyen extrême.

Au contraire, le regard des deux animaux exprimait plutôt une douceur reconnaissante, et si leur trompe se tourna vers les deux hommes ce fut sans hostilité, comme une main tendue qui implore.

Jean s'était muni de petits morceaux de canne à sucre. Il les tendit un à un à Fanoche qui les avala avec une satisfaction manifeste. Elle était même si contente qu'elle en voulut encore ! Ayant parfaitement vu que l'enfant tirait cette friandise de sa poche, elle y enfonça délibérément le bout de sa trompe, et attirant le tout souleva de terre le jeune garçon.

— Eh là ! doucement ! dit Jean sans s'émouvoir plus que de raison. Doucement, mademoiselle !

En même temps il touchait légèrement de son fer encore chaud la lèvre de Fanoche qui instantanément lâcha prise et se recula craintivement.

Bref, au bout de deux mois de patience, Fanoche et Bobette furent assez domestiquées pour qu'on les détachât dans le corral ; et à dater de ce moment leur éducation marcha beaucoup plus vite qu'on n'eût osé l'espérer.

Ce fut d'autant plus agréable à constater qu'on avait déjà, dans la petite colonie, organisé un projet en ce qui concernait ces deux braves bêtes.

Elles devaient faire partie de la caravane, et servir à la fois de véhicules et de porteurs.

Si l'on songe, en effet, qu'un éléphant peut facilement porter 1,000 kilos, l'intervention de Bobette et de Fanoche pouvait rendre d'immenses services au cours d'une marche dans la brousse.

— Ah! Si nous y avions pensé plus tôt! disait même Faradel. Nous en aurions gardé une dizaine!... Si seulement il en était revenu d'autres!

Malheureusement, les éléphants semblaient avoir abandonné le district! Il fallait donc se contenter de Fanoche et de Bobette qu'un nouveau mois de dressage amena à la soumission définitive, à la même intelligente obéissance qu'on peut constater chez l'éléphant hindou.

Maintenant, elles portaient sur le dos et sans révolte un panier de jonc tressé. Elles s'agenouillaient à la parole pour permettre à leur conducteur de monter sur leur cou. On les guidait à l'aide d'un aiguillon et aussi de l'anneau de trompe qu'Hugueville — par prudence — résolut de leur laisser. En un mot, trois mois de soins patients et de douceur énergique transformèrent ces bêtes absolument sauvages en animaux privés.

C'est à ce moment qu'on tint dans la troupe des blancs une sorte de Conseil de guerre, où furent établis et prévus tous les plans et détails de la marche sur Zanzibar. Nioroh y assista : bien qu'attristé du départ de ses hôtes et surtout de son Docteur, il consentit à fournir des mules, des porteurs en quantité suffisante et de plus une escorte de 25 guerriers noirs armés.

La route fut étudiée sur la carte. Au reste elle était déjà connue de M. d'Arvil, et l'on passa aux préparatifs.

Et d'abord qu'allait-on faire de l'*Espérance* et de sa nacelle?

— S'il y avait eu possibilité de la transformer en chariot, nous l'aurions emmenée, dit Gaëtan : car cela me crève le cœur d'abandonner cette embarcation qui nous a été si utile!

— Sans doute! mais c'est impossible! déclara le docteur.

— Je le sais, hélas!... Puisqu'il n'y a pas de routes.

M. d'Arvil reprit :

— Mais nous allons l'utiliser.

— Ah?

— Oui. Premièrement, en confectionnant deux palanquins pour Bobette et Fanoche. Cela, c'est votre affaire, n'est-ce pas, Spinelli ?

— Parfaitement, c'est facile.

— Puis, vous organiserez deux caisses, avec les tôles d'aluminium. Ces caisses seront adaptées des deux côtés des palanquins, et sur les flancs des éléphants.

— Bon !

— Avec les tiges du velum, vous organiserez des claies à support, sur lesquels dix nègres porteurs enlèveront facilement des ballots ou de l'ivoire au lieu de les porter individuellement — selon l'usage — sur la tête.

— Très ingénieux ! dit Jacqueline.

On régla ainsi tous les détails ; puis on se mit à l'œuvre.

Les bras ne manquèrent pas, car Nioroh fournissait ses noirs.

On hâla donc l'*Espérance* et la nacelle à terre pour procéder à leur démolition.

— Pauvre bateau ! dit Faradel lorsque Spinelli donna le premier coup de marteau. Aura-t-il eu des aventures ! Successivement ballon, puis bateau, le voilà qui va se morceler en une foule de choses bien différentes. Il va devenir palanquin, caisse, etc... Pauvre *Espérance !*

Hugueville lui coupa la parole.

— Oh ! tu sais ! Sa destinée reste sensiblement la même : elle reste toujours une machine à transport, elle ne fait que changer d'élément. Elle a volé, elle a flotté !... Maintenant elle va marcher à terre... avec un éléphant pour moteur.

Et ce fut au cours de ces travaux, que M. d'Arvil éprouva une des émotions les plus douces et les plus cruelles de sa vie.

Un matin, comme on débarquait tout le matériel, Faradel vint le chercher dans sa case.

Le visage de Gaëtan était grave.

— Docteur, dit-il, je vais raviver en vous une douleur cruelle...

Il fit une pause et reprit :

— ... Votre frère... et... vos guides...

— Hélas ! soupira douloureusement le médecin. Il ne reste rien d'eux !... Hélas !

— Si, docteur !

— Comment !... Que dites-vous ?...

— Calmez-vous ! Je puis vous raconter les faits, maintenant que, complètement guéri, une émotion n'est plus à craindre pour vous. Mû par une généreuse pensée, notre camarade Spinelli a recueilli — là-bas — leurs restes calcinés, desséchés par le feu. Oh ! c'est bien peu de chose ! Cela tient dans une petite caisse de zinc que Spinelli a soudée en cours de route. Il a même enlevé d'une main l'anneau d'or que voici.

Il tendit à M. d'Arvil qui la saisit avec une émotion poignante, une bague chevalière en or, tordue par le feu, sur le plat de laquelle on pouvait encore distinguer l'écusson des d'Arvil.

— Merci ! mon ami !... Merci ! murmura le docteur en fondant en larmes.

— Eh bien, docteur, je viens vous demander ce qu'il faut faire : faut-il emporter ces pauvres restes ou les inhumer ici ?

Plongé dans une rêverie sanglotante, le docteur resta, un long moment, sans répondre.

Le front dans les mains, il pleurait et songeait. Enfin il releva la tête et séchant ses larmes :

— C'étaient des soldats à leur façon que ces trois hommes, dit-il d'une voix énergique. Ils ont lutté contre ce terrible ennemi qu'est le Continent Noir, et le Continent Noir les a pris !... Il est bon et juste que ce qui reste d'eux y repose en paix !... Dans la terre !... Dans la terre bonne et sainte, mère quand même de l'humanité. Le lit du soldat, c'est la terre où il tomba ; et comme nous sommes ici en pays ami, je veux confier au sol Ourondi ce qui fut mon frère et mes guides, plutôt que d'exposer ce pieux fardeau aux hasards et aux dangers du voyage qui nous reste à accomplir.

— Bien, docteur, dit simplement Faradel.

L'inhumation eut lieu le lendemain hors de l'enceinte de Loukomba, en présence de toute la troupe blanche, de Nioroh et de ses guerriers : et lorsque la terre se fut refermée sur le petit coffret de zinc, Spinelli y scella une pierre portant le nom de M. René d'Arvil et de ses deux compagnons. Nioroh prit ensuite la parole pour déclarer devant tous que ce mausolée devenait dorénavant « tabou » c'est-à-dire sacré, inviolable ; puis la cérémonie prit fin.

Cependant, les travaux d'aménagement du matériel destiné au voyage se poursuivaient avec activité et méthode ; et ce n'était point là une petite affaire.

En effet, lorsqu'une caravane d'exploration s'organise au départ de la côte, cette préparation exige déjà une multitude de soins de la part de son chef.

Pourtant ce dernier a pu tout prévoir de longue date ; il n'a eu qu'à se munir en pays d'Europe d'un matériel perfectionné, des engins les plus modernes, des conserves les mieux fabriquées ; il possède l'argent nécessaire pour acheter au départ de la côte tout ce que l'industrie européenne n'a pu lui fournir ; bref, ce chef est placé dans des conditions incomparablement supérieures à celles où se trouvaient nos amis, qui ne possédaient pour suppléer à tous ces avantages que leur intelligence, leur adresse, leur énergie et l'étroite solidarité qui les unissait.

Il est juste d'ajouter qu'ils possédaient également une aide puissante, grâce à la main-d'œuvre que leur fournissait gratuitement Nioroh en mettant à leur disposition ses travailleurs nègres ; mais, malgré tout, l'œuvre était colossale à entreprendre avec des moyens aussi restreints.

La fabrication des palanquins, des caisses et de certains objets de campement ou de transport ne constituait pas, à proprement parler, la partie la plus difficile ni la plus longue de l'œuvre.

Le brave Spinelli s'affirmait en cette délicate préparation comme un chef mécanicien et constructeur de premier ordre.

Mais à côté, il fallait parer à une masse de petits détails qui exigeaient un temps et une patience invraisemblables, entre autres la question des vivres.

On devait, il est vrai, rencontrer du gibier en cours de route ; mais c'est là une nourriture aléatoire qui peut même devenir parfois des plus hypothétiques.

On doit même poser en principe que si la chasse peut, au cours d'une exploration africaine, être escomptée dans une certaine mesure comme procédé d'alimentation, ce ne peut être que pour une expédition très restreinte et numériquement faible.

Or, l'expédition projetée devait (en dehors de nos huit camarades qui en constituaient l'état-major), comporter *deux cents* porteurs noirs, répartis en vingt équipes, dont chacune avait un chef ; en ajoutant enfin à cette colonne la garde de 25 guerriers noirs armés fournis par Nioroh, on arrivait au chiffre respectable de 253 bouches à nourrir.

Si le lecteur veut bien considérer maintenant que l'itinéraire choisi par le docteur d'Arvil et Faradel comportait 2,000 kilomètres, il pourra faire le calcul des rations de réserve à emmagasiner pour un pareil voyage !

L'expédition, partant de Loukomba, devait en effet obliquer vers le Sud-Est, traverser le pays de Ouhha, atteindre le village de Tchïambo, puis Taborah dans le pays des *Ounyamouezis*.

A partir de cette ville et en se maintenant exactement sur le 5e degré de latitude Sud on gagnerait Kondoah. Obliquant encore une fois vers le Sud-Est la troupe traverserait le royaume de N'gourou pour arriver à son point terminus qui était le port de Bagamoyo, situé en face de l'île de Zanzibar.

Comme distance nette, c'était *théoriquement* un parcours de 1,500 kilomètres, à fournir en pays sauvage ; mais avec les détours prévus ou motivés par des obstacles inattendus, on peut admettre que le parcours réel couvrirait environ 2,000 kilomètres, ce qui est, convenons-en, une jolie étape !

A 10 kilomètres par jour en moyenne (on ne doit guère compter, en cette matière, sur une moyenne supérieure) il faudrait donc 200 jours, soit environ six mois pour gagner Bagamoyo.

Le docteur d'Arvil et Gaëtan ayant examiné cette question, très en détail, décidèrent ceci : qu'en principe, il fallait se constituer une réserve de dix jours de vivres, soit 2,530 rations, qu'on pourrait au besoin remplacer en cours de route dans les villages où on ferait gîte et séjour.

— Tonnerre ! soupira Faradel. Si seulement je pouvais téléphoner...

— Téléphoner ! s'exclama Hugueville toujours gouailleur. A qui ? Aux hippopotames du lac ? Il est étonnant, ma parole !

— J'ai dit : Si je pouvais..., reprit sans s'émouvoir Gaëtan, c'est donc là, de ma part, une simple hypothèse : et je regrette vivement qu'il en soit ainsi, car la maison Rilbig et Cⁱᵉ nous eût fourni des conserves de tout premier ordre.

— Et tu aurais touché la forte commission !

— Naturellement ! répondit avec simplicité Faradel. Donc, tu vois qu'il est, à tous points de vue, fort regrettable que je n'aie pas le téléphone à ma disposition.

— Sans doute ! acquiesça en riant le docteur, sans doute ! Mais dans l'impossibilité où nous sommes de demander la communication avec la maison Rilbig et Cⁱᵉ, il faut fonder nous-mêmes, ici, à Loukomba, une maison similaire.

— Soit ! déclara Faradel, je souscris 50 actions !

— Et moi, je demande 100 parts de fondateur... mais.....

Et, avec un geste de gavroche, l'ex-zouave retourna ses poches, pour bien démontrer sa pénurie financière.

— Parlons sérieusement, reprit le docteur. Il y a possibilité de suppléer à tout, avec de l'intelligence. Spinelli, mon ami, avez-vous assez de métal pour constituer des boîtes à conserves ?

— Oui, déclara l'Italien après réflexion. Les panneaux d'aluminium qui restent, défalcation faite des palanquins, grandes caisses, etc., peuvent se

29

débiter en 100 ou 150 fortes boîtes cubiques. Seulement je n'ai aucune possibilité de les rendre parfaitement étanches.

— Ah ! mais alors ! clama Hugueville, ce ne seront plus des conserves !

— L'aluminium ne se soude pas.

— Oui ! c'est vrai.

— Et du reste, quand bien même il se souderait, nous n'avons pas de soudure à notre disposition.

— Alors, comment vas-tu procéder ?

— Je les riverai ! Voilà tout !

— C'est cela, reprit M. d'Arvil. Quant à la conservation des conserves, nous tournerons la difficulté. Notre viande sera préalablement séchée, puis noyée dans chaque boîte au milieu de la graisse fondue. Nous obtiendrons ainsi un mode de conservation suffisant.

— Après tout ! vous avez raison, docteur, dit Gaëtan. N'ai-je pas lu que les Boers, dans leurs raids à travers le veldt, emportaient parfois huit et quinze jours de viande séchée sur la croupe de leur cheval ? Cette viande-là est évidemment dans de moins bonnes conditions d'antisepsie que le sera la nôtre.

— Je le pense ! opina Hugueville avec conviction, car de la viande qui a mijoté huit jours sur un cheval... Hum !... Ça doit avoir un drôle de goût !

Sur ce, on se mit à l'œuvre.

Spinelli organisa 95 caisses cubiques de 70 centimètres de côté avec couvercle rabattant, qu'on riverait solidement, une fois la boîte remplie.

Chaque jour on abattait des bœufs, qu'on dépeçait, et dont les quartiers, placés dans les fours rudimentaires de Loukomba étaient séchés, formant ainsi une réserve.

Dans d'autres fours, organisés par Spinelli et Hugueville, on fabriquait une sorte de galettes évoquant assez l'aspect du biscuit de troupe et qui, soumises à une cuisson prolongée, atteignaient un degré de dessiccation et de dureté tels qu'il fallait les faire tremper pour les utiliser comme aliment.

La question de l'eau ne fut pas oubliée.

Des tonnelets furent organisés. Fabriqués à l'aide d'un bois très dur que fournissait le samra, une sorte d'érable noir de la région, ils furent gaînés d'une cuirasse métallique. On devait, au moment du départ, les remplir d'eau préalablement bouillie et filtrée.

Bref, tout fut prévu ; et ce fut un merveilleux spectacle que celui de ces hommes qui trouvaient moyen d'organiser, sans autre élément que leur intelligence, une expédition pareille.

Pour mettre l'œuvre au point, pour la rendre aussi complète que possible, il fallut cinq mois entiers d'un travail continu.

Jamais Loukomba n'avait vu pareille activité dans l'enceinte de ses murailles.

L'influence des blancs avait infusé à cette population noire, encline à la paresse, comme un sang nouveau. La civilisation — la vraie ! — leur insufflait inconsciemment le progrès, par l'habitude du travail intelligent ; et maintenant, plus que jamais, M. d'Arvil, Faradel et ses compagnons jouissaient de la considération générale. On les admirait et on les aimait.

Hugueville surtout, qui ne se faisait pas scrupule d'allonger bourrades et coups de pied au derrière des traînards, était regardé comme un personnage tout à fait extraordinaire. Après tout ! peut-être employait-il là le bon moyen pour obtenir la popularité.

Chez ces braves nègres, et, avouons-le, chez beaucoup de blancs, un coup de botte bien détaché assure une supériorité marquée à celui qui l'octroie, et notre camarade en était arrivé à se faire obéir au pouce et à l'œil.

Un mauricaud se permettait-il de « paresser » au lieu de s'occuper de son ouvrage.

— Eh bien ! l'Enflé ! s'écriait gaillardement l'ex-joyeux en levant le doigt, majestueusement.

Cela suffisait.

Le noir bondissait, en formulant des protestations de dévouement.

Ce qualificatif « l'Enflé » était devenu légendaire parmi les sujets de Nioroh ; pour eux il était synonyme de « paresseux », d' « homme qui ne travaille pas ».

Ainsi, quand un indigène s'actionnait vaillamment à l'ouvrage et que Hugueville passait :

— Sidi Higueville ? disait-il, en un jargon bizarre et en se désignant lui-même du doigt avec orgueil. Moi, pas « l'Enflé ».

Mais si, par hasard, un camarade, un peu plus loin, fumait sa pipe au pied d'une palissade :

— Li... là-bas... « l'Enflé » ? poursuivait le noir en clignant de l'œil malicieusement.

— C'est ma foi vrai ! déclarait alors notre ami Paul. Eh bien ! pour ne pas me déranger, va lui porter ça de ma part.

En même temps (car il avait les mouvements vifs) la semelle de Hugueville s'appuyait fortement sur la face postérieure du dénonciateur ; le doigt de l'ancien zouave, tendu avec autorité, ponctuait son ordre ; et celui qui était pas « l'Enflé » s'en allait au galop transmettre la commission à celui qui était « l'Enflé ». C'était là, on en conviendra, une mode de justice distributive assez bizarre, mais au moins c'était facile à comprendre ; c'était net, clair et précis. Et ma foi ! Hugueville était adoré !... Ô mystère de l'âme humaine !

Quant à Jacqueline et à Babet, elles n'étaient point restées inactives. Elles avaient réparé le désordre produit sur les vêtements par les hasards du voyage ; puis elles avaient confectionné des vêtements nouveaux à l'aide des toiles emmagasinées chez Nioroh.

La chapellerie de la petite troupe avait également pâti à l'usage : les deux femmes firent confectionner par les négresses des chapeaux fort bien tressés, ma foi.

Chacun avait réparé ses chaussures : Jus-de-Réglisse, dressé par Gaëtan,

fabriqua pour tout le monde des molletières en cuir pour remplacer les jam-
bières de laine fortement fatiguées.

Et, au milieu de ce mouvement, Nioroh continuait à évoluer paisiblement, avec sa pipe et ses
lunettes ; mais à mesure que
les préparatifs de départ s'avan-
çaient, le vieux roi nègre devenait triste.

Il avait donné à ses amis

blancs, pour y emma-
gasiner tout leur maté-
riel, un grand kraal
entouré de pieux, au
milieu duquel s'élevait
une vaste case rectan-
gulaire, où l'on avait

PRÉPARATIFS DU DÉPART POUR QUITTER LOUKOMBA. CONFECTION DES VIVRES DE RÉSERVE.
(Page 226.)

placé l'ivoire et les munitions. Quant au reste : agrès et vivres, ils étaient
entassés sous deux hangars contigus.

Souvent, Nioroh errait là, rêveur, examinant sans parler les préparatifs ;
puis soudain abordant le docteur d'Arvil :

— Alors ! toi vouloir toujours t'en aller ?

— Mais... sans doute.

— Toi pas content ici, alors ?

— Mais si ! mon brave ami ! au contraire ! Nous sommes enchantés.

— Alors ! Vous pas partir.

— Mais... puisque nous reviendrons.

Nioroh hochait la tête d'un air d'incrédulité.

Le vieux noir se méfiait, c'était certain ; et le docteur, inquiet au fond de ce revirement, devenait persuasif.

— Je t'ai juré, nous t'avons juré de revenir.

Nioroh sait bien ! ripostait l'autre en se grattant l'oreille. Mais Nioroh aimer beaucoup ses amis blancs, Nioroh chagrin, beaucoup chagrin, beaucoup, si les voir partir.

— Pas pour longtemps ! Et puis, enfin, c'est entendu comme ça, reprenait le docteur avec fermeté. Tu n'as qu'une parole, n'est-ce pas ?

— Oui ! oui ! répondait Nioroh intimidé, mais chagrin quand même.

— Va donc, eh ! intervenait Hugueville qui s'était fait au dialecte. Tu seras bien content, mon vieux, quand je vais te ramener, pour faire ta cuisine, une femme blanche que je connais, et qui a les cheveux rouges.

— Rouges ? clamait le noir ahuri.

— Rouge carotte. C'est comme j'ai l'honneur de te le dire... Et tu sais ! Je ne plaisante jamais ! Maintenant je ne t'impose rien. Si tu ne veux pas de celle-là, j'en ai d'autres à t'offrir, une entre autres qui a les cheveux blancs.

— C'est trop vieille ! interrompit le roi en faisant la grimace. Nioroh en veut pas !

— Attends donc !... Elle a dix-huit ans aux cerises.

— Pas possible !

— Puisque je te le dis ! J'ai son acte de naissance chez mon notaire. Et en plus, elle a les yeux rouges comme un lapin russe !

— Nioroh veut pas celle-là... Il aime mieux l'autre.

— Parfait! Tu auras la rouge! C'est comme tu voudras, mon vieux Nioroh. Moi, tu sais, je ne demande qu'à t'être agréable.

Cette faconde impressionnait Nioroh, mais n'atténuait pas chez lui l'ennui de voir les blancs s'apprêter à quitter Loukomba.

C'était, disons-le, pur égoïsme de sa part. Il aimait les blancs, d'abord parce que le docteur lui était devenu indispensable; puis, au fond, il avait subi leur supériorité, il sentait confusément que leur présence et leur influence progressiste pouvaient lui rendre d'immenses services; il se rendait compte qu'en cas de danger ils constitueraient pour sa personne et son peuple une force et par suite une protection.

Poussé par ces sentiments divers, il en arriva jusqu'à faire au docteur une proposition des plus alléchantes.

N'ayant pas d'héritier mâle, il lui proposa ferme de le désigner à ses sujets comme son successeur éventuel.

— Eh bien! répondit évasivement M. d'Arvil, j'accepte. C'est un gage d'affection que tu me donnes là, Nioroh! Je t'en sais un gré infini. Mais puisque tu me confies ton peuple, je veux qu'il soit le plus fort de toute la terre. Et pour cela, il faut que j'aille chercher des canons, qui sont des fusils énormes, montés sur des roues. Il faut six mules pour les traîner. Quand ils tirent, chaque coup tue deux cents guerriers. Alors nous conquerrons un immense royaume autour du tien. Qu'en dis-tu?

D'abord perplexe, Nioroh tergiversa; mais le docteur lui ayant donné des explications précises, avec dessins à l'appui, le noir émerveillé finit par consentir définitivement et sans arrière-pensée au départ momentané de l'expédition du grand docteur Soleil; départ qui fut d'un commun accord fixé à la lune prochaine, c'est-à-dire à sept jours de date.

Il prescrivit en outre qu'un grand palabre d'adieu serait donné à ses amis, et que ce palabre durerait deux jours entiers.

La nouvelle en fut annoncée par le crieur ordinaire du roi qui, coiffé d'un vieux casque de pompier, parcourut Loukomba et les hameaux accompagné de noirs qui portaient, suspendu à un châssis de bois peint en rouge, un énorme gong de cuivre qu'on n'utilisait que dans les occasions solennelles. Pendant vingt-quatre heures il remplit de son bruit tonitruant Loukomba et la campagne avoisinante, et dès lors les préparatifs des grandes orgies africaines commencèrent.

Les guerriers s'attifèrent, s'ornèrent de leurs amulettes et de leurs peintures de guerre ; les femmes arrangèrent les nattes multiples de leurs cheveux. On prépara les feux de place, véritables bûchers autour desquels s'exécutent les

danses bizarres, désordonnées, d'une population surexcitée. Les outres et les fiasques de vin de palme ou de kwass furent apportées sur une estrade devant le palais royal. On embrocha quartiers de bœufs et moutons entiers, et le soir du troisième jour avant celui du départ de la colonne, la fête commença par l'embrasement d'un des trois bûchers de réjouissance installé sur la grande place.

Alors, dans la clarté aveuglante et rouge qui se répandit en un clin d'œil sur les cases et sur le palais, tous les noirs de Loukomba, hommes et femmes, se précipitèrent, tournoyant en une farandole bizarre et hurlante, se contorsionnant, bondissant en des attitudes démoniaques ; spectacle étrangement impressionnant que contemplait avec une sorte de répugnance curieuse Jacqueline Pierson assise entre son frère et Faradel, sur l'estrade royale.

CHAPITRE XII

Nous n'avons pas la prétention de décrire par le menu tous les détails
du vaste palabre Ourondi qui débutait par cette danse sauvage. Aussi bien nos
lecteurs savent déjà que dans toute peuplade barbare, une réjouissance —
même officielle — se mue toujours en saturnale et en orgie. Au fond, c'est
un peu partout la même chose ; et qu'on s'adresse à l'âme ourondi ou bien
à l'âme d'une foule européenne, on voit, hélas ! le plus souvent, en pareil
cas, surgir *la brute* ! Qui, en effet, n'a lu avec répugnance les détails, donnés
par tous les journaux, sur la joie du peuple anglais après la paix boer ? Ce
fut à la fois ignoble et répulsif. A part quelques coutumes plus naïvement sauvages, la joie des brutes de Nioroh était à peu près identique, et
la dominante en fut *l'ivresse*.

Au moins, ces noirs avaient-ils une circonstance atténuante. L'école,
c'est-à-dire l'éducation morale, leur manquait ; il n'existait chez eux aucune
ligue contre l'alcoolisme, aucune société d'hygiène privée, et pas la moindre
école communale.

30

On peut donc admettre que, dès le premier soir, tout Loukomba était ivre, à commencer par Nioroh qui, carrément, donnait l'exemple. Le vieux nègre avait, en effet, sur l'estrade même et à portée de sa main, une fiasque de kwass; et il y buvait à même — trop fréquemment.

Bientôt ses yeux papillotèrent; sa tête se balança sur ses épaules, et il lâcha son sceptre des grands jours — un bout de bois où un artiste noir avait sculpté une tête de diable cornu. Hugueville, placé derrière lui, le ramassa, tandis que Nioroh riait d'un rire abruti. Pourtant une idée fixe semblait hanter, quand même, son cerveau; car à travers les bribes de phrases qu'il articulait en son dialecte, Hugueville perçut que le vieil ivrogne songeait à désigner son successeur.

Et soudain, le roi se dressant avec effort, fit un geste à son crieur qui s'approcha, toujours flanqué de ses porteurs de gong.

Sur l'ordre royal, l'instrument fut mis en action et son tonnerre domina le bruit hurlant de la bacchanale, qui graduellement s'apaisa. La foule, déjà ivre, mais encore suffisamment raisonnante, se groupa autour de l'estrade, et Nioroh titubant vint mettre sa main noire sur l'épaule de Jacqueline qui, à ce geste, eut un mouvement d'effroi.

A cette vue, Faradel, lui aussi, sembla vouloir intervenir, mais s'adressant à Jacqueline que, dans son ivresse, il prenait pour le docteur, Nioroh déclara :

— Toi! pas peur de ton ami! Petit docteur Soleil chéri, Nioroh t'aime! Pas faire du mal!... Oh! non!

— Mais mon vieux, dit Hugueville, tu te fourres le doigt dans l'œil! Pourtant tu n'as pas perdu tes lunettes! Voilà que tu prends Mademoiselle pour un homme! Eh bien! tu n'as pas peur!

— C'est vrai!... c'est vrai! clama le noir en éclatant de rire. C'est toi, mon bon chéri qui es le Docteur!... Garde bien mon bâton cornu! Petit Soleil de mon âme! Tu vas voir!... Tu vas voir!...

— Nioroh, riposta Hugueville avec une gravité voulue, je ne voudrais, crois-le, te dire rien d'offensant, mais la vérité m'oppresse. Tu es ivre au point de ne pas distinguer une paire de pincettes d'avec un corbillard. Je ne suis pas le docteur Soleil, espèce d'animal !

— Si ! Toi Soleil ! répondit avec irritation Nioroh. Laisse-moi parler.

— Oui, ne le contrariez pas, souffla M. d'Arvil. Ce n'est pas l'instant. Laissez-le dire. Cela n'a, du reste, aucune importance.

— Après tout, moi je m'en moque ! s'écria l'ex-joyeux. Marche, mon vieux ! Va-z-y de ton petit speech.

Et se plaçant au bord de l'estrade, Hugueville, talons joints, prit avec le sceptre royal, l'attitude la plus régulière du « port d'armes » et lança sur la foule :

— Ouvrez les oreilles, tas d'enflés ! Votre monarque va vous y laisser tomber des paroles « qui ne sont pas dans un sac », je vous en réponds !

Un vaste murmure approbatif salua ces élégants tours de phrase, et quand le silence reprit :

— Voilà, cria Nioroh, en désignant le camarade, voilà celui que je désigne comme mon successeur !

Il y eut un court moment d'hésitation, voire même de stupeur ; puis, sans transition, les acclamations éclatèrent bruyantes, enthousiastes.

— Assez ! les enflés ! cria au bout d'un instant notre ami Hugueville, tout en agitant son sceptre. Vous me rompez le tympan !... Fermez !... Fermez !

Les « Enflés » obéirent, puis Nioroh regardant le joyeux ajouta prudemment :

— Seulement, c'est pas pour tout de suite, toi roi !... C'est pour quand moi sera mort !

— Entendu, mon vieux ! Entendu !

Il rendit au roi le bâton cornu. Et se tapant sur les cuisses :

— Bon !... Me voilà Dauphin, Héritier présomptif, Prince de Galles, quoi !... Jamais, au grand jamais, mon père n'aurait cru ça ! Ce que c'est que la veine !

Alors, au milieu des congratulations voulues du docteur, de Faradel et de tous ses amis, Hugueville s'installa sur un tabouret, aux côtés du trône où Nioroh s'était de nouveau affalé. Les danses et les beuveries reprirent leur cours, tandis que le joyeux, heureux comme un dieu, continuait à blaguer sans trêve.

— Dis donc, papa, fit-il soudain en s'adressant à Nioroh, tu as l'air d'avoir envie de dormir.

Un ronflement lui répondit seul. Le vieux dormait du lourd sommeil des ivrognes.

— Ah ! très bien !... Très bien ! reprit le camarade. Mon papa, voilà que vous lâchez la rampe !... Mon cher petit papa veut me repasser le fardeau du pouvoir ! Allons ! C'est comme vous voudrez, mon cher papa ! On va vous emporter dans votre lit royal, et je prends la régence !

Ainsi fut fait, Nioroh fut enlevé, et le joyeux prit place sur le trône délaissé par le roi.

Il était prudent, en effet, de ne pas abandonner ce troupeau de brutes à ses seuls instincts, surexcités en ce moment jusqu'à la frénésie. Aussi les blancs décidèrent-ils de demeurer sur l'estrade où du reste le docteur avait fait apporter les carabines. Mais Hugueville était maintenant bien reconnu et accepté comme roi ; personne ne songeait à lui chercher noise.

Le rôle des blancs se borna donc à assister à la progression montante, puis descendante, de l'ivresse, sans qu'ils eussent le moins du monde à intervenir.

Sur le coup de minuit, les trois quarts des noirs gisaient à terre, ivres-morts. Certains réussirent à regagner leur case ; les autres, assis dans des poses abruties, continuèrent à boire...

Le bruit diminua, puis cessa tout à fait...

Toute la population dormait d'un ignoble et lourd sommeil, et la place, où le bûcher flambant formait maintenant un gigantesque brasier, s'assombrit, éclairé seulement d'une lueur rougeoyante.

— Ouf! dit Hugueville. Ce n'est pas trop tôt! Mes futurs sujets dorment, allons en faire autant.

— Sire, vous avez raison, répondit plaisamment Faradel.

— Non, pas encore Sire... Je suis celui qu'en vieux style de Cour on dénommait Monseigneur le Dauphin. Plus tard nous verrons. Et tâche de ne pas me blaguer, sans quoi je te ferai remarquer que nous vivons ici sous le régime du plus pur autocratisme. Le tsar lui-même n'est que de la Saint-Jean à côté de moi. En conséquence, tâche d'être un féal sujet, sans quoi je le dis à « Papa ».

— Pardon, excuse, Monseigneur !

— Allons ! mes braves sujets ! En route pour le dodo !

Dix minutes plus tard, pas un être humain n'était éveillé dans la ville noire : les blancs eux aussi dormaient.

.   .   .   .

.   .   .   .

Or, cette nuit-là, Faradel se réveilla brusquement sous le coup d'une hallucination bizarre, ou, pour être plus exact, sous l'influence d'un cauchemar des plus pénibles.

Il sommeillait, en effet, depuis un long moment au milieu d'un de ces rêves baroques et oppressants qui transforment le sommeil en angoisse poignante ; et son rêve, le voici :

Armé d'une outre *transparente* dans laquelle était renfermé du *feu liquide,* un noir à face féroce s'était agenouillé sur sa poitrine et l'écrasait de tout son poids. Gaëtan voulait le repousser ; mais par une fatalité singulière, inhérente à tous les cauchemars, le malheureux se sentait dans l'impossibilité de faire le moindre mouvement. Il voulait parler, crier, appeler à son aide ! Vaine tentative !... Et le noir riant diaboliquement, lui introduisait de force le goulot de l'outre entre les dents !... Et le « feu liquide » pénétrait brûlant dans sa gorge, dans ses poumons, ce qui lui causait une souffrance indicible !… Puis, tout à coup, le « feu liquide » ainsi absorbé sortait brusquement en serpentant de ses deux flancs. Et l'impression fut à ce point horrible que Faradel s'éveilla net.

Le pauvre garçon était en nage. Étendu sur sa couchette, il respira longuement, tandis que son cerveau, traversant cette phase d'engourdissement qui sépare le rêve de l'éveil complet, cherchait à se ressaisir.

— Bigre ! murmura-t-il. Comme il fait lourd ! C'est que mon rêve a presque l'air d'être une réalité. C'est comme un vrai feu que je respire !

Levant les yeux vers le lucarneau de sa paillotte, il aperçut les toitures éclairées par une lueur rouge, tout à fait anormale ; et dans le silence nocturne, il parut à Faradel qu'un bruit crépitant lui parvenait.

— Ah ! ça ! Est-ce que je rêve encore ? pensa-t-il. On dirait du bois allumé qui craque.

Et, pris d'une inquiétude instinctive, Gaëtan, bien réveillé cette fois, sauta hors de sa couchette, se vêtit à la hâte et, comme il ouvrait la porte, un jet de clarté rouge pénétra dans la pièce, l'éclairant comme en plein jour !

En même temps, Faradel poussait une exclamation d'épouvante.

— Le feu ! hurla-t-il. Ah ! Tonnerre et massacre ! Le feu !… Au feu ! au feu !…

A cet appel, lancé d'une voix puissante, Hugueville s'était réveillé. Il accourut en chemise.

— Bon sang ! fit-il. Ah ! bon sang !… Le feu !

Il n'en dit pas davantage, ne perdit pas une seconde son sang-froid, bondit vers ses effets, s'habilla en deux temps, trois mouvements, et revint en courant vers Faradel qui déjà avait éveillé Jacqueline, Babet, le docteur, Jean et Jus-de-Réglisse.

.   .   .   .

Depuis la seconde où Faradel avait signalé l'incendie jusqu'à celle où ils se trouvèrent tous rassemblés sur la place, il ne s'était certainement pas écoulé deux minutes ; mais deux minutes, en pareil cas, suffisent pour amener une catastrophe irrémédiable. C'est ce qui avait eu lieu ; car, comme l'ex-joyeux rejoignait ses compagnons, l'incendie battait son plein, sur tout le centre et sur la partie nord du village.

Un léger vent, venant du lac, avait activé la flamme, qui trouvait un aliment naturel dans ces constructions, dont le chaume de maïs, le bambou et le jute formaient la contexture.

Comment l'incendie avait-il pris naissance ?

Nos amis ne le surent jamais exactement. Ce fut peut-être l'imprudence d'un fumeur ivrogne qui le motiva. Peut-être le pur hasard amena-t-il le désastre, en ce sens que le vent pût avoir porté les étincelles du brasier de la place sur le chaume d'une habitation. Quoi qu'il en fût, le mal existait. Le tout était de pouvoir l'enrayer ; car Faradel constata, non sans désespoir, que la flamme gagnait toujours, dans la direction du kraal où se trouvaient les approvisionnements, et vers le palais central.

Compter sur l'aide des noirs? il n'y fallait pas songer un seul instant.

Beaucoup d'entre eux, réveillés par l'incendie, mais ivres encore, s'enfuyaient péniblement vers le lac ou la forêt.

L'un d'eux, complètement affolé, tomba même dans l'eau, près de l'embarcadère. Il disparut dans le lac en poussant un grand cri.

D'autres ne bougeaient pas ; complètement inconscients du drame qui s'accomplissait, ils demeuraient à terre dans l'attitude de cadavres.

Nioroh lui-même, qu'on avait été réveiller, ne comprit même pas ce que lui disait Hugueville, et se rendormit.

— Mais, bougre de rossard ! clama le « Dauphin », tu vas te faire griller comme un porc !... Lève-toi donc, animal !...

Peine perdue ! Nioroh ronflait.

Paul l'empoigna par les deux pieds, le flanqua en bas de son lit de nattes, et le traînant ainsi, l'abandonna sur la place, devant le perron.

Il voulut ensuite grouper les femmes pour organiser les secours ; mais, si beaucoup d'entre elles étaient moins ivres, elles étaient plus peureuses et s'enfuirent en poussant de grands cris.

Les blancs en étaient donc réduits à leurs propres forces. Ils étaient — ô ironie! — huit! huit seulement, en comptant Jus-de-Réglisse, pour lutter contre le fléau.

— Il faut tout tenter, ordonna le docteur, pour sauver nos approvisionnements et nos éléphants.

— Oui! Tâchons de saper tout autour! dit Gaëtan. Abattons! Creusons une tranchée dans les bâtiments voisins.

— Essayons! déclara Jacqueline en hochant la tête tristement, mais j'ai peur que nos efforts soient vains.

— Essayons toujours!

Ils se mirent à l'œuvre, maniant avec ardeur la hache et la pioche, éventrant les cloisons de pisé, abattant pieux, madriers, couvertures ; mais le feu les gagnait de vitesse, et, soudain, un coup de vent du Sud rabattit sur eux, comme un large velum, la nappe de flamme qu'ils voulaient isoler.

Cela, hélas, suffit... Les débris inflammables de paille et de bois, qu'ils avaient accumulés sans avoir eu le temps de faire place nette, s'enflammèrent, les brûlant eux aussi.

Ils n'eurent que le temps de bondir en arrière.

Hugueville étouffait de la main le feu qui consumait la manche gauche de sa chemise, et Jean Pierson était brûlé à la joue, mais légèrement.

Désespérés de l'inanité de leur effort, ils virent alors le feu courir de proche en proche, et gagner — sans qu'une intervention fût possible — la case, les fours, le hangar aux approvisionnements.

Derrière les pieux du kraal, Fanoche et Bobette bramaient affolées, et une immense pitié étreignait le cœur de tous.

— Lâchons-les, plutôt que de les laisser brûler vives ! dit Jean Pierson.

— Comment arriver jusqu'à elles? soupira Jacqueline.

— Tant pis !... J'essaye ! dit Hugueville.

Mais Faradel l'empoigna par le bras.

— Je te le défends, dit-il. Aussi bien ta vie est plus précieuse que celle de ces pauvres bêtes.

— Oui ! laissez s'accomplir le destin ! conclut tristement M. d'Arvil.

Pendant ce colloque — court pourtant — l'incendie avait fait rage, et maintenant il n'y avait plus à espérer ni accalmie, ni sauvetage — même partiel.

Nos amis, consternés devant ce spectacle grandiose et terrible, demeuraient là, mornes et sombres. Malgré la suffocante chaleur, qui rendait l'air presque irrespirable, ils voulaient rester jusqu'à la dernière extrémité.

Ils contemplaient, avec des larmes, cet ouragan de feu qui dévorait en quelques instants le résultat de tant d'énergie, d'intelligence et de travail des hommes.

C'était immensément triste ! Et devant un tel sinistre, la gaieté ordinaire de Faradel, comme la blague de Hugueville, se transformaient, on le conçoit, en désolation.

Pourtant, l'ancien zouave déclara :

— Mes amis, cette fois je crois que nous sommes bel et bien flambés !... C'est — ou jamais ! — le cas de le dire.

— Oui, riposta Faradel. Estimons-nous encore heureux de ne pas l'être nous-mêmes !... Car enfin, tant qu'on n'est pas mort, il y a encore...

Faradel n'acheva pas sa phrase... Une détonation épouvantable venait de se produire. En même temps un éclaboussement de flammes, d'étincelles, de gaz enflammés, de fumées épaisses, où se mêlaient des débris de bois et de métal rougi, traversait l'espace.

Un énorme déplacement d'air eut lieu, si violent, si brutalement imprévu que — renversés — nos amis roulèrent sur le sol.

. . . .

Gaëtan se releva le premier ; puis les autres — un à un — se

31

redressèrent, ahuris, les oreilles encore pleines de la vibration formidable.

Autour d'eux flottait une fumée légère dont l'odeur caractéristique fut pour tous une révélation, et en même temps la cause d'un violent désespoir.

— Les munitions! lança Faradel avec rage. Nos pauvres munitions!... Le magasin aux cartouches a sauté!

Et le pauvre garçon, les poings aux yeux, versait des larmes de rage impuissante.

Quel désastre en effet!... Car, si importantes que fussent les réserves d'approvisionnement de bouche, leur perte n'était pas irréparable; tandis que celle des armes et des munitions, c'était le désarmement complet de la petite troupe en plein centre africain. Quelle fatalité!

— Gare!... Attention!... cria soudain dans la fumée Jean Pierson. Rangez-vous!... Rangez-vous!

L'avertissement venait juste à point; car deux masses énormes surgirent de la barrière du kraal, éventrée par l'explosion.

Elles passèrent, avec une vitesse d'automobile, écrasant sur leur route les derniers noirs qui se relevaient; puis elles disparurent du côté du bois.

C'était Fanoche et Bobette qui, brûlées, affolées, mais libres, s'enfuyaient en poussant des cris de terreur.

— Ah! tant mieux! tant mieux! dit Hugueville. Au moins comme cela nous aurons quelque chance de les rattraper!

Ce fut alors seulement qu'on s'aperçut que l'explosion n'avait pas été bénigne pour tout le monde. Jacqueline avait reçu dans le bras un petit fragment de cuivre, provenant sans doute de la douille d'une cartouche; mais, avec un grand flegme, elle l'avait arraché, et se bandait le bras à l'aide d'un mouchoir.

Tous, et Faradel en particulier, l'entourèrent, s'informant avec inquiétude.

— Ce n'est rien! déclara-t-elle. C'est une simple écorchure. Ne craignez rien, mes amis.

Et de sa voix calme :

— Occupons-nous! continua-t-elle. Occupons-nous vite de sauver, si c'est encore possible, les vieux fusils des guerriers de Nioroh et leur poudre.

— C'est vrai tout de même! s'écria Hugueville. Ah! quelle femme vous êtes, mademoiselle! Vous seule avez songé à ce point, qui pourtant est d'une importance capitale.

Déjà Faradel courait vers le palais. Tous le suivirent.

On défonça la porte qui gardait l'entrée du magasin ; et à travers mille dangers, on réussit à sauver six tonnelets de poudre de chasse, deux forts tonneaux de poudre de guerre, des caisses d'amorces, cinq fusils de chasse à piston et vingt-cinq carabines Minié.

A travers mille dangers, disons-nous ; et certes nous n'exagérons pas... Qu'on songe en effet à ceci : que les travailleurs durent rouler les tonneaux au milieu de l'incendie, des flammèches et des étincelles!... Que le bois des tonneaux était lui-même tellement surchauffé par une température de fournaise, qu'il brûlait la main !

Oui, certes, il fallut à tous ces braves gens une fière énergie pour mener à bien pareille œuvre, avec la crainte constante de voir éclater sous leurs mains ces barils brûlants !

Mais le Destin leur fut clément, en la circonstance.

Après trois quarts d'heure d'un travail ardu, les poudres et les armes étaient sauvées, mises à l'abri non loin du lac, derrière un rideau de joncs préalablement arrosé d'eau.

Alors ils respirèrent :

— Nous n'avons plus qu'à attendre ici, dit alors le docteur, car nous ne pouvons pas espérer un seul instant nous rendre maîtres de l'incendie.

— Et allez donc ! reprit Paul Hugueville. Savez-vous que c'est déjà quelque chose que d'être là, tous, sains et saufs — ou à peu près — car Mlle Jacqueline n'est pas, je l'espère, gravement atteinte, non plus que Jean avec sa cloque à la joue.

— Oui, ce n'est rien.

— Et puis, dit Faradel, nous avons des armes, c'est le principal. Somme toute, malgré leur infériorité, elles sont encore d'un bon secours.

— Certes.

— Donc, remercions la Providence, conclut Jacqueline.

— Parfaitement, opina Hugueville.

Mais soudain l'ex-joyeux eut le geste de quelqu'un qui se rappelle quelque chose.

— Eh! mais! fit-il... Et mon « Papa ». Qu'est-il devenu? Bigre!... Si j'allais le chercher!

Il n'avait pas fini sa phrase que déjà il était parti et disparaissait dans la fumée; mais on ne le perdit pas de vue bien longtemps.

Peu après, Paul reparaissait, marchant péniblement, car il portait sur son dos... Nioroh lui-même.

— Ouf! dit-il en déposant le roi, sans grand ménagement du reste, sur le sol. Tu es bigrement lourd, mon petit papa!

Le corps du chef des Ourondis s'affala sur l'herbe; et seulement alors, Hugueville, en voyant la face noire du chef convulsée, comprit que ce qu'il venait d'apporter avec tant de peine n'était plus qu'un cadavre.

— Mais!... balbutia-t-il. Ma parole d'honneur!... Il est mort!! Dites? Est-ce vrai, docteur?

M. d'Arvil se pencha, tâta le cœur, examina le pouls... Néant!

— Oui, Nioroh est mort, déclara-t-il. Et sans doute cette mort est due à une asphyxie ou à une congestion...

Il y eut un silence; et à cet instant, le soleil apparut, atténuant la clarté de l'incendie qui, du reste, déclinait manifestement. Il est vrai que l'aliment commençait à manquer, car tout le village de Loukomba était en cendres.

Seules quelques paillottes, les dernières, flambaient, le reste brasillait. On n'apercevait plus une toiture, mais seulement des pieux, des charpentes,

UNE EXPLOSION VENAIT DE SE PRODUIRE... (Page 241.)

carbonisés, qui se dressaient au milieu des décombres. La barrière sud avait été épargnée ; mais néanmoins les madriers qui la composaient avaient déjà commencé à se roussir à la surface.

— Pauvre vieux ! dit enfin Faradel, en contemplant le roi mort. Pauvre vieux !... Ce n'était pas une intelligence... Évidemment non... Mais ce fut pour nous un ami. Sans lui, où serions-nous ?

— Oui ! dit gravement Jacqueline, plaignons-le, car il nous fut accueillant.

— Vous avez raison, mademoiselle, murmura Hugueville avec une émotion qui détonait avec sa gouaillerie ordinaire.

Et le joyeux se découvrit. Tous l'imitèrent ; puis Jean Pierson s'en fut couper de grandes palmes de fougère, dont il recouvrit le cadavre ; et c'est en veillant le corps de Nioroh que la petite phalange des blancs attendit la fin complète de l'incendie.

Deux heures plus tard tout était terminé. De ce village relativement important, il ne restait plus rien. Le désastre était complet, absolu, et pourtant chacun de nos amis sentait monter en son âme une reconnaissance infinie vers la Providence qui les réunissait tous, sains et saufs, après avoir traversé cet effroyable cataclysme.

La ruine de leurs espoirs, l'effondrement de leurs préparatifs et de leurs projets, tout cela n'était rien, puisqu'ils étaient là, tous, présents à l'appel, plus étroitement unis que jamais, unissant leurs forces, leurs énergies, leurs intelligences, pour lutter quand même contre le mauvais destin qui les accablait.

Et puis enfin, il leur restait des armes, c'est-à-dire l'outil indispensable du colon et de l'explorateur.

Peu à peu le calme revint dans leurs âmes, leurs nerfs si violemment surexcités au cours de cette âpre lutte se détendirent. La fatigue les envahit.

— Bon sang ! Que j'ai sommeil ! déclara Hugueville.

— Moi aussi, dit Faradel. Et j'estime qu'il serait bon que nous prenions un peu de repos. Voici donc ce qu'il faut faire : dormons deux heures, un seul de nous va veiller.

— Je prends la garde, dit le docteur.

— Soit!

Alors, tous s'étendirent sous les fougères et le sommeil les prit, tandis que M. d'Arvil s'asseyait sur une pierre, sa carabine entre les genoux, tout en fumant pour se tenir éveillé. Mais, malgré sa volonté de ne pas fléchir, malgré sa pipe dont il tirait des bouffées précipitées, l'explorateur sentit un engourdissement somnolent l'envahir; et sans même s'en bien rendre compte il s'allongea sur le sol et s'endormit à son tour.

CHAPITRE XIII

Un roi comme on en voit peu chez les nègres.

Hugueville s'éveilla le premier, ou pour mieux dire, il fut le premier qu'on réveilla; car si une intervention étrangère n'était pas venue secouer sa torpeur, il est probable que l'ex-joyeux eut, ainsi que ses amis, noblement continué son somme.

Mais, tandis qu'étendu sur le dos, il ronflait, le nez en l'air et la bouche grande ouverte, notre camarade sentit, brusquement, un courant d'air violent envahir sa gorge et ses narines. Cela lui fit à peu près l'effet d'un coup de soufflet de forge, dont un farceur se serait amusé à lui introduire le bec entre les dents.

Hugueville sursauta et ne se rendit pas tout d'abord un compte bien exact de ce qui se passait. Il vit, au-dessus de son nez, un long tuyau qui s'agitait doucement et qui pouvait aussi bien passer pour un gros serpent que pour un fort tuyau d'arrosage; et, ma foi, de prime abord Hugueville fit une grimace.

Mais la grimace se transforma instantanément en sourire, car le joyeux venait de reconnaître sa camarade Fanoche.

32

C'était bien elle en effet.

— Bonjour, ma belle! dit Paul, tout en empoignant à deux mains l'appendice nasal de la bête.

Fanoche n'eut qu'un léger effort à faire pour soulever son maître qui se trouva debout et put constater qu'à quelques pas de là, Bobette procédait, de son côté, au réveil de Jean Pierson.

Elle y avait mis, du reste, beaucoup moins de formes et d'égards, se contentant d'entourer de sa trompe le poignet du gamin et de l'enlever ainsi sans crier gare.

Quelques instants plus tard, tout le monde était sur pied, et après les bâillements inévitables et les étirements de bras nécessaires, on tint conseil.

La première opération décidée consista dans la visite des débris encore fumants de ce qui avait été Loukomba.

On put ainsi constater que dans quelques cases, épargnées par le feu, il restait encore des provisions de bouche, en maïs, sorgho et vin de palme.

De plus, le bétail, bœufs et porcs, ainsi que la volaille, chassés tout d'abord par le feu, commençaient à « rappliquer », pour employer l'expression de Paul.

Il en était de même pour les noirs, qui peu à peu revenaient dégrisés, apeurés, pleurant et gesticulant autour des blancs dont ils imploraient l'appui.

— C'est le moment ou jamais de prendre en main les rênes du gouvernement, mon cher Hugueville, déclara M. d'Arvil. Rassemblez ces gens, expliquez-leur la mort de Nioroh et faites-vous reconnaître. Il faut les dominer de suite; car leur concours nous est indispensable pour réorganiser notre vie à Loukomba.

— Entendu, docteur! Et justement j'aperçois là-bas Zimbo, le crieur de Nioroh, qui « rapplique » l'air penaud.

— Allons! Eh! Zimbo! Arrive ici, et plus vite que ça! hurla le roi Hugueville.

Zimbo ayant obéi, le joyeux, d'un geste large, fit signe aux noirs de former le cercle.

Ils étaient bien une centaine, mais d'autres arrivaient des bois à chaque instant.

— Tas de rossards! commença l'ami Paul. Vous êtes les plus fieffées brutes que j'ai jamais rencontrées sur terre; car si vous ne vous étiez pas mis, hier au soir, dans un état qui donnerait la nausée à un pourceau, tout cela ne serait pas arrivé. Nioroh, mon pauvre Nioroh, ne serait pas mort!

Un murmure de stupeur jaillit.

— Silence, tas d'idiots! reprit l'orateur. Oui! Il est mort, le pauvre camarade! Le voilà là-bas! Venez le voir!

Il emmena tout son monde, fit découvrir le cadavre, et, devant l'effarement silencieux des Ourondis :

— Vous avez tous entendu, hier, ce qu'a dit ce brave homme. Vous vous rappelez certainement — malgré que vous fussiez déjà dans un état dégoûtant — que Nioroh m'a repassé en cas de mort son sceptre et sa couronne; au reste, Zimbo, qui n'était pas encore ivre-mort, s'en rappelle bien, lui.

— Oui! oui! déclara le crieur.

— Eh bien! rafraîchis-leur la mémoire!

Zimbo obéit, et, son speech terminé, lança un « You! you! » sonore que répétèrent les nègres en guise d'acquiescement et de bravos.

— Donc, reprit Hugueville, je suis votre roi! Et vous savez tas d'enflés, que je suis bon garçon. Mais avec moi, il faut marcher droit, ou gare aux gifles. Bien mieux! le premier qui voudrait « faire le zouave », je lui fais couper le cou comme à un poulet! Vous allez me ramener ici mes sujets des hameaux environnants, et pour commencer, nous allons déblayer, puis ensuite nous reconstruirons ma capitale qui — rappelez-vous bien ça — ne s'appellera plus Loukomba mais *Piersonville*, vous avez bien entendu, Pier-son-vil-le. Avez-vous saisi?

— Oui! opina Zimbo avec conviction, *Birsonfile*!

— Si tu veux! Tu as un drôle d'accent pour énoncer du français, mais du moment que le cœur y est c'est tout ce qu'il faut. Et maintenant, en route! Ramenez-moi du monde, des outils, beaucoup d'outils, des chariots, des buffles, des vivres et tout le tralala. Fissa! Ro!... Balek! Zimbo, reste ici avec une équipe de vingt hommes pour : 1° enterrer proprement Nioroh, là, à la place où il est; 2° me jeter aux crocos tous les sales ivrognes qui se sont fait rôtir comme de vraies andouilles et qui, si on les laissait là, nous flanqueraient la peste; 3° me retrouver des chaînes pour amarrer ces deux nobles bêtes : Fanoche et Bobette. Et dépêchons-nous! Que ça ne traîne pas!

Les noirs applaudirent et partirent, obéissants, domptés par l'assurance de leur nouveau monarque qui déclara à ses amis :

— Hein! Est-ce parlé? mes enfants. Et maintenant, Hugueville Ier, roi des Ourondis, vous invite à déjeuner.

— Mon cher, dit Faradel, tu as été superbe! Je n'aurais pas fait mieux. Seulement, tu sais, je veux une petite place, sans quoi je fonde un journal d'opposition, et je te combats salement.

— Allons! voilà déjà la politique qui s'en mêle! Oh! les soucis du trône! nargua Hugueville. Eh bien! tiens, je suis bon prince, tu es ministre. Es-tu content?

— Ministre?... Oui... mais de quoi?

— C'est tout indiqué : ministre du Commerce.

— Ça me va!... Où est mon portefeuille?

— C'est là un pur détail. Allons déjeuner.

Au cours d'aventures aussi étrangement paradoxales que celles qui survenaient à nos camarades, les sensations éprouvées par ceux qui en sont les acteurs ne sauraient se comparer aux émotions normales de la vie civilisée. Il y a là matière à des sautes brusques de sentiments qui dérouteraient l'analyse partout ailleurs.

Ainsi, au désespoir qui les avait étreints, succédait une gaieté un peu nerveuse, et que pourtant les événements et la situation ne semblaient pas justifier.

En effet, le bilan n'était pas des plus séduisants !

Perdre, en quelques heures, les seules chances qu'on ait de revoir sa patrie ; se trouver exilés en un coin perdu de l'Afrique centrale ; n'avoir pas la moindre espérance de pouvoir se remettre de fort longtemps (qui sait?... jamais peut-être !) en rapport avec ses compatriotes ; ne posséder que d'infimes moyens de lutte contre une nature ennemie, pleine de dangers : telle était la situation.

Et pourtant, jamais déjeuner ne fut plus gai que le frugal repas qu'ils prirent ce jour-là. C'est que les circonstances trempent les âmes ; et la combativité naturelle des tempéraments généreusement établis finit par trouver aux âpretés de la lutte une volupté particulièrement prenante. Nos camarades étaient de ceux-là.

Tout en croquant des galettes de sorgho, mi-moisies, mi-roussies, qu'il arrosaient de vin de palme, ils discutaient ; et leur plan ultérieur se dressa naturellement, jaillissant avec une clarté bizarre de leurs cerveaux. Aucune difficulté ne les étonna ; et c'est ainsi qu'au dessert, composé de fruits et de café (très mauvais du reste, car le feu l'avait transformé en charbon), ils avaient établi les bases de leurs opérations futures.

— Reconstruire Loukomba, d'abord, ou mieux construire Piersonville, avait déclaré le docteur, tel est le point de départ.

— Oui ! dit Faradel, mais à tant faire, il faut construire quelque chose de propre, et constituer des maisons au lieu de huttes.

— Des maisons, c'est beaucoup dire, repartit Hugueville. Pourquoi ne veux-tu pas tout de suite y placer des ascenseurs ?

— Oh ! inutile ! car il n'y aura que des rez-de-chaussée, mais enfin puisqu'il y a ici de la terre à four, on peut faire des briques au lieu de fabriquer les murs en boue et paille.

— Oui ! je ne dis pas, déclara Spinelli. Mais en tout cas il y aura une
innovation à créer..

— Laquelle ?

— Organiser une pompe à incendie.

— Tu t'en charges ?

— Oui.

— Mais avec quoi la fabriquer ?

— Écoutez et vous verrez comme c'est simple : nous faisons une enceinte
maçonnée avec un chemin de ronde.

— Bon !

— Eh bien ! aux quatre angles on bâtit quatre tourelles avec réservoirs
à échelles. Les nègres les rempliront.

— Tiens ! Tiens !... Pas bête.

— Je vous crois. On les garnit, pour les rendre étanches, avec des
plaques métalliques qu'on retrouve dans les débris. On les place à sept ou
huit mètres de hauteur, ce qui donne une pression excellente. On y adapte
des tuyaux de toile caoutchoutée. En dix minutes on noierait n'importe quel
incendie.

— All right ! clama Hugueville. Aussi bien nous ne sommes pas hélas !
ici pour un jour. J'ai bien peur que nous n'y soyons vissés à demeure.

— Qui sait ? dit le docteur. Il viendra bien un jour ou l'autre des cara-
vaniers. Ce sera le trait d'union avec la liberté. Mais ce peut être très long à
attendre. D'ici là, avec les moyens dont nous disposons, il nous est interdit
de tenter un voyage vers la côte. Donc, installons-nous, comme on dit, sans
esprit de retour, et n'attendons rien que du hasard.

— Et puis, somme toute, reprit Hugueville, ce n'est pas tout le monde
qui a la chance d'être roi. Quand on a la veine de le devenir aussi subitement que je le suis devenu, vous avouerez qu'il faut en profiter un peu. Et
d'abord, du moment qu'on gouverne, il faut au moins laisser — le jour où
l'on abdique — la réputation d'avoir fait quelque chose. C'est ainsi que je m'en

vais fonder une école qui sera évidemment laïque et encore plus obligatoire, car les gosses qui manqueront les cours recevront la fessée.

— Diable ! tu as une méthode d'enseignement un peu trop énergique. Et puis tu parles d'école, tu n'as pas de professeur.

— Si ! Mlle Pierson veut bien la diriger.

— Certes ! dit Jacqueline en souriant.

— En plus de ça, je vais organiser une armée.

— Nous n'avons que trente fusils.

— C'est inutile d'en donner aux noirs ! Nous gardons les armes pour nous ; mais enfin on peut toujours leur laisser leurs flèches, leurs coutelas, etc. Nous leur apprendrons la manœuvre...

— Quand nous aurons le temps, interrompit le docteur. Il y aura tant d'autres choses plus utiles à leur apprendre : certaines méthodes de culture, par exemple, et aussi certains procédés de fabrication.

— Vous avez raison, docteur. En tous cas, à dater de ce jour, j'arbore sur mon palais futur le drapeau tricolore.

— Pardon ! Vous n'en avez pas le droit ! Nous sommes ici en colonie allemande.

— Des nèfles, docteur ! Qu'ils y viennent voir !

— Mon cher, je comprends votre désir ; mais je trouve que vous avez tort. Choisissez le pavillon que vous voudrez ; mais le pavillon français, je le garde pour moi.

— Hein ! Pourquoi ça ?

— Parce que vous allez me reconnaître et me donner l'exequatur comme consul de France à Loukomba-Piersonville.

— Et pourquoi faire, mon bon docteur ?

— C'est une idée à moi. Cela peut servir... qui sait?

— Soit ! déclara avec une gravité narquoise le roi Paul. Faradel, j'ordonne à Votre Excellence de délivrer à M. d'Arvil, consul de France, toutes pièces utiles revêtues de notre sceau royal.

— Alors, si c'est comme cela, je serai consul d'Italie, opina Spinelli.

— Et moi, consul du Transvaal, riposta Jean.

— Mais, sapristi ! il n'y aura que des consuls ici, s'écria Faradel. Ça ne sera pas comme à Monrovia, où il n'y en avait pas assez ! J'en sais quelque chose !

— Monsieur Gaëtan, vous regrettez cette vieille aventure ? demanda Jacqueline en souriant.

Faradel rougit :

— Non... non... reprit-il vivement. Car sans elle, je ne vous aurais pas connue.

Et il lui baisa le bout des doigts, pendant que le nouveau consul de France souriait en les considérant.

A dater de ce jour, toute l'activité du groupe blanc se concentra sur cette idée unique : créer sur ce coin de la terre d'Afrique quelque chose d'utile et de durable, se faire là une petite patrie d'aventure ; puisqu'on était forcé d'y demeurer — peut-être — pour toujours.

Et ce fut vraiment merveilleux de voir le parti que ces hommes et ces deux femmes surent tirer des éléments, si imparfaits pourtant, que le hasard leur avait laissés.

Tout d'abord, après le déblaiement complet et la mise en ordre des matériaux pouvant encore être utilisés, on créa des hangars pour y vivre en attendant mieux.

Sous l'impulsion intelligente des Européens, les noirs s'attelèrent à toutes les besognes.

Il existait déjà parmi eux des ouvriers forgerons, maçons ou charpentiers, mais ils opéraient avec leurs vieilles routines et une grossièreté de main-d'œuvre, que Spinelli, ouvrier d'art, ne pouvait admettre et qu'il réforma.

Au lieu de lourdes charpentes en bambou non équarri, il obtint, à force de patience... et de coups d'étrivières... qu'on dégrossît à angles vifs les poutres, les chevrons, les buteaux. Il leur apprit les méthodes d'assemblage, et bientôt la carcasse du palais royal se dressa sur la place, devant les nègres émerveillés.

Puis, le tour des maçons arriva ; et ce fut pour eux une extase, quand le docteur leur eut fait organiser un four à briques. Seulement le plâtre manquait ; on y suppléa à l'aide de terre délayée dans laquelle on mélangea le suc mucilagineux d'un arbre à résine, de la famille du gommier.

La substance ainsi obtenue donnait un mortier un peu pâteux, de teinte rougeâtre, qui se maniait avec assez de facilité, qui séchait très lentement, mais qui, une fois sec, rachetait ce défaut par sa dureté, très inférieure, il est vrai, à celle du ciment, mais bien supérieure à celle du plâtre.

Le palais de Hugueville une fois terminé, tous les blancs vinrent y habiter, car il comprenait douze pièces, plus une salle de réception, où le monarque improvisé donnerait audience.

On traça ensuite les rues du nouveau Piersonville.

Pour cela, on adopta le système américain : les grands rectangles avec les voies se coupant à angle droit. Ces rues furent enrochées et leur niveau fut réglé pour déverser tous les écoulements vers le lac.

Chaque famille noire reçut son lot de terrain, et sous la surveillance des blancs, les maisons — toutes semblables — s'érigèrent avec une rapidité relative, car plusieurs familles se mettaient ensemble pour construire. De la sorte, Piersonville se trouva converti en un vaste chantier plein de vie et de couleur où l'activité humaine se développait, se donnait essor.

Sur la côte nord de l'enceinte, les ingénieurs blancs ménagèrent un grand espace qui fut destiné à abriter le bétail par catégorie, mais en commun. Il fut, du reste, interdit par un arrêt du roi, transmis par la voix du crieur, de jamais faire loger un bétail quelconque dans les habitations nouvellement construites.

Bref, six mois après le sinistre, le nouveau Loukomba-Piersonville avait presque toutes ses maisons debout bien alignées ; ses rues étaient toutes bien organisées ; et son enceinte de guerre s'élevait déjà sur tout le pourtour jusqu'à une hauteur de quatre mètres, avec les bastions en tourelle qui le flanquaient. Ajoutons qu'un fossé large de cinq mètres, profond d'autant, l'entourait ; et que quatre portes à pont-levis y donnaient accès. Enfin, sur le palais royal de ce brave Hugueville flottait majestueusement le drapeau ourondi qui n'était autre, à vrai dire, que le drapeau français des anciennes demi-brigades, tricolore en diagonales. Tout autour se dressaient les pavillons des « consuls » de France, du Transvaal et d'Italie ; et à dater de ce moment la vie normale reprit son cours dans tout le royaume ourondi.

On put voir alors combien l'influence d'une direction à la fois intelligente et ferme peut amener de modifications dans les habitudes d'un peuple fruste.

Certes, le passage des blancs fut un bonheur pour les noirs.

Grâce à l'autorité — parfaitement tyrannique mais au fond pleine de mansuétude — de leur nouveau roi, cette peuplade arriérée abandonna, graduellement et sans effort, ses vieux procédés, ses vieilles routines.

Ce fut surtout en culture que la transformation fut sensible ; et c'est grâce au consul de France, M. d'Arvil, que ce résultat fut obtenu.

Auparavant, les semailles se pratiquaient un peu à l'aventure. Le docteur fit classifier les terrains, de façon à ne point fatiguer le sol par une surproduction exagérée.

Il est vrai qu'avec un humus aussi généreux, ce sol quasi vierge semblait inépuisable ; mais songeant à l'exemple donné par l'agriculture américaine, qui, à force de trop vouloir récolter, a fini par être obligée de fumer certaines régions, M. d'Arvil prémunit les laboureurs ourondis contre cette éventualité : en formant trois lots de labour ; chacun d'entre eux devait être laissé six mois en friche, en plein repos.

On vit alors des cultures correctes et bien tenues. Le rendement énorme permit de créer des magasins de réserve, une sorte de grenier d'abondance pour le cas d'une disette, d'un orage qui détruirait la récolte, ou encore pour parer à l'invasion possible des sauterelles.

Bref, la royauté improvisée d'Hugueville, et le concours de ses amis, fit de cette horde sauvage un peuple sinon civilisé, du moins dégrossi.

C'est que ce brave Paul n'était pas un roi ordinaire.

Ah! certes non! Il avait, en effet, le talent d'exercer ses fonctions à la fois avec vigueur et fantaisie.

Sur ce dernier point, on peut penser qu'il n'était jamais pris au dépourvu.

C'est ainsi qu'il imagina de se constituer chaque semaine en tribunal plénipotent pour trancher les différends qui surgissaient entre ses sujets.

— Seulement, déclara-t-il à Faradel, pour rendre une justice « à la mode », il faut impressionner les gens. Tu penses bien que je ne puis décemment présider, faire mon petit saint Louis sous son chêne, en manches de chemise. Ce n'est pas assez habillé. Je vais donc me faire confectionner un costume de roi.

— Lequel?

— Oh! celui que tous ces « enflés » connaissent depuis des siècles : la gandourah, le bonnet à plumes, comme « papa Nioroh ».

— Tu auras une drôle de tête, là-dessous.

— Je serai absolument renversant!

— Je n'en doute pas.

Et Paul le fit comme il l'annonçait.

On le vit un beau jour se promener devant ses noirs sujets dans le costume prévu ; et il obtint un succès réel, mais la partie la plus originale de son accoutrement était, sans contredit, son sceptre.

Dans un feuillet d'aluminium, Hugueville avait découpé la silhouette grotesque d'un *lapin* !

— C'est, déclara-t-il, une délicate attention, ou mieux c'est *un symbole !* Justice + royauté = lapin !... N'est-ce pas de la logique?

— Oui, tu préviens ton monde!

— Comme de juste! Je suis un roi loyal, moi! Je ne prends pas mes sujets en traître. Ils n'ont pas à dire : « Cet Hugueville nous monte le cou ». Mon « *lapin* » est démonstratif.

Quant à la façon dont notre camarade répandait les bienfaits de son arbitrage, on peut dire que c'était tout à fait joyeux.

La première « affaire » qu'il eut à trancher, fut la suivante :

Ourida, une négresse dans les quarante ans, se plaignait amèrement de ce que son voisin, un nommé Bitzi, lui avait volé une poule.

La femme agenouillée devant le trône où siégeait l'ex-joyeux, accusait l'homme avec la dernière énergie.

Quant à Bitzi, il niait, naturellement. C'est, du reste, toujours ainsi que les choses se passent.

Au bout de cinq minutes, Hugueville qui n'avait pas desserré les dents, leva en l'air son lapin — pardon ! son sceptre.

— En voilà assez ! déclara-t-il. Vous nous rompez les oreilles ; et dans le fond nous n'avons aucune indication sérieuse, ni pour, ni contre, sur le fait litigieux qui nous est soumis. D'une part, Ourida n'apporte nullement ici la preuve que Bitzi lui ait volé sa poule ; mais je consens tout de même à admettre sa déclaration. D'autre part, Bitzi nie formellement ; et comme je n'ai pas la preuve qu'il ment, je me vois forcé de le croire. Je consens donc également à admettre sa déclaration à lui.

Les deux adversaires écoutaient, l'air abruti ; et le roi continua :

— La cause est donc, comme on dit en style de procédure, « en état », et il résulte de l'examen approfondi fait par nous des faits de ladite cause que d'une part Ourida dit la vérité, et que d'autre part Bitzi ne ment pas. Par conséquent, nous pouvons admettre l'une ou l'autre de ces deux hypothèses : « *Les adversaires ont raison tous les deux* » ou « *Les adversaires ont tort l'un comme l'autre* ». Il n'y a pas à sortir de là !

Stupeur des deux plaideurs.

— Au fond, reprit avec gravité Hugueville, je vous dirai que cela me laisse froid ; mais ce qui me remplit d'une juste colère, d'une robuste indignation et d'un courroux sans précédent, c'est que vous me faites

HUGUEVILLE RENDANT LA JUSTICE.

tourner en potiron depuis un bon quart d'heure à m'expliquer vos sornettes ; et cela, comme si je n'avais rien de mieux à faire qu'à perdre mes précieuses minutes à vous écouter. Ceci mérite donc une exemplaire punition !

Gestes de protestation effrayée de Bitzi et d'Ourida.

— Donc, conclut le roi-magistrat, le tribunal royal de Piersonville condamne les deux parties à une amende de deux poules, chaque : lesquelles poules devront être apportées dans dix minutes, montre en main, en mon palais ; sans quoi, ce délai expiré, l'amende sera doublée, avec — en plus — trois coups d'étrivière sur les reins de chaque délinquant. Allez !... Et ne soyez pas longtemps !

Et pendant que, penauds, les deux adversaires s'éloignaient :

— Hein ! dit Hugueville, en s'adressant à Faradel et à ses amis, qui l'écoutaient, abasourdis, mais le sourire aux lèvres. Hein ! Est-ce magistral, un jugement pareil ?

— Je te crois !

— Pour sûr !... Salomon est bien peu de chose auprès du d'Aguesseau que je représente !

— Tu es roulant ! opina Gaëtan.

— Mais non ! protesta le camarade. Je ne fais qu'appliquer les principes normaux de la justice civilisée. Un procès, tu le sais, ne rapporte jamais rien aux plaideurs. Il y a là-dessus (on se rappelle ses études !), une fable célèbre. En revanche, le procès fait vivre un tas de gens de robe et d'hommes de loi de toutes couleurs. Ici, c'est moi qui représente ces dignes personnages ; donc, c'est moi qui dois bénéficier du procès. Est-ce vrai ?

— Tu es un grand homme ! déclara Faradel.

Ah ! ce n'était pas un roi ordinaire que ce brave Hugueville !

Il avait jugé utile, ne fût-ce que par luxe, de mettre un factionnaire à la porte de son palais ; et c'était fort cocasse de voir le guerrier noir, coiffé d'un chapeau de paille à grands bords, vêtu d'une gandourah, sanglé dans un ceinturon à giberne, monter sa garde armé d'une carabine Minié, tout en fumant sa pipe. A vrai dire, cette carabine était la seule qu'on eût confiée aux guerriers, par cette raison qu'elle était hors d'usage : la batterie n'y fonctionnait plus ; elle était là pour la forme.

Au demeurant, il faut reconnaître que malgré la haute fantaisie qui présidait à beaucoup des conceptions du nouveau monarque, l'ensemble de son administration était tout à fait satisfaisant; chez lui, l'humour allait de pair avec la logique.

C'est ainsi qu'il institua le « *Jardin des Plantes* », par analogie avec celui de Paris; jardin des plantes rudimentaire, il est vrai, car il ne comprenait que deux animaux : Fanoche et Bobette, auxquelles il avait fait organiser un grand kraal des plus confortables.

Seulement, comme chez Hugueville la gaieté ne perdait jamais ses droits, il fit, sur la haute palissade, arborer un écriteau ainsi conçu :

DÉFENSE EXPRESSE

DE TAQUINER LES ÉLÉPHANTS

précaution bien inutile, puisqu'aucun des Ourondis ne savait lire, et que l'école prévue tout d'abord ne devint jamais une réalité.

Bref, au bout de quelques mois, le « courant de la vie » était repris dans Loukomba-Piersonville, avec cette différence qu'au lieu d'un village mal bâti, on vivait dans une cité propre et bien tenue.

Le temps coulait pour nos amis, sans que l'ennui se fit trop sentir, grâce aux multiples occupations qui sollicitaient leur activité, leur intelligence et leur force.

La chasse était leur distraction favorite, et ce passe-temps, adorable partout, prenait pour eux dans ce milieu sauvage, dans cette nature magnifique, une saveur toute particulière.

Sûrs maintenant de la fidélité, du loyalisme des Ourondis, ils n'hésitaient pas à se livrer à des déplacements cynégétiques qui duraient parfois une semaine.

Ils explorèrent ainsi toute une large zone de brousse, de plaines et de forêts. Ces expéditions étaient facilitées pour eux grâce au concours des deux éléphants, qui emportaient les charges, les munitions et les vivres.

Il est vrai que leurs armes nouvelles ne valaient pas les anciennes carabines ; mais ce n'étaient point de si mauvais outils que ces fusils-là. Somme toute, avec leur hausse graduée à 1,200 mètres, les carabines Minié constituaient de bonnes armes de chasse ; et la force de pénétration des balles coniques était plus que suffisante, même sur gros gibier, jusqu'à 400 mètres.

En un mot, nos amis étaient aussi heureux qu'on peut l'être dans leur situation.

Certes, le spleen les hantait parfois, avec la vision et la souvenance des patries absentes ; mais la grâce de Jacqueline, sa foi en la providence, le charme de sa parole grave et douce, avaient facilement raison de ces courts moments de désespérance.

— Patience ! concluait-elle. Il arrivera bien un jour ou l'autre une caravane qui nous remettra, même par la bataille, en contact avec le monde extérieur. Patience ! Ménageons notre poudre, et attendons.

— Vous avez raison, ponctuait Gaëtan. Et ma foi ! ne nous plaignons pas, car en somme, nous ne manquons de rien !

— Sauf de la France ! soupirait le docteur.

— Oui, ripostait mélancoliquement Hugueville ; on a beau être roi nègre, ce n'est pas le bonheur complet. Je voudrais bien tout de même voir des chapeaux haut de forme, des omnibus et des tramways. Les négresses, c'est très gentil !... mais j'irais volontiers faire un tour rue de la Paix, à l'heure de la sortie des ateliers des grandes modistes : ça me chanterait dans l'œil de revoir des Parisiennes.

— Bah ! Ce temps-là reviendra peut-être, reprenait en souriant Jacqueline. Du courage et de la patience ! Telle est, pour l'instant, la consigne !

.   .   .   .

Or, au cours d'une de leurs longues chasses, il leur survint un événement tout à fait imprévu.

Cette fois-là, ils avaient abordé les contreforts boisés de la montagne, et campaient à flanc de coteau sur un terrain un peu rocailleux, dans lequel Spinelli se mit à creuser un foyer pour préparer le repas.

Soudain, il s'arrêta étonné.

L'Italien considérait attentivement un morceau de roche qu'il venait d'arracher du sol et qui brillait, par place, d'un éclat métallique.

— Hé! les camarades, cria-t-il, venez donc voir.

On accourut, et M. d'Arvil dit au bout d'une bonne minute :

— C'est très probablement une roche aurifère.

— Ce serait de l'or? clama Faradel.

— De l'or!... Je m'en doutais, murmura Spinelli.

— De l'or!... s'écria à son tour Hugueville.

— Peut-être! reprit le docteur. Nous verrons cela au retour. Voyons, en tous cas, si le gisement de minerai est important.

Et soudain, à cette invitation une fièvre les empoigna tous. Plus un mot ne sortit de leurs lèvres, et jusqu'à Jacqueline elle-même, tous, avec leurs couteaux, leurs sabres-baïonnettes, se mirent à éventrer le sol, fébrilement.

En quelques instants, un monceau de roches identiques s'amoncela en tas, tandis qu'éreintés par la tension nerveuse déployée ils s'arrêtaient, en nage.

— C'en est! Je le sens! dit Hugueville.

— Pour sûr!

— Du coup, nous sommes riches!

— A millions!

— A milliards!

— A milliards de milliasses! accentua Hugueville.

— Ne nous emballons pas! reprit le docteur qui avait reconquis tout son calme. Douchez vos emballements. C'est peut-être bien, tout simplement, du cuivre!

— Oh!... Tout de même.

34

— Ça ne serait pas à faire !

— Comment savoir ce que c'est? demanda Jacqueline.

— Rentrons ! ordonna le docteur. Nous reviendrons fouiller si c'est utile. Emportons un stock d'échantillons. J'ai retrouvé dans ma trousse de voyage deux pierres de touche. En isolant par un lavage préalable, et ensuite par fusion, les parties métalliques, je pourrai vous fixer sur la nature de ce minerai.

Ainsi fut fait. Fanoche fut chargée du précieux fardeau, et on regagna Piersonville, dont on n'était éloigné que de quelques heures de marche.

Alors, le docteur se mit à l'œuvre.

Seul, enfermé dans une pièce du palais qui servait de cuisine, il travailla plusieurs heures, et quand la nuit arriva, il appela ses amis, qui attendaient, fiévreux, le résultat des opérations.

Assis devant une table sur laquelle étincelait un tas de minerai, M. d'Arvil, très calme, les considéra en souriant, amusé de la fièvre de désir qui, malgré eux, éclatait en leurs regards.

— Oui, mes amis, dit-il enfin. Tout cela... c'est de l'or !

Une même exclamation, profonde et joyeuse, un « Aâh !! » qui semblait un cri de délivrance, jaillit de toutes les poitrines.

— Oui ! poursuivit le docteur, c'est de l'or ! J'en suis sûr. C'est même de l'or quasi pur. J'entends qu'il est englobé en paillettes très nettes dans la gangue rocheuse, et que, par suite, il est relativement très commode à isoler. Il représente alors une poussière de petits cristaux que voici.

Il en indiqua un léger tas dans une calebasse de terre, y plongea la main, et laissa, devant ses auditeurs muets, glisser la poudre aurée en cascade entre ses doigts ; puis, se levant, il prit sur le fourneau éteint un vase de terre, le montra.

— Voici l'or après fusion, conclut-il.

— A la bonne heure ! hurla Hugueville, qui retrouva sa langue. Nous avons gagné le gros lot !

— Mieux que ça! hurla Faradel en gesticulant.

— Nous sommes les plou rices dans toute la terre! glapit Spinelli.

— Et cette richesse nous est parfaitement inutile, déclara Jacqueline, simplement.

— Comment cela?... Inutile?

— Eh oui! reprit-elle, tout à fait calme et désenfiévrée. L'or à Loukomba n'a aucune valeur.

— Pardon! interrompit le docteur. Vous avez raison, mademoiselle, mais de ce que nous n'avons pas l'emploi direct et immédiat de cette fortune que le destin nous octroie, il ne s'ensuit pas qu'on doive l'abandonner.

— Ah! mais non! dit Babet.

— Car, poursuivit M. d'Arvil, nous n'avons pas renoncé à gagner l'Europe; et ce jour-là qui, somme toute, peut bien arriver, nous ne dédaignerons plus notre trouvaille. Songez que si ce gisement est ce que je suppose qu'il doit être, c'est-à-dire très important, nous aurions pour chacun de nous une fortune énorme.

— Royale! accentua Gaëtan.

— Je vais me payer un complet et des bottines vernies! ricana Hugueville.

— Je monte une maison de commission fantastique! cria Faradel.

— Pourquoi faire?... Puisque tu es riche!

— C'est vrai, ma foi!... Je n'y pensais plus.

Et soudain, emportés de cette frénésie particulière signalée maintes fois chez les chercheurs d'or, ils se mirent à danser, en chantant, de façon incohérente, et en agitant les bras en gestes de folie.

Mais ce sont là des accès passagers. Bientôt calmés, on en revint aux choses sérieuses, et on tint conseil.

Il fut convenu qu'on ne mettrait point les noirs dans la confidence (c'était en effet plus prudent), et qu'on pratiquerait sur place l'extraction et la mise en lingots.

Pour ne pas donner l'éveil à la population noire, le roi Hugueville demeurerait à Loukomba avec Faradel, Jacqueline Pierson et Babet.

Le docteur partirait avec Jean Pierson, Spinelli et Jus-de-Réglisse ; on emmènerait pour les transports Fanoche et Bobette. Ces dernières seraient, après la fin des opérations, chargées des lingots obtenus, qu'on rapporterait à Loukomba-Piersonville, enveloppés dans des sacs bien ficelés. Le retour s'opérerait la nuit, et l'or immédiatement emmagasiné au palais constituerait une splendide réserve pour l'avenir.

Ce plan fut exécuté militairement. L'expédition partit, comme pour une chasse ordinaire, et gagna la montagne.

Le gisement, retrouvé sans peine, était exactement dans l'état où on l'avait laissé. Personne, ni un homme, ni même un animal n'avait passé par là ; car aucune trace ne se relevait sur la terre desséchée.

Jus-de-Réglisse, après avoir enchaîné les deux éléphants à deux balisiers, s'apprêtait à dresser la tente qu'on avait apportée, quand Jean Pierson qui, selon son habitude de trappeur, avait été faire aux alentours une patrouille de reconnaissance, arriva tout joyeux.

— Arrête ! ordonna-t-il au négrillon. C'est inutile de dresser la tente ! Nous avons une maison à notre disposition.

Il expliqua au docteur que, dans un fourré, à cinquante mètres, il avait déniché une vaste grotte ouverte au flanc des rochers.

Tout près une source coulait doucement d'une fente de la montagne et se déversait, en ruisselet, vers le lac qu'on apercevait à trois kilomètres au delà des prairies.

— Fameux ! dit Spinelli. Comme cela, au lieu d'aller laver notre gangue au lac, nous la laverons sur place.

— Sans doute ! dit le docteur. Économie de temps, économie de fatigue, économie de danger, car là-bas, les crocodiles nous eussent beaucoup gênés.

La grotte découverte par Jean Pierson était profonde et confortable en ce sens qu'elle était saine et sèche. Elle avait dû, autrefois, être habitée par un fauve, car des os desséchés d'animaux s'y trouvaient, qu'on jeta dehors.

Au fond, une fissure filait en hauteur, au fond de laquelle le ciel bleu apparaissait.

— C'est parfait! déclara M. d'Arvil. C'est là que nous installerons notre fonte au cubilot. Voici une cheminée d'aération toute trouvée. Seulement, il y a un grave défaut à ce logis.

— Lequel?

— Il est sans porte.

— C'est vrai, dit Jean Pierson. Tant comme logement que comme magasin, il doit être clos...

— C'est facile, interrompit l'Italien. Va-t-en avec Fanoche jusqu'à Loukomba, et rapporte des barres de fer. J'installerai une grille.

L'enfant partit, revint le lendemain matin avec le matériel nécessaire, et Spinelli eut tôt fait d'organiser une clôture solide.

Pendant l'absence de Jean, ses trois camarades n'étaient pas restés inactifs. En effet, dans le fond de la grotte le minerai s'amoncelait, lançant dans la pénombre l'étincellement de ses paillettes.

Après le déjeuner on se remit à l'œuvre, et quatre pioches fouillèrent avec ardeur le gisement. Au fur et à mesure qu'on avançait en largeur, le minerai diminuait; mais en creusant verticalement, il était toujours identique à la surface. On remarqua même qu'il devenait plus pur. Enfin quand on fut arrivé à 1 mètre 50, un lit de poudre d'or mêlée de poussière apparut éclatant, miroitant comme un soleil!

Le docteur expliqua le phénomène de la façon suivante :

— Sans doute, sous le lit de gangue, une excavation existait. Les pluies filtrant au travers de la gangue ont dû entraîner les parcelles d'or des surfaces rocheuses et terreuses jusque dans le fond de l'excavation. C'est, somme toute, un lavage d'or naturel exécuté par l'eau du ciel.

Cette poudre fut mise à part, et quand on l'eut entièrement déblayée, on rencontra un fond de silex étonnamment dur, sans aucune espèce de fissure, qui s'étendait comme une nappe horizontale dans le sol.

— Je crois que nous sommes arrivés au bout du filon, déclara le docteur.

— Oh! protesta Spinelli. S'il y en a ici, il doit bien s'en trouver à côté.

— Peut-être oui,... peut-être non! mon cher ami, répondit M. d'Arvil. L'or ne se répartit pas par voisinage. Il se peut, en effet, que nous en trouvions dans les environs; mais il est également très plausible que cette place soit unique dans toute la région. En tous cas, nous verrons plus tard. Pour le moment, occupons-nous de ce que le hasard nous octroie, et commençons les lavages.

Un bassin fut creusé dans le lit du ruisseau et Jus-de-Réglisse, armé d'une calebasse plate, reçut de M. d'Arvil les indications nécessaires pour procéder à cette indispensable opération. Le petit nègre eut vite compris la manœuvre et devint en un rien de temps un expérimenté laveur d'or.

Tout le minerai, préalablement cassé à la massette, lui passa par les mains; puis il opéra sur la poudre presque nette, trouvée en dernier lieu. Enfin, la poudre, ainsi obtenue, fut encore lavée.

Elle était assez pure; mais elle contenait encore des matières étrangères, qu'à vue d'œil le docteur estima être de plus de deux à trois pour cent sur la masse totale.

— Ce n'est rien, dit-il. Si jamais nous revoyons l'Europe, on épurera définitivement les lingots. L'important c'est de les avoir à peu près propres.

— Mais, dit Spinelli, pourquoi fondre, au lieu d'emporter simplement l'or en poudre?

— On pourrait évidemment procéder ainsi; mais la poudre peut se perdre plus facilement, elle est plus encombrante que des « saumons » ou lingots. On la vole avec plus de facilité.

— Allons-y donc! déclara l'Italien.

Alors les quatre hommes construisirent un « cubilot », c'est-à-dire un four en forme de tour en terre glaise, sous lequel on ménagea un foyer.

La poudre y fut entassée par couches égales ; le drain d'écoulement fut obturé à la terre glaise ; et un moule à compartiments en métal, préalablement organisé par Spinelli, fut disposé pour recevoir l'or en fusion.

Sur ce, le foyer fut allumé et la fonte de l'or eut lieu sous la surveillance du docteur et de l'Italien.

Pendant ce temps Jean veillait à l'entrée, et le négrillon alimentait le foyer.

L'opération se poursuivit sans accident, ou pour mieux dire, sans incident notable, et quand elle fut terminée, la fortune ainsi réalisée en or quasi pur comportait 696 lingots.

Le docteur, qui n'oubliait jamais rien, avait, avant le départ, organisé lui-même un de ces pesons à crochet, dits « balances à main ».

Il l'avait étalonné aussi bien que possible à Loukomba par le procédé déjà employé, on s'en souvient, pour la pesée de l'ivoire.

Grâce à cet appareil il put donc, lorsque l'or eut atteint un degré suffisant de refroidissement, calculer la valeur monétaire approximative de cette royale trouvaille.

Les lingots n'étaient pas tous absolument homogènes ; certains pesaient un peu plus, d'autres un peu moins ; mais la moyenne obtenue sur les pesées de vingt lingots donna un poids normal d'environ cinq kilos au lingot.

— A trois francs le gramme, cela donne quinze mille francs au lingot ! murmura Spinelli songeur.

Et il ajouta :

— C'est drôle tout de même ! Ce morceau d'or !... quinze mille francs ! On ne s'en douterait pas !

— Oui, dit le docteur. C'est singulier, mais c'est ainsi ! Placez cent louis monnayés, soit deux mille francs, jetés sur le sol, à côté de ce bloc, ils diront davantage à l'imagination. Ils vaudront moins et *paraîtront* davantage.

— Donc, continua-t-il après un silence, nous disons : 5 kilos au lingot, soit 15,000 francs. Il y a 696 lingots, soit 15,000 × 696.

Il fit la multiplication à l'aide d'un bout de bois, en écrivant sur le sable, et dit gravement :

— Dix millions quatre cent quarante mille francs !

Spinelli et Jean Pierson, tout pâles, répétèrent comme un écho :

— Dix millions quatre cent quarante mille francs !

Tandis que Jus-de-Réglisse, indifférent, croquait une galette de maïs sèche.

— Mais, reprit M. d'Arvil après un silence, il faut déduire trois pour cent, mettons quatre pour cent de déchet.

Il calcula :

— Cela fait 417,600 francs en moins. Défalquons donc nettement 440,000 francs, reste à peu près net 10 millions.

— Beau denier pour des gens qui n'ont pas le sou ! déclara Spinelli. Et maintenant, en route ! Nous rentrerons pour minuit environ...

.   .   .   .

Fanoche et Bobette reçurent la charge d'or, préalablement ensachée par paquets de dix lingots. Elles portaient donc à elles deux, trois mille quatre cent quatre-vingts kilos d'or, mais elles n'en étaient pas plus fières pour cela.

Cette nuit-là, Jean Pierson, envoyé en éclaireur, réveilla, sur le coup de une heure du matin, Hugueville, Faradel, sa sœur et Babet, qui ne se firent pas prier pour se lever.

Peu après, la masse des deux éléphants apparaissait au détour de la place.

. Tout dormait dans le village, car Hugueville avait, pour la circonstance, supprimé la sentinelle de nuit. Le seul bruit qu'on entendait avec celui du vent était le cri pleurard des crocodiles, qui arrivait du lac; et le déchargement de l'or se fit au milieu d'un profond silence.

Puis, Fanoche et Bobette, réinstallées dans leur kraal, tous nos camarades s'enfermèrent dans le palais ; mais ni Hugueville ni Faradel ne purent, de la nuit, fermer l'œil.

Ces dix millions, couchés là, tout près, leur faisaient passer des frissons de la nuque aux orteils. S'ils fermaient les yeux, il leur semblait voir des gerbes d'or danser devant eux une folle sarabande ; puis soudain des frayeurs irraisonnées les saisissaient ; ils se levaient apeurés, et couraient voir si l'or

était bien toujours là ; s'il ne s'était pas envolé par une fissure des murailles ou par le tuyau de la cheminée.

C'est ainsi qu'ils se trouvèrent

DANS LA GROTTE, ILS INSTALLÈRENT UN CUBILOT RUDIMENTAIRE. (Page 271.)

soudain nez à nez, en chemise tous les deux, devant la porte où dormaient les lingots ; et ils ne purent s'empêcher de rire.

— Tu as une drôle de tête, mon vieux Paul, dit Faradel.

— Et toi aussi, mon vieux Gaëtan. Alors, tu venais voir si ces enfants...

Il désignait les lingots.

35

— Ne s'étaient pas effarouchés, termina Faradel. C'est comme toi, pas vrai?

— Tu l'as dit, noble ministre.

— Allons nous recoucher, nous sommes vraiment trop bêtes. Jamais je n'aurais cru que ça faisait tant d'effet d'être riche.

Et un peu calmés, ils finirent par s'endormir.

ÉPILOGUE

————

Riches ! Ils l'étaient en effet, nos camarades ! Mais comme tout est relatif dans l'existence ! Ils avaient dix millions en or, qui — pour le moment du moins — valaient moins qu'un pagne de Guinée ou qu'un vieux fusil à piston. Néanmoins, l'opération n'était pas mauvaise et c'était là, déclara Faradel, de l'argent bien placé.

— D'abord, dit-il, il me semble impossible que pas une caravane, pas un marchand d'esclaves, pas un explorateur ne vienne faire un tour par ici. Si c'est un batailleur, on le cognera et nous lui chiperons ses armes, ce qui nous donnera un moyen de nous en aller. Si ce n'est qu'un marchand, nous avons de l'argent. Il nous vendra ce que nous voudrons.

— Patience donc ! conclut Jacqueline.

— Ah ! il en faut, déclara Hugueville, quand on songe que depuis le jour où je t'ai rencontré, mon brave ami Gaëtan...

— Oui ! oui ! quand je quittais Monrovia en tenue légère, et que Murston voulait me faire faire de l'hydrothérapie en pleine mer ! Brrr !

— Oui ! Il y a longtemps, reprit Hugueville.

— Juste vingt-sept mois ! dit Spinelli.

— Vingt-sept mois ! Plus de deux ans ! s'exclamèrent-ils en chœur.

— C'est un joli bail ! reprit Hugueville gouailleur.

— Tu parles ! Et pas moyen de donner congé ! Je suis sûr qu'en France on nous croit tous morts.

— Il ne faut pas leur en vouloir, reprit Hugueville. Mais je te parie tout ce que tu veux que, si jamais nous regagnons les pays civilisés, on ne voudra pas nous croire quand nous raconterons notre histoire.

— Le fait est qu'elle n'est pas ordinaire, notre histoire. Seulement j'éprouverais une certaine satisfaction à la raconter devant un bock sur la terrasse du Café de la Paix, plutôt que de me la remémorer à Loukomba.

— Bast ! Ça viendra ! ça viendra ! conclut philosophiquement le docteur.

Et le train-train coutumier reprit pour tous dans la ville noire.

Les jours se déroulèrent, puis les semaines et les mois, sans apporter, sous forme d'attaque de guerre ou de visite marchande, la moindre modification à leur situation.

Ils menaient une existence à la fois active et indolente, surveillant leurs noirs ou chassant.

Ils cherchèrent aussi, histoire de faire quelque chose, dans les environs du premier gisement aurifère, si un autre filon n'existait pas ; mais ces recherches n'aboutirent pas.

Alors, pour corser leur fortune et mettre, le cas échéant, tous les atouts dans leur jeu, ils reprirent la chasse aux éléphants, et récoltèrent une jolie cargaison d'ivoire, en remplacement de celle qu'avait détruite l'incendie.

Six mois s'écoulèrent ainsi, puis une année et, en même temps que l'ennui les envahissait malgré eux, une inquiétude nouvelle venait les saisir.

Les munitions diminuaient ; et on dut même renoncer aux chasses pour pouvoir, en cas d'attaque, se défendre avec efficacité.

Jean Pierson se mit alors à cultiver « l'arc » et y devint d'une adresse extrême. Hugueville et Faradel se firent confectionner des arbalètes.

Quant au docteur, il botanisait, étudiait et, comme il n'avait plus un seul bout de papier, il écrivait et notait ses observations sur des planchettes rabotées — singulier retour d'un civilisé aux tablettes des anciens.

Spinelli s'était amusé, pour tuer le temps, à composer un jeu de dames et d'échecs; puis, dans des feuilles d'aluminium, il débita un jeu de cartes qui fit florès, car il permit de tuer bien des longues heures d'ennui.

Et c'est dans ce train de vie un peu mélancolique que le temps passa, sans pourtant que ces exilés perdissent l'espoir.

Ils avaient raison!... Tout arrive, à force de patience, et notre ami Gaëtan Faradel, qui souvent s'amusait à rappeler ses diverses aventures : *homme tout nu, soldat anglais, aérostier, capitaine de navire, explorateur malgré lui, ministre du roi Hugueville*, devait, au cours de l'année qui s'ouvrait, y ajouter un nouveau titre !

Certes, il devait subir encore bien des épreuves, le brave ex-représentant de la Société Coloniale ; et l'avenir lui réservait des aventures héroïques ou dramatiques qui devaient mettre en pleine lumière ses qualités d'humour et de vaillance ainsi que celles de ses compagnons; mais au bout de tant d'épreuves, récit plein d'outrance, amis lecteurs, et que nous raconterons peut-être un jour, il devait trouver la récompense de son énergie : L'amour et la fortune... presque la gloire !...

FIN

TABLE DES MATIÈRES

8265. — Paris. — Imp. Hemmerlé et Cie.

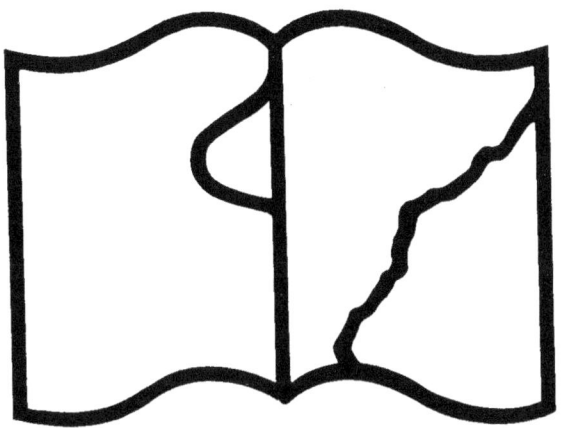

Texte détérioré — reliure défectueuse

NF Z 43-120-11

Contraste insuffisant

NF Z 43-120-14

www.ingramcontent.com/pod-product-compliance
Lightning Source LLC
Chambersburg PA
CBHW071906020726
47502CB00003B/917